惠风·文学汇

撕下这些
滴水的日子

"惠风·文学汇"编委会 编

海峡出版发行集团 | 海峡文艺出版社

图书在版编目(CIP)数据

撕下这些滴水的日子／"惠风·文学汇"编委会编．
—福州：海峡文艺出版社，2022.7
（惠风·文学汇）
ISBN 978-7-5550-3013-3

Ⅰ.①撕… Ⅱ.①惠… Ⅲ.①中国文学－当代文学－作品综合集 Ⅳ.①I217.1

中国版本图书馆 CIP 数据核字(2022)第 097012 号

撕下这些滴水的日子

"惠风·文学汇"编委会 编

出 版 人	林 滨
责任编辑	朱墨山 林 颖
出版发行	海峡文艺出版社
经　　销	福建新华发行(集团)有限责任公司
社　　址	福州市东水路 76 号 14 层
发 行 部	0591－87536797
印　　刷	福州印团网印刷有限公司
厂　　址	福州市仓山区十字亭路 4 号金山街道燎原村厂房 4 号楼
开　　本	720 毫米×1010 毫米　1/16
字　　数	190 千字
印　　张	18
版　　次	2022 年 7 月第 1 版
印　　次	2022 年 7 月第 1 次印刷
书　　号	ISBN 978-7-5550-3013-3
定　　价	79.00 元

如发现印装质量问题，请寄承印厂调换

目录

风劲帆满海天阔　◎ 建　安 / 1

平潭，给我一座桥　◎ 丁彬媛 / 157

疾行于岁月长河上的船　◎ 周而兴 / 161

江南春　◎ 欣　桐 / 165

东岚五题　◎ 杨际岚 / 170

平潭贝雕：生命以外的生命　◎ 笔　间 / 178

古色新韵斗魁村　◎ 高　云 / 183

东陲渔岛传古韵

　　——东庠岛印象　◎ 詹立新 / 188

岚岛风情（八首）　◎ 谢秀桐 / 194

竹　影　◎ 苏诗布 / 200

仙境是蓝色的

　　——南非开普敦印象　◎ 叶恩忠 / 204

认识的碎片　◎ 郭志杰 / 209

生命中的水稻　◎ 曾纪鑫 / 215

有种李果叫芙蓉　◎ 陈家恬 / 219

我的村庄　◎ 黄明安 / 225

"安镇闽疆"的璀璨明珠

　　——闽安镇散记　◎ 林思翔 / 231

问一问龙台驸马　◎ 黄锦萍 / 242

侨厝，乡愁的音符　◎ 陈声龙 / 249

站在林则徐祖居的古榕前　◎ 高必兴 / 254

闽剧的"精神密码"　◎ 万小英 / 258

漫谈闽山庙会文化　◎ 陈常飞 / 265

"福船"的灿烂时光　◎ 杨国栋 / 269

百六峰下弦歌声　◎ 黄文山 / 278

风劲帆满海天阔

◎ 建 安

第一章 历史的抉择

一

平潭岛，千礁岛县，居中国东南沿海，东临台湾，毗邻港澳，有着"海蚀地貌甲天下，海滨沙滩冠九州"的美称。平潭岛是中国第五大岛、福建第一大岛，主岛海坛岛形似"麒麟"，最东端距台湾新竹南寮港仅68海里。

自古以来，闽台关系就相当密切，有"五缘"之亲：地缘相近、血缘相亲、文缘相承、商缘相连、法缘相循，一衣带水，同宗同源。

平潭岛一直为东南沿海对台贸易和海上通商的中转站，是我国面向亚太地区的主要窗口之一，也是太平洋西岸航线连接东海与南海海上航线的中枢，和台湾有着不可分割的密切关系。

古时为"闽省门户、浙粤冲途"，主岛海坛岛与台湾澎湖岛、广东南澳岛在明清时并称"海上三山之目"，具有"朝廷治忽之所关，东南大局之所系"的战略地位。清咸丰年间，被辟为福建省五个对台贸易的港口之一。

改革开放以来，平潭最早设立了台轮停泊点，对台小额贸易一度位居沿海各停泊点前列。

一位哲人说过：历史不是发动的，而是到来的。

平潭开放开发的大手笔、大举措、大布局，无疑是中国改革开放站在历史新起点上的再出发。

春风化雨，万木争荣。

2008年，两岸关系破冰前行。

2009年7月，平潭综合实验区成立。

2011年3月，"加快平潭综合实验区开放开发"写入国家"十二五"规划纲要和国务院批准的《海峡西岸经济区发展规划》。

2011年11月18日，国务院正式批复《平潭综合实验区总体发展规划》，平潭开放开发上升为国家战略。

2014年11月，习近平总书记第21次登上岚岛考察，高瞻远瞩地指出，平潭发展面临的机遇，不是百年一遇，而是千年一遇。他强调，平潭综合实验区是"闽台合作的窗口，也是国家对外开放的窗口"，为平潭发展注入强大动力。

2014年12月28日，平潭被列入新一轮自由贸易区建设试点。

2015年4月21日，中国（福建）自由贸易试验区平潭片区正式揭牌。确定"共同家园+国际旅游岛"的发展定位，拥有了"实验区+自贸区"双重身份。

2016年9月，《平潭国际旅游岛建设方案》获国务院批复，平潭朝着"一岛两窗三区"（国际旅游岛，闽台合作窗口、对外开放窗口，新兴产业区、高端服务区、宜居生活区）建设方向，浓墨重彩地书写着中国梦，一路高歌猛进。

有胆识、有气魄的领导人，必然具有远见卓识，善于把握局势和时机，不断推进改革的发展，不断拓展新的成果。

无疑，领导者的决策，在平潭大地绘制出一幅绚丽的图景。

二

九层之台，起于垒土；合抱之木，生于毫末。

海之博大在于集纳百川，平潭开放开发的建设，不仅需要政策、资金、技术、项目等支持，还需要优秀干部、专业人才的强力支撑。

2012年，福建省委适时启动实施"四个一千"人才工程（从全省选派1000名干部到平潭挂职，帮助平潭培养1000名干部，从全国引进1000名人才到平潭，从台湾引进1000名专才到平潭）。6年内，从全省各地先后选派了1000多名优秀年轻干部，赴平潭挂职锻炼。

挂职干部肩负着省委的重托和全省人民的热切期望，带着责任和使命，带着青春和热血，带着经验和技术，从山城、沿海、省直机关和企事业单位等汇聚成滚滚"人才潮"，穿越山高水长，奔赴改革开放的前沿。

第一批，3年，1000多个日日夜夜，543名来自全省各地的优秀干部，在平潭这片热土上贡献自己的智慧、实现自己的梦想。

大海无垠，水也滔滔，浪也滔滔。

2015年4月2日，这时节，万物竞发；这一天，春雨无声。

第二批132名挂职干部抵达平潭报到，实验区召开"欢迎省派挂职干部"座谈会。

时任实验区党工委书记李德金语重心长地寄予希望：要牢记使命，不负重托；要融入平潭，当好平潭人；要勇于创新，主动作为；要勤政廉政，树好形象。

平实的语言、深情的寄托、殷切的期望，吹响了挂职征程的冲锋号角。

光荣的使命，鼓舞挂职干部振奋精神；

历史的重任，鞭策挂职干部敢于担当；

必胜的信念，激励挂职干部勇往直前。

至2018年4月，第二批挂职3年共559名干部，先后投入平潭区直各部门、4个片区、6个乡镇实现梦想。

显而易见，平潭的开放开发建设伟业急需大量人才，而平潭卓有成效的改革实践又给予人才空前的机遇，为人才提供了一个充分施展聪明才智的大舞台。

第二批挂职干部共计559名，有这样的构成：男498名，女61名；处级49名，科级257名；副高以上专业技术职称65名，博士19名。

在平潭区直各部门中，挂职干部占一半以上，不少部门的主要技术力量都由挂职干部组成。

陈寒凝，在平潭土地开发集团有限公司挂职，担任总经理助理。对于来岚挂职，他用一句"赶上了大机缘和大平台"来概括。在他看来，平潭不仅是自贸区、实验区，还是对台的前沿窗口，这里有政策优势、地缘优势、后发优势，这些优势在全国少有，还能享受很多先行先试、特事特办红利，可以说，在平潭，"你有多大能量，舞台就有多大"。

回想3年挂职生活，陈寒凝说："这3年是同甘共苦、砥砺奋进、锐意进取的3年，是精神愉悦、内心充盈、收获显著的3年。我负责的澳前保税物流园区一号仓库建起来了，已投入运营近一年，不仅推动了平潭高端产业的发展，也让平潭成为全球物流产业的一个重要通道。对此，我感到很骄傲。"

作为一名"80后"，他希望，每个人都记得最初的梦想，记得自己身上的责任和使命感。

来自福州市公安局的黄睿，2012年挂职于区公安局政治部。2015年，挂职期到了，黄睿申请留任平潭。

"一是对平潭有了感情，看着一项项工作在自己手上开展，就像看着自己的孩子不断在成长。二是对平潭有期待，相信平潭会越来越好，也期待着能在共同成长的路上，遇见更好的自己。"他说，"每个人生下来就注定改变世界，如果每个人都能忠诚于理想，那这个世界就更接近理想一点。"

曾岚婷，福建师范大学福清分校经济与管理学院讲师，在区自贸办挂职。"我是平潭人，离开家乡在外工作已经6年了。此次选择回来，就是为了能参与平潭热火朝天的建设。对平潭的印象还是大学时期的样子，它的变化太快了。我希望自己能够好好干，在这里有所奉献，能够对得起自己的这次选择。"

被称为挂职"眷侣"的陈海暄和她的爱人瞿武朝，同时在区市场监督管理局挂职。"我在平潭挂职很开心。精神满足了，干活很起劲。"陈海暄说，为了锻炼自己，夫妻俩决定经历一次人生改变。2015年4月2日，夫妻俩携手来平潭报到。

"平潭大海特别美，我又是一个喜欢海的人。来了之后发现在平潭这块热土上，工作起来很开心。"陈海暄说，平潭从贫困县变成了如此"高大上"的实验区，在这里工作有"攻城拔寨"的快意。

挂职前，夫妻俩一个在省物价局，一个在省工商局。现在同处一个单位，共同上班下班，甭提有多高兴了。"家庭和工作能够兼顾，我们太感谢组织了。"瞿武朝说。

……

"功以才成，业由才广。"世上的一切事物中，人是最宝贵的，一切创造活动都是人做出来的，人才是所有创新创造的灵魂和根基。

改革开放，是平潭闪亮的标签、鲜艳的旗帜、巍峨的丰碑。

挂职干部的到来，解了平潭人才短缺的燃眉之急。他们脚踏实地、开拓创新，涉过一处处激流险滩，啃下一块块硬骨头；他们用智慧奏响平潭改革开放的嘹亮乐章，用坚韧浇灌平潭人民幸福生活最美丽的花朵。

第二章　描绘蓝图，梦想起航

鹰，因翼而翱翔蓝天；

船，因舵而远渡重洋；

人，因梦而铸就辉煌。

正是有了梦想，平潭综合实验区才暖潮涌动、千帆竞发；正是有了梦想，挂职干部才满怀激情、众志成城。

——陆永建

我认识陆永建十几年了，他的为人、处事、人生态度，总让人想起孟子所说："穷则独善其身，达则兼济天下。"他"出世做人、入世做事"，一方面有理想、有目标、有孜孜以求的精神，以现实的态度去实践、实现自己的社会价值；一方面悠然自得，营造闲适的艺术世界，愉悦性情、调剂人生。

古人有"三不朽"之说，即立德、立功、立言。在我眼里，永建兄善良、平和、内敛、儒雅，为人低调，才高而不自诩，处事淡然而执着，是一个纯粹的人，也是一个宽厚亲切的兄长。他走到哪里，都充满着干事业的激情，把党和人民赋予他的权力看成成就梦想的舞台。他努力立德、立功、立言，既为自己立，也为挂职干部立，更为平潭综合实验区而立。

人生的航道上，总有某些重要的节点，犹如高高耸立的灯塔，标示出前行的方向。

2015年4月2日,他带领第二批挂职干部抵达平潭。彼时,他的履历上这样记载:省委组织部干部一处调研员、平潭综合实验区挂职干部领导小组办公室主任、区党群工作部副部长。

在平潭欢迎挂职干部的大会上,陆永建铿锵表态:"挂职干部要与平潭同心同德、同舟共济,围绕开放开发大局,勤于学、敏于思,不断提高履职尽责的素质和能力,勇挑重担,攻坚克难,艰苦奋斗,为推进平潭各项建设事业做出应有的贡献,无愧于时代,无愧于平潭,从而实现心中的梦想。"

2018年5月,陆永建完成使命回到省城上班。一个双休日,阳光明媚,倾泻而至,我们依窗而坐,清水煮茶。

提起3年前到平潭,他淡淡地说:"如果不抓紧,3年的光阴很容易虚度。因此,我到平潭以后,就在思考,并向全体挂职干部提出一个命题——为什么到平潭?到平潭干什么?离开平潭留下什么?"

西方谚语说:世上最重要的事,不在于我们在何处,而在于我们朝着什么方向走。

平潭,在开发开放的热潮中形成一个激励人才成长的大环境。在这里,如何发挥挂职干部的聪明才智,最终充分实现其自身的价值,陆永建和挂职办有了答案。

2015年4月,挂职办组织召开座谈会。围绕习总书记第21次视察平潭时的讲话精神和建设"一岛两窗三区"的战略定位和中心任务,确立"立足本职,培养人才,建言献策,带好队伍"的整体工作思路。

——将挂职干部分成15个小组，遴选组长、副组长、信息员等负责人员；召开组长务虚会，明确工作职责，布置阶段性任务。

——每月编印《平潭挂职干部工作简报》，记录他们以梦为翼、展翅飞翔、扬帆远航的努力和收获，描绘平潭绚丽多彩的画卷；召开信息员座谈会，建立每月通报信息报送情况制度。

——组织召开副高级以上专技人才研讨会，围绕《区2015年重点课题调研要点》，成立课题组，进行任务分解，结合工作实际进行调研思考，尽快撰写一批优秀调研文章。

——举办"挂职干部讲堂"，推动和引领挂职干部主动学习、互相交流，使之成为成长、成才的重要平台。

——开展"平潭，我的第二故乡"读书征文活动，以期认识上有新提高、发展上有新境界、工作上有新成效。

……

《大学》里说："知止而后能定。"描绘的蓝图，指引前行的方向，激发奋进的力量。

蔡锦碧，从省委编办选派到平潭区党群工作部机构编制处挂职，他说："我记得刚来平潭，便参加了挂职干部会议，挂职办主任陆永建提出'为什么到平潭？到平潭干什么？离开平潭留下什么'的命题，让人记忆犹新，也发人深思。"

当时，他就给自己定下要做8件事的目标。3年后，他回望过去，这8件事已全部完成。

"其实我们这些来平潭的挂职干部，就像候鸟一般。我们没有把自己当作客人,而是带着共同的理想而来,每个挂职干部都在各自的领域定下目标,充分发挥自身特长和优势,为服务平潭、助力平潭开放开发献上自己的一份力。"蔡锦碧说。

他到平潭挂职时,儿子才出生七天。第二年,为了让自己能够全身心地投入工作中去,做到事业、家庭两不误,他请了一个保姆白天带年幼的儿子,妻子每天下午下班后赶到平潭,第二天一大早又回福州上班。

阳光依旧温暖,梦想不断延伸。

时间只是过客,自己才是主人。只要迈步,路就在脚下延伸,只要扬帆,便会有八面来风,启程了,生命才真正开始。

正如陆永建在《挂职干部工作简报》卷首语中所说:"这是一个有许多难题却越来越充满希望的平潭,这是一个面对风险但始终顽强前行的平潭,这是一个任务繁重却饱含激情的平潭。身处在这美丽的海岛,我们有信心完成新的使命,有能力实现新的梦想。"

第三章　调查研究服务决策

习近平总书记强调:"没有调查就没有发言权,更没有决策权;刻舟求剑不行,闭门造车不行,异想天开更不行。"

调查研究是谋事之基、成事之道。

"明者远见于未萌,智者避危于未形。"谋划发展、推动改革,没有调查研究,一切都无从谈起。

一

平潭的先行先试，综合实验，没有前路可循，是一个大胆探索、不断改革创新的过程。

2015年，平潭各方面的改革都在稳步推进，但也面临着一系列难题需要突破，先行先试正进入深水区，越往深处走越会碰到一些核心的难点，许多问题都是以前改革开放过程中没有涉及的。

这时，决策的科学化直接关系到发展的大局和成败，发展思路成为平潭党工委、管委会科学决策的关键。

平潭综合实验区提出10项重点课题，以期通过调查研究来科学研判新形势、新问题，并找到解决问题的正确途径和方法。

一时，调查研究工作紧锣密鼓推进。如何使调研更精准、更得法和有效转化为成果，成为挂职干部关心热议的话题。

2015年5月，挂职办召开会议，进行任务分解，要求围绕实验区的重点课题、根据工作实际申报选题，成立课题组。

2015年7月，挂职办组织遴选了一批具有博士学位和副高级以上职称的挂职干部，成立12个课题组，将理论和实践相结合，深入基层一线，从体制机制、自贸区建设、经济、社会、文化、生态文明、党建等方面，深入探讨一些困扰平潭发展的热点、难点问题。

2015年8月，103名挂职干部报送了调研选题，完成调研文章15篇。

2015年11月，挂职办组织骨干力量，赴天津、上海、广东三个自由贸易试验区，围绕自贸区体制与机制创新、现代产业培育与发展、人才引进与交流等专题考察调研，并迅速形成长达6000多字的成果报告《创新驱动转型发展、产业助推区域升级》。

2016年1月16日，《平潭时报》专版刊登上述文章，时任区党工委书记、现任福建省副省长的李德金深情地批示："挂职办组织一些高学历的挂职干部就平潭某项工作进行重点调研，推进建设，这是挂职干部参与平潭建设贡献才能的好平台，要继续探索。感谢挂职办和全体挂职干部对平潭'两区'建设的真诚投入、全力推进。平潭人民感谢你们。"

2016年3月，挂职办组织人员再次出发，兵分几路，前往江苏苏州、江苏昆山、浙江杭州、山东青岛、四川成都和重庆市等地新区开展调研。

他们的足迹从上海自贸区，到江苏昆山经济开发区，再到山东青岛西海岸新区。

他们就招商引资工作体制、招商方式、招商队伍建设、项目策划生成、海洋产业发展、海岛旅游产业发展等内容进行交流学习。

他们详细了解新区开放开发情况、市场监管及行政审批体制改革进程，并就今后改革方向及重点领域交换意见。

2016年6月23日，23名挂职干部代表，赴区交投集团开展考察调研，对平潭公铁大桥项目、吉钓港码头、跨境电商监管中心和新丝路跨境交易中心等重点项目进行实地考察。

一年多时间里，从平潭的展示大厅到审批窗口，从政府部门到乡村一线，从科技创新到转变职能，挂职干部带着问题，一路走，一路看，一路思考。

从影响改革、发展、稳定大局的热点、难点、疑点入手，访贤于百姓，问计于基层，求知于实践。在搞清问题的基础上，寻找出解决问题的思路和办法。

——体制机制方面，围绕政府职能转变、行政体制创新，特别是行政审批制度改革、政府雇员制、监所派驻检察制度、干部管理、商事登记事中事后监管等方面进行有益探索。

——经济发展方面，聚焦国际旅游岛建设、一带一路、产业发展、招商引资、项目建设管理等重点难点问题，进行深入调查研究，提出针对性建议。

——社会文化方面，针对自贸区社会应急联动指挥体系、平潭"十三五"文化建设、水下文物等问题，进行深入全面的调研。

——在生态文明方面，针对海洋环境保护、水资源污染与控制、城市园林绿化等热点问题，进行多角度研究，为保护生态环境提出对策建议。

……

操千曲而后晓声，观千剑而后识器。

2016年7月，《观察岚岛》《热点平潭》出版，汇聚了一批具有重要参考价值的研究成果。

时任区管委会主任、现任龙岩市委书记的许维泽在序言中这样评价：一是适应党工委、管委会关于平潭发展决策科学化的客观要求，为决策提供政策建议，在发展上持续、系统地提供科学咨询；二是为从事平潭开发、可持续发展方面的科学研究和教学机构及其研究人员提供了有益的系统信息和分析结论；三是为关注平潭社会经济发展和投资环境的国内外政界、经济界、学术界提供了感兴趣的地区政策和发展信息。

2017年12月，围绕实验区开放开发新情况、新问题，挂职办组织新一批挂职干部开展考察调研，更紧密地结合现实，更开阔地发展视野，更前瞻地规划趋势，更深入地研究理论，在原来研究和探索的基础上持续拓展、深入开掘、不断创新，并结集成《平潭探索》和《平潭实践》出版。

2017年12月，在《观察岚岛》《热点平潭》《平潭探索》《平潭实践》基础上遴选、精编43篇精品成果，汇编成38万字的《牢记嘱托　砥砺奋进》一书，由中共中央党校出版社出版。

区管委会主任林文耀看完《牢记嘱托　砥砺奋进》，当即称赞道：该书体现了高站位、创新性、前瞻性、可操作性四个特点，这些满怀诚挚而又深思灼见的成果，让我们真切感受到挂职干部投身平潭、奉献平潭、与平潭开放开发同呼吸、共命运的心灵脉动和思想温度，感受到挂职干部恒守初心、胸怀全局、牢记使命、主动作为、拼搏奋进的进取和执着。它既是挂职干部一段美好工作历程的记录，更是见证一方热土崛起的立言之作。

这些前瞻而又厚实的研究成果，既有扎实的理论探索、高瞻的发展视野、笃行的社会实践，又有抒情的心怀随感、深刻的哲理思辨、科学的决策建议，为平潭深度开放开发绘就了一幅"虚"中见"实"的新发展蓝图。

在《平潭探索两岸共同家园建设新模式体制机制研究》报告上，时任区党工委书记张兆民给予了"工作思路非常明确、紧扣平潭主要任务举措可行"的充分肯定，并专刊报送给省委、省政府、省台办和国台办；在《发展平潭水仙花产业的六点建议》中，林文耀主任做了"可选做一两件重点关键的逐步发展"的重要批示，有力推动了平潭水仙花特色产业的破壳成长。

《打开民宿的正确方式：民宿+》课题建议、《民宿发展，要从哪些方面发力？》等大批调研成果，得到区领导和有关部门的肯定和采纳，林江铃副书记给了"春种一粒粟，秋收万颗子"的高度评价。

在陆永建看来，推动物质文明和精神文明建设协调发展，促进文化事业和文化产业双轮驱动，是平潭加快建设国际旅游岛和两岸共同家园的重要任务。为此，他在统筹组织全面调研考察事项之外，专门组织成立文化发展课题小组，围绕区文化行政管理、文艺体制改革和文化产业创新等专题，深入有关乡镇、村（社区）开展考察调研，撰写了《平潭"十三五"文化建设的意见建议》，并提出了区文化发展的17条建议。

2016年4月24日，区党工委书记张兆民批示："挂职办认真调研，提出的建议很好！可以进一步分类，分轻、重、缓、急研究、整理，疏理出一批文化旅游项目等。"6月，区党工委根据调研组提出的建议，确定建设北港村为"两岸文创村"，指定由陆永建牵头负责并组织实施。

陆永建带领林心平、陈晖等同志，以文创为主题，力争将北港村打造成平潭台湾创业园的孵化器和实践基地，引进两岸文艺青年、名人名家工作室，建设两岸共同家园文化创意聚落区，同时整合周边原生态山、石、田、海资源，打造原生态海岛渔村文化旅游区。

经过一年多的努力，共投入2300多万元，完成了景观与民宿改造、步道建设、公共停车场及其他服务配套，引进台湾专才20多人，有8个海峡两岸和国外文创团队进驻。

2017年4月，福建省旅游局发布首批优秀创意旅游产品评选结果，平潭北港文创村从申报的181个项目中脱颖而出，获得"福建省首批优秀创意旅游产品"称号。

北港村以前年轻人多外出，村里剩下的是"老人与海"。现在，文创和民宿的发展，为北港村带来了更多游客，本地年轻人开始返回北港。

北港文创村全年吸引游客30多万人次，被评为"全省乡村旅游创客示范基地"，成为平潭旅游的一道亮丽风景。

2017年6月22日，福建省作家协会、书法家协会、美术家协会、摄影家协会四个创作基地在北港文创村揭牌，吸引广大文艺工作者、爱好者来此创作接地气、影响大、质量高的作品。

2017年5月，北港文创村以崭新的模样，成为省委、省政府到平潭拉练检查的重点展示项目之一。时任省长、现任省委书记于伟国走进北港石头厝民宿，看到屋里保留着原生态特色的石头墙、原木家具，他说，这样的老房子改造，既保留了乡土情怀又简洁舒适，突出了北港特色，希望把台湾民宿的成熟经验带到平潭来，把更多石头厝改造成这样的民宿，让越来越多的人来到这里。

二

知之非艰，行之维艰。

平潭开放开发的探索道路，是一条艰辛的改革创新之路，更是一条寻求海岛新发展模式之路。走好这条道路，积极探索在更大范围、更深层次推动两岸融合发展新模式、新路径，是平潭综合实验区设立的真正意义所在。

习近平总书记说：这是一个需要理论而且一定能够产生理论的时代，这是一个需要思想而且一定能够产生思想的时代。我们不能辜负了这个时代。

时针指向2016年10月，一个成立"平潭实验智库课题组"的计划在挂职办酝酿成熟。

挂职办不满足于已有的成果，对调研工作提出更高的要求："平潭特色、时代精神、世界眼光。"

——站位要高，要站在实现祖国统一大业、全面深化改革的战略高度，立足平潭对台、对外开放"两个窗口"的重要历史使命；

——视野要宽,要借鉴国内外前沿理论和当今世界先进发展经验;

——选题要精,要涵盖体制机制创新、对台深入融合、高水平对外开放、特色产业培育等7个方面;

——研究要深,对平潭综合实验区设立以来的发展经验进行系统总结和科学评估,深度分析当前建设现状;

——思考要远,针对平潭未来发展的战略突破与重点任务,提出发展对策和可行性建议。

"多士成大业,群贤济弘绩"。大量事实证明,高端成果是重大决策的支撑,高端人才是高端成果的保障。

迅速地,"平潭实验课题智库"队伍成立了:这里有挂职干部,有部分引进生、选调生、台湾专才,由30多名高级职称者和博士等人员组成。

分工明确了:陆永建负责课题统筹策划和组织协调,并与朱海光、李薇一起负责统稿;吴继贵、朱海光、张祖柱、钱鹏、李薇、高宇、林信禄分别担任各组组长。

征程漫漫了:他们进机关、下农村,看项目、问进度,赴海南、往台湾,服务"自贸区"、耕植"试验田"、展望"新高度",风尘仆仆、步履匆匆。带着感悟与思考,带着使命和责任,边走、边看、边记、边议。

平潭中楼乡大坪村,是1996年至2000年间,由时任福建省委副书记习近平挂钩帮扶的小康建设村,他4次来到大坪村,了解群众生产生活情况,与干部群众面对面交流。

陆永建带领课题组一次次前往大坪村，调研如何在新形势下帮助村里进一步打造"美丽乡村、党性教育、观光旅游"为一体的红色文化基地，加快大坪村振兴步伐。

同时，还每隔一段时间召开一次课题分析研讨会，听取各小组完成进度，探讨解决研究过程中的一些难点、焦点问题，推进课题有序进行。

成果出台了！一年内，一批具有前瞻性、针对性、储备性的研究成果频频见诸国内相关期刊：

《引领开放开发新格局，探索"两个窗口路径"》；

《深化体制机制改革，持续转变政府职能》；

《绘制规划蓝图，建设宜居宜游国际旅游岛》；

《瞄准国际标准，加快发展现代特色产业》；

《秉持"两岸一家亲"理念，共建共享社会民生事业》；

《修筑法制通道，构建岚台融合法制体系》；

《深化自贸区改革，迈向国际自由港》；

……

2017年12月，课题成果集合形成《平潭实验——平潭综合实验区开放开发创新研究》一书，由中共中央党校出版社正式出版。

李薇，是《平潭实验》的统稿人之一，南京大学文学博士，挂职任区网信办副主任。

3年来，李薇一直与时俱进主动思考，投身建设深入探索，致力于为平潭的发展创新献计献策；发挥自身优势，奉献智慧才干，积极为区党工委、管委会科学决策提供有益参考。

她时常心怀感恩，认为挂职的3年让她学到很多，在这个地方再次成长。她是一人挂职，全家"挂职"，和丈夫与年幼的儿子举家搬到平潭，做到工作家庭两不误。

担任统稿工作，一开始让李薇觉得压力很大。面临的最大问题，是各个章节的书写风格完全不一样，表达方式也不同。很多人认为统稿主要是修改错别字，但其实不然，统稿更像是改文章，里面逻辑不够合理、表述不够准确、语句不够通顺，都需要统稿人宏观把握和微观调整。

李薇说："综合实验区成立以来，还没有一个完整系统的科学总结和回顾，对几十年后两岸未来发展的前瞻研究也还没看到什么文字，很高兴能为《平潭实验》做些工作。"

最大气磅礴的书写，是用脚步在大地上书写；最震撼人心的文章，是句句贴国策、蕴民意、含真情。

《平潭实验》引起了福建省委、省政府、省委组织部等有关部门和领导的高度重视。

张志南常务副省长批示："挂职干部是加快平潭开放开发的宝贵资源，他们为平潭的发展做了大量富有成效的工作，同时，还积极建言献策，提出了许多好意见。"

平潭党工委张兆民书记、管委会林文耀主任先后参加课题讨论，并给予指导。

2018年2月11日，《平潭实验》在省科协召开结题评审会议，来自省社科院、福州大学、福建师范大学等科研院校的7位专家学者参与了结题评审。

会场不时响起热烈的掌声,气氛热烈而融洽。专家们的发言热情洋溢,一致认为,这是"研究平潭综合实验区开放开发工作及两岸共同家园建设最重要的一部著作",课题顺利通过终审验收。

紧接着,课题由福建工程学院、平潭综合实验区党工委党校申报项目,被省科协列入"省级重大科技智库研究项目",被省科技厅列入"年度省级软科学重大研究项目"。

时任区党工委书记张兆民在该书序言中写道:《平潭实验》可以说是一本"经验之作""探索之作""启航之作"。

《平潭实验》已出版,但后续工作远未结束。

尽管课题组中的大部分挂职干部已离开平潭回到原单位,但他们仍孜孜以求,研究将成果转化为具体工作方案,为区党工委、管委会科学决策提供智力支持。

风正潮平,自当扬帆远航。

任重道远,更须奋鞭策马。

第四章 培养干部,薪火相传

金戈铁马闻征鼓,只争朝夕启新程。

干部是脊梁、是主心骨,他们已集结平潭,整装待发。

一

治政之要，以育才为先。

平潭各项事业的发展成效取决于干部能力的强弱、素质的高低，加强对干部的培训是保持战斗力的关键。

挂职办深挖挂职干部人才"富矿"，组织处级、高级职称和博士学历挂职干部，举办"平潭挂职干部讲堂"。

2015年4月28日晚，城东中学礼堂灯火通明，230名挂职干部齐聚一堂，不时响起阵阵热烈的掌声。

"自贸区怎么来？怎么回事？做什么？目前是一种什么状况？将来要走向何方？"区自贸办政策研究室的挂职干部周宝玉副教授主讲《自贸试验区溯源》，拉开了"平潭挂职干部讲堂"的帷幕。

"讲堂"持之以恒。每月一讲，到2018年11月，已持续举办34讲。 "讲堂"人才辈出。由挂职干部结合工作岗位和自身实际主讲，总结自己、学习他人，整合专业知识，含政治、经济、社会、文化等，形成知识网络。

"讲堂"统筹兼顾。既有对平潭开放开发建设成功经验的总结，也有对解决实验区发展过程中遇到的问题和困难的有益探索，还有对未来发展模式的前瞻研究。

"讲堂"博大精深。还邀请全国相关领域专家前来授课，打造思想的盛宴，"交流、碰撞、裂变、提升"，激起一朵朵智慧的浪花。

有位哲人说:"教育就是把一群智力卓越、知识背景相近的人集中在一起,让他们自由讨论和思想碰撞。"

2015年11月24日,第八讲,第一批挂职留任的区检验检疫局局长陈辉做《平潭检验检疫政策专题讲座》,从检验检疫干什么、平潭有哪些检验检疫优惠政策、优惠政策的作用三方面展开,重点对平潭先行先试便捷高效的检验检疫监管模式、平潭建设两岸检验检疫数据交换中心、检验检疫如何更好地服务平潭建设等做了深度解读。

2016年7月28日,第十六讲,区纪工委副书记、廉政办主任郑晓东带来《浅谈平潭政治生态》,从微观和宏观入手,结合平潭的政治特点、经济现状、文化背景等多方面对平潭的政治生态进行了深入浅出的阐述和解读。就如何适应新的政治生态,郑晓东提出:不忘初心记誓言,不慕旁人看进步,不贪小利重小节,不信鬼神敬纪律。

2016年11月29日,第二十讲,南平市政协副主席卓立筑应邀主讲《公共事件:我们面临的新挑战——浅谈政府系统危机管理》。他围绕公共危机的概念、特点、决策,对危机进行分类、分级和分期,通过精彩典型的案例分析,提出"危机治理最佳模式""宪法至上严格执法""善待媒体为我所用"等危机管理的对策思路。

2018年1月25日,第三十讲,来自福建师范大学的郗文倩教授娓娓道来《国学漫谈:处在历史的延长线上》。一个半小时的演讲结束后,在场400多名挂职干部的掌声久久不肯停歇,那是受益，那是成长，那是不舍。

哈佛大学文理学院前院长罗索夫斯基指出："在哈佛，我常听人说，学生们从相互间学到的东西比从教师那里学到的东西还要多。"挂职干部们都有这样的体悟，讲堂结束后，他们还经常在一起研讨、辩论，直至夜深。

34场讲座，一场有一场的特点，一场有一场的收获。挂职干部、省委党校副处级干部高宇认为，这些讲座就如一个个充电站，源源不断地给大家补充能量，让思维真的"灵动"起来，激发创新灵感。

随着讲堂的落幕，集结了授课内容的《解读海山》《平潭讲坛》立即出版。

"难忘这30多期讲座，让我们感悟到身上的责任和组织的深切期望，每一次都是知识的交流、观念的碰撞、思想的裂变、能力的提升。每次讲堂结束后，我们都期待下一次尽早到来，再去倾听智慧的声音。"挂职干部、省公务员局陈粟博士，既带来讲座也聆听讲座，谈到讲堂时，依依不舍之情溢于言表。

挂职办定期总结"挂职干部讲堂"中关于平潭开放开发具有针对性和可行性的意见建议，以《挂职工作专报》形式向省委组织部和区党工委、管委会领导汇报，共编发10期，受到各级领导重视。

时任区党工委书记张兆民批示："挂职干部讲堂办得好，营造学习氛围，聚集人心，交流情感和思想，增长知识，提升素质，提供了强有力的人才队伍保障。"

"天下未尝无才，患所以求才之道不至。"挂职办推动培养挂职干部学习过程，强调思想多维，强调知识多元，强调切磋沟通，强调殊途同归的探索和另辟蹊径的尝试。

"为学日益，为道日损。"挂职干部凝聚成这样的共识：多一点思考，多一点担当，多一点与时俱进。

时间回溯到2015年5月22日，清华大学国际战略与发展研究所所长、中国公共领导力研究中心副主任于永达教授为挂职干部们讲授《"一带一路"助力平潭发展》。于教授不看讲稿，一丝不苟地围绕"一带一路"与集聚优势发展战略的主题，生动剖析"一带一路"建设下，平潭应如何紧抓优势，助力腾飞迈入全新时代。

一下课，于教授就被挂职干部包围起来。"在发展新模式上平潭怎么突破比较优势，紧抓集聚优势？当前的产业发展给平潭带来怎样的挑战？……"挂职干部边思考，边提出一个个问题。

于教授欣慰地赞叹：敏于学、勤于行的平潭挂职干部，没选错，今后这批人在各自领域会有相当的建树。

二

致天下之治者在人才，成天下之才者在教化。

"平潭正处在时代发展大潮的新起点，肩负着为两岸和平发展大局创新探索、当好'试验田'的重任，人才培养首当其冲。"区党工委副书记林江铃说。

在区党工委、管委会的支持下，挂职办主动作为，会同区党群工作部，拓展"挂职干部讲堂"的精品课程，发挥挂职干部专业人才多、理论水平高、业务能力强的优势，抽调人员兼任教师授课，在区党校举办"科级干部培训班"，提高平潭干部的思想理论水平和业务能力。

2015年7月，顶着盛夏的高温，首期100名正科级干部培训班在区党校开课。讲座研讨、现场实践和自学相结合，一周的培训过程充满火热的气氛。

2018年3月28日，第十六期科级干部培训班结业，全区100名科级干部参加培训。

至此，区挂职办会同区党群工作部在区党校举办了16期培训班，每期一周，参训100人，共培训了1600名实验区干部，帮助干部深化工作领域研究，提升履职素质能力，完成了省委"四个一千"人才工程中"帮助培养1000名实验区人才"的目标。

培训班最令人称道的就是颠覆了填鸭式、单向度的传统教学方式。它不仅采用多样化的教学手段，还有经常性的团队活动和互动式的交流碰撞，使培训真正实现学用结合、学用相长，"坐下来，钻进去，入心入脑，真学真用"。

2015年9月15日，省委党校常务副校长、福建行政学院常务副院长陈雄驱车平潭。此行，他有两个目的，一是看望省委党校的挂职干部，二是探讨如何建立完善平潭干部教育培训基地、开展研究生教育等项目，更好地服务平潭建设。

在省委党校的帮助下，培训体系突出"一个中心、两个队伍、三个结合、四个机制"：

一个中心——围绕省委、省政府的中心要求，把握战略高度，始终坚持加快建设自贸区、国际旅游岛和两岸共同家园的整体目标；

两个队伍——一方面精心遴选10位挂职教授、博士兼任教师，一方面聘请省委党校、福建行政学院知名教授组成讲师团；

三个结合——紧密结合习近平总书记关于人才工作的系列重要批示精神和"四个全面"的战略布局，紧密结合实验区开放开发实际，紧密结合区干部成长规律，以干部需求为导向；

四个机制——形成从上到下齐抓共管的领导机制，形成长效学习机制，建立高效"传帮带"机制，建立培训与使用相结合的约束与激励机制。

课堂上，教师总是以生动的案例进行授课，并与学员交流互动；课堂外，学员每天都会对所授课程进行分组交流讨论，并提交讨论报告。

培训班在课程的设计与安排上，注重宏观、中观、微观三方面结合。

毗邻平潭的福清市高山镇，在2009年被确定为福州市小城镇综合试点改革示范镇，2011年升格为"省级小城镇综合试点改革示范镇"。之后，高山镇面貌大变样，基础设施不断完善，公共服务配套不断提升。

2015年9月24日，区挂职办会同区党群工作部，带领全区正科级干部培训班学员100人，到福清市高山镇进行现场教学实践，围绕新型特色小城镇建设等问题开展学习调研。

学员们赞叹不已，平潭综合实验区芦洋乡党委书记陈鸿朝感慨："正在崛起的高山镇，展现出新型城镇化的面貌，宜居宜业，芦洋乡要加油干了！"

在第十六期培训班上，既设置了《切实推进新时代全面依法治国》《新时代全面治国理政的行动纲领——深入学习贯彻党的十九大精神》等十九大专题辅导讲座，又兼顾培训学员的身心健康，专门安排了《树立正确人生观，从努力工作中享受人生快乐》等心理辅导课程。

"工欲善其事，必先利其器。"培训中，课程的精心安排、专家的精彩授课、知识的精辟见解，为平潭干部的思想插上了翅膀，为平潭干部的信念铸上了引擎。

一路风光无限，一路丰富提升。春华秋实，硕果累累。

林芬岚，现任平潭综合实验区公安局党委委员、政治部主任，曾经参加了一周的干部培训。她说："这里有深度的理论学习、广度的专题研讨。培训结业对我来说，是一个新起点，要把培训过程中的思考转化为推动学习的动力，将培训成果运用到实际工作中去。"

2016年10月10日至12日，来自区直部门、片区指挥部、乡镇共253名挂职干部齐聚区党校，参加平潭综合实验区挂职干部培训班。

集中授课、专题研讨、现场教学、参观调研……3天时间，培训内容丰富，培训形式新颖，培训活动充实，学员们感到十分"解渴"、管用，在党性教育、政策解读、理论培训、参观考察中，增强了本领，开阔了思路。

张建华，在区环境与国土资源局挂职任副局长。他说："挂职干部是追梦者，也是圆梦人。3天的封闭学习结束了，我们要把培训带来的自身作风转变和素质能力提升，转化为今后工作的创新动力，为推动平潭开放开发建设贡献自己的力量。"

在学习中收获，在收获中成长。

3天的培训，节奏紧凑，课程满满。每个人脸上都展现着笑容，这种笑容让人感动，让人充满期待。

3天的培训，储备了知识，聚集了能量，明确了航向，从这里出发，253颗炙热、悸动的心，前行在路上。

三

挂职干部来自不同的行业、不同的单位，有着不同的教育背景、不同的人生履历。但有一点却是相同的，都责无旁贷、热情满怀，将自己的聪明才智投入平潭波澜壮阔的开放开发历程中。

好的经验、好的做法，需要代代相传。

挂职干部业务技能强、实践经验丰富，到挂职单位后，他们努力做活"传"文章，念好"帮"字经，巧打"带"字牌，建立"三级联动"机制。

处级干部——负责带好挂职单位队伍或带好部门干部成长。

科级干部——负责挂职科室的制度建设、工作成效和干部的业务指导。

科员——负责挂职单位其他人员的业务指导。

专业技术人员，按照"1+2"模式，即一名挂职干部和两名本地班组成员结对子，着力精准帮扶、科学施策，推动工程项目落到实处。

来自省科技厅的挂职干部张明火博士正研究学术课题时，得知一篇关于《推进平潭科技体制机制创新的思考》的论文发表在《发展研究》2018年第1期上，收获了他应得的荣誉。

不过，他最大的成就感并非来自研究，他一再强调，喜欢将自己的研究成果，传授给"挂友"和平潭的干部们。

用张明火博士的话说，做研究带来的成就感是短暂的，但知识传授带来的成就感却是长远的。

他自如地扮演着学生和教师的双重角色，通过干部讲堂、个人自学等方式碰撞、提升、收获，再将所思、所想、所得，传授给平潭的本地干部。

在区党群工作部机构编制处挂职的蔡锦碧博士，负责组织开展实名制信息核查、严格落实控编减编工作、深化区直部门大部门制改革、组织推进事业单位整合和分类、开展调查研究和建言献策……初来乍到，蔡锦碧就遇到了许多问题，但在困难面前，他不喊苦不喊累，一步步、手把手地带领着机构编制处的同事，夯实区机构编制工作基础，规范机构编制管理，推动体制机制创新。

"这些不是我一个人的荣誉，而是我们整个部门、整个处室、整个挂职干部群体的成果和荣誉，我只是起到了一个牵头作用。"蔡锦碧谦虚地说。

蔡锦碧对工作的负责和干劲得到了同事们的称赞。

"他经常熬夜写材料，有一次还加班到凌晨4点，这种拼劲让我非常感动。我从他身上不仅学到了业务知识，也深深感受到挂职干部为平潭无私奉献的精神。"区党群工作部机构编制处工作人员曹珍提起蔡锦碧，不吝赞美之词。

"我对平潭很有感情，我们处室的同事比较年轻，做事认真很有干劲，无论什么时候我都要站好岗，做好传帮带。"蔡锦碧说。2017年，他被评为平潭"我身边的好党员"。

金井湾片区，每一次学习例会上，项目一处副处长、高级工程师林叶茂，项目二处副处长、工程师方耀宗等挂职干部，都轮番为单位的干部职工举办讲座。

他们以在建项目为实例，以设计图纸为课件，以现阶段市政道路工程的路基、路面、各类管道施工为重点，集中讲授工程中主要工序的管理要点、常见问题和处理办法。

课余时间，他们结合自身工程监管经验，对项目监管人员提出的疑问进行剖析和解答。

经挂职干部的精心传授，金井湾片区全体干部瞄准"港口带动，产业推动，商城互动，宜居宜业"为发展目标，工作更有效、质量更好、效率更高，片区开发建设换挡提速，各项工作始终走在各片区前列。

"挂职干部牢记使命，不负重托，以积极的态度和务实的作风主动融入工作，始终保持昂扬向上的精神状态和锐意进取的干事激情，在平潭这片干事创业的热土上干出一番事业。区党工委、管委会多次要求，平潭的本地干部要向挂职干部学习，挂职干部要把当地干部看成自己的兄弟姐妹来传帮带。"时任区管委会主任、现任龙岩市委书记的许维泽如是说。

挂职干部传帮带，加快带动平潭本地干部崭露头角、脱颖而出、彰显风采，平潭的干部犹如一节节动车组，不断提速，高歌猛进，成为平潭经济和社会事业建设的一支重要力量。

第五章　不忘初心履职尽责

一

列夫·托尔斯泰说："人生的价值，并不是用时间，而是用深度去衡量的。"

陈镝是第一批挂职干部的领队，他说："通过选拔的挂职干部，政治素质好、文化层次高、业务能力强，是骨干力量和优秀人才。来到平潭后，他们积极融入实验区建设，撑起了'半边天'。"

他回想2012年带领挂职干部进入平潭综合实验区，立刻感受到欣欣向荣、如火如荼的建设高潮。3年的挂职生涯，陈镝感触最深的是：平潭是一块"试验田"，这里的"舞台"无限大。

3年中，平潭综合实验区许多重点、难点项目工程建设都是以挂职干部为主完成，他们满怀激情，攻坚克难，充分发挥了主力军作用，为实验区建设发展打下了坚实的基础，助推实验区发展不断跨上新台阶。

3年中，挂职干部都是原单位的业务技术骨干，他们发挥优势，积极制定各项政策措施，推动工作机制完善创新，规范简化工作流程，为实验区打造"大综合、扁平化、高效率"的政府运作模式发挥了不可或缺的作用。

3年中，挂职干部以身作则，全身心投入实验区开发建设，工作强度高，加班加点基本成为常态，遇到重大活动或工作需要，经常取消周末和假期，毫无怨言。有的挂职干部遇到自身或家庭困难，能极力克服，坚守岗位，树立了省派挂职干部的良好形象，在各自的岗位上勤勤恳恳，做出了一流的业绩。

陈镝说："有付出就有收获，第一批挂职干部获得国家、省、区各类表彰奖励的有200多人次，有人还获得'全国五一劳动奖章'……"

涓涓的细流，可以汇成壮阔的大海；平凡的脚步，可以走完伟大的行程。历史的画卷，总是在一个个奋斗者的砥砺前行中铺开。

叶志勇是厦门人，可他选择了平潭。

在朋友、同事的眼中，叶志勇是"六好"同志：好党员、好领导、好干部、好儿子、好丈夫、好父亲。面对同事的"加冕"，想到不得不远离的家，他惭愧地摇摇头。

2012年3月，叶志勇踏上岚岛。

从厦门市市政园林局的干部变身为平潭森林园林有限公司

副总经理，叶志勇完成了人生身份的一个转变。他的工作是安排负责平潭环岛路绿化、全岛花化和彩化、海渔广场景观改造等工程。

生态建设是平潭发展的基础。但平潭风大、沙多、土壤贫瘠……绿化困难重重。

叶志勇和他的团队进行了刻苦攻关，成立了"花博士"和"土博士"两个团队，负责苗圃管理和土壤改良。

在叶志勇的带领下，两个团队紧密协作，经过两年多的艰苦奋战，平潭岛花香满溢，极大改善了平潭岛原来"只长石头不长草"的生态状况。期间，他从实践出发，总结了一套科学种树、科学养护的方法，参与编著《平潭绿化导则》一书，为平潭的绿化工作提供了理论基础和实践经验。

为推进实验区建设进程，工地常年处于紧张施工状态，五一节、中秋节、国庆节等重大节日，都能在施工现场看到叶志勇的身影。在施工过程中，他手把手传帮带，为森林园林公司培养出一支专业扎实、工作高效的园林绿化技术团队。

2015年，3年的挂职期结束了，叶志勇决定留在平潭。在他看来，平潭正朝着国际旅游岛迈进，这里的舞台适合他。

"每当看到环岛路、金井湾大道上茁壮成长的花草树木时，我心里就充满成就感。"叶志勇说，"平潭大开发、大建设的过程，给了我一个展示的平台，我想在这里实现人生的梦想，播撒一片绿。"

如今，夏日的平潭，绿意盎然，多姿多彩。娇艳的三角梅染红了环岛路和坛西大道，几十万株月季争奇斗艳，此起彼伏，十分耀眼。

"种不了草，开不了花"的担心已不复存在。通过全面绿化、花化、彩化，美丽平潭的框架已全面构筑。

努力的付出之后，叶志勇收到丰厚的馈赠：他先后荣获"福建省五四青年奖章""全国五一劳动奖章"荣誉称号；森林园林公司获得"全国五一劳动奖状"称号；2017年10月，叶志勇作为突出的专业技术岗位党员代表，出席了中国共产党第十九次全国代表大会。

2012年2月27日，肖爱玉提前报到，从厦门市建设局造价站到平潭综合实验区交通与建设局挂职。

从报到的那天起，她就像上紧了发条的时钟，一刻不停地往前奔跑：

到平潭不到3天，她就向福建省造价总站申请发布平潭2月主材信息价，使这项停摆了一年的工作恢复上轨。

在全省，率先把全区15个乡镇农村家庭纳入住房保障范围，实行公租房、廉租房并轨运行；将外来务工人员、新就业员工纳入住房保障范围，做到应保尽保。

利用人脸住客识别系统对入住家庭成员进出次数进行分析，避免保障房出现违规出租、转租、空置现象。

拟写并出台平潭系列保障性安居工程建设、装修、分配、准入标准、租金、后续管理等等相关制度。

……

2015年大年初一，位于平潭岚城片区的岚城安置小区，处处张灯结彩，喜气洋洋，人们脸上洋溢着幸福的笑容。

这是平潭首批保障房，来自全区的500多户居民搬进新居。

"首批保障房有两栋，528套房源，已基本分配到居民手里，大部分居民春节前就搬进了新房。"肖爱玉显得比居民还激动。

"保障房主要针对城镇居民，没想到我们农村户口也能申请。"魏娟是北厝镇大厝基村民，第一户搬进保障房，她自己做梦都没想到能住上保障房。"家里人多，收入有限，我们一直为住房问题发愁，结婚至今都住在旧房子里。"她说。

从无到有，肖爱玉建立了"制度＋科技"完整的岚岛特色保障性安居工程建设管理体系，多项工作走在全省前列，创造了一流的业绩，获得省住建厅和省纪委的好评。

2015年2月20日，《福建日报》专题报道并介绍了平潭保障房阳光分房、交房入住的样本。

2015年7月，中华全国总工会授予肖爱玉"全国五一劳动奖章"称号。

王力红，在金井湾组团指挥部挂职。她还记得2012年刚到平潭时，所有的一切与想象存在着巨大的反差——所分配的工作并非本职，艰苦恶劣的工作环境，简陋的办公设备，这一切，都曾经让她失望、后悔甚至想放弃。

什么是BT工程？什么是用海报批？原本在福州市土地发展中心就职的王力红，在这些工作面前就像个懵懂的学生。但是她坚定地说："我必须不断地加强学习。"

填海造地、海堤护岸、盐田回填三个项目是金井湾片区开发的重点基础工程，是项目落地和水电路配套建设的保障。经过她和同事们的共同努力，项目前期工作迅速取得较大进展。

在挂职第八个月的时候，一道晴天霹雳凌空而至。

"你的病情需要手术，应该在家好好休息，而不是跑到平潭挂职。"直到现在，王力红依然清晰记得医生对她的忠告。那时，倔强的她自然不相信，在反复确认之后，她一度万念俱灰。

在病房里，她的手机铃声不断响起，门一次又一次被推开，一回回亲切的探望、一张张亲切的笑脸、一句句温暖的问候，挂职办领导来了、"挂友"们来了、金井湾片区指挥部的同事们来了……

"你好好养病，不要想着工作，有我们呢！"面对他们的关心、鼓励和帮助，王力红悄悄地流下了眼泪。

手术后不久，王力红毅然回到了平潭。照常上班、加班，照常开会布置工作，照常走访基层，与平时完全没有两样。她一边化疗一边坚持工作，在平凡的岗位上奏响了生命的最强音。

从金井湾组团到金井湾片区管理局，3年过去了，虽然挂职单位的名称改变了，但没改变的是王力红对平潭的情谊。

"我庆幸当时的决定是正确的，我觉得挂职最大的收获是被一起的同事和'挂友'们感动，我为共同经历的无数个辛苦日夜而欣慰，这一切美好的回忆我将永久珍藏。"在挂职干部座谈会上，她的发言引来一阵阵潮水般的掌声，转过头，她悄悄擦去了眼角溢出的泪水。

因手头的工作暂时无人接替，王力红接到上级通知，希望她再延期挂职3个月。她说："手头用海审批的事情虽然还没做完，但现在的我已经能够自豪地说，在平潭挂职的3年里，我全心全意地付出了。"

时任挂职办副主任的林锋自豪地说："挂职精神是一种无形的力量，潜移默化间激励和感召着挂职人的一言一行。"

林晓羽，是福建对外经济贸易职业技术学院讲师，2012年3月，到区分线管理封关运作建设指挥部挂职，全程参与了平潭封关运作建设。

预验收的时候年关将至，人员少、时间紧。为了准备预验收，林晓羽他们的工作已经不分白天黑夜了。

为方便准备各个材料、协调各个部门、检查各个环节，林晓羽和同事们把脸盆、毛巾、被子都搬到办公室，实在困了就在沙发上躺一躺。

那段时间，很难有一个完整的睡眠，才模糊地睡去，半夜又被一个电话叫醒，是经常的事情。

为了确保预验收通过，林晓羽他们买了几千箱的泡面、面包、矿泉水等物资，以确保民工兄弟"三班倒"的加班。

林晓羽在"封关、开业、招商、自贸"几项重点工作中，超常规完成了各项任务部署，充分锻炼了业务能力，提高了管理水平。如果不经介绍，恐怕没有人会想到，低调的他还有着3年英国求学、5年国内教书育人的经历。

终于，2014年1月26日，通过省级联合预验收，5月16

日顺利通过国家验收。7月15日正式启动封关运作，这标志着当年全国通关效率最高、政策最优惠、具有国际自由贸易园区特征和功能的两岸合作特殊监管区域正式落地运营。

这些，让林晓羽觉得，再多的辛苦付出都值得。

林晓羽唯一放不下的，是对妻子的亏欠。来平潭实验区挂职后，他和妻儿分居两地。"妻子不仅要承担着她自己的工作压力，还要照顾孩子。有一段时间，我们为此有过矛盾，但后来更多的是理解和支持。"提到妻子，林晓羽仍然有掩饰不住的歉疚。

改革创新无止境。在这片激情的土地上，挂职干部为实验区体制机制创新同样做出了积极贡献。

挂职干部的理论基础扎实，业务能力强。他们发挥优势，积极制定各项政策措施，为实验区打造"大综合、扁平化、高效率"的政府运作模式发挥着不可或缺的作用。

据统计，由挂职干部独立或牵头制定的重大政策措施20多项，印发施行的规章制度等100余项，初步搭建起实验区开放开发建设政策框架。

他们说："这些制度就像一个个新生命，凝聚了我们的心血。"

陈凌勤挂职平潭综合实验区招商局副局长。2015年，刚到平潭，他就和挂职干部推动建立健全工作机制，整理形成《平潭综合实验区优惠政策解读》《平潭综合实验区优惠政策文件》，从对外开放、产业扶持、台胞创业等6个方面，对实验区优惠政策进行全方位、系统性的解读，为招商引资、产业发展等各项工作提供强有力的政策保障。

在区交通建设和环境国土部门挂职的张祖柱、陈前火教授，草拟了《平潭综合实验区工程建设领域信用管理暂行办法》《石头厝保护与开发管理暂行办法》《平潭综合实验区土壤污染防治工作方案》等法规文件，经区党工委、管委会研究后，正式出台发布实施，对建设项目招投标、安全生产管理、土地储备管理、环境监测保护等起到了有力的规范和保障作用。

张祖柱，任区交通与建设局党组副书记、副局长，个性温和却充满激情，做事稳重但不张扬，坚持原则，为人正直。他分管的一块工作是质量监督和安全，这事关人民群众的利益，事关社会稳定，事关平潭社会经济发展。

民生的关切就是改革的方向，民生的渴望就是改革的动力。

张祖柱通过抓具体、抓规范、抓创新，促转变、促提升，进一步落实责任，创新机制，规范行为，强化运作，不断提升平潭工程建设质量整体水平。

他说："平潭和很多地方不同，我在这里不只在参与建设管理，也在不停学习。我非常热爱这块热土，愿意为平潭两岸共同家园，贡献出自己的一分力量。"

对于当地干部群众，张祖柱很真诚地说："我们来挂职只有两三年时间，你们在平潭一干就是几十年，甚至一辈子，付出的更多。和你们相比，我们做的不算什么。"

他这样激励自己，挂职要留下汗水，绝不留下泪水；要留下口碑，绝不留下口舌；要留下真情，绝不留下遗憾。

2018年底，张祖柱荣获"国务院特殊津贴专家"称号。

爱因斯坦说："在一个崇高目标的支持下，不停地工作，就一定会获得成功。"挂职干部的行动对此是最好的明证。

二

来平潭挂职的每一位干部，原先都在省内不同单位从事不同工作，到平潭挂职后，他们有的继续干着本职工作，有的换了部门，重新挑战自我。

心之所向，披荆以往。

在区自贸办挂职的曾文生，在平潭的每一天都很忙碌。他说，要在平潭这片热土上贡献自己的智慧，为平潭的建设添砖加瓦。

曾文生20年前曾来过一次平潭，20年后，他再次踏上平潭这片土地，觉得平潭的定位和发展特别"高大上"，未来一定会大有所为，也希望借着3年的挂职时间发挥自己的专长，在平潭有一番作为。

2015年2月3日，分别来自莆田、龙岩的挂职干部尹辉、曾文生和来自福建农林大学的谢建财来到平潭。那时自贸办刚成立，面对全新的自贸试验，他们深知肩上的责任重大。

他们，与其他20多名在自贸办挂职的干部一起，克服重重困难，从赊欠办公家具开始，积极创造一个良好的办公环境。紧紧围绕"一岛两窗三区"的战略定位，充分发挥自身优势，主动对标先进地区，把功夫下在体制机制创新上，凸显平潭自贸区特色。

他们，积极协助推进重点试验任务和创新举措，与省自贸办沟通，坚持问题导向，把破解平潭发展中的主要矛盾作为重点和突破口，大力简政放权，提高办事效率，为促进投资和贸易便利化创造条件。

他们，扩大开放措施和复制推广，推出3批次29项开放措施居全省前列，承接省里下放的253项许可事项，对国务院发布的新一批19项改革试点经验、福建自贸区前4批可复制推广成果等在区内进行分解。2016年在全省自贸区绩效考评中，平潭片区曾以满分100分的成绩稳居第一。

回想3年的奋斗历程，曾文生微笑着说："我做到真挂职，挂真情，真正融入平潭开放开发建设中去。"

其他在区自贸办挂职的20多位干部，也都和曾文生有着一样的想法，要在平潭这块热土上贡献智慧、实现梦想，即使再忙碌，也没有任何怨言。

他们在外奔波，经常需要"私车公用"，有驾照的人当免费司机，有车的人自愿提供车辆。

从省科技厅来挂职的干部王斌，当初被平潭的先行先试和建设两岸共同家园的定位吸引，他决定来平潭看看，后来参与建设后，发现这里成了很多创业者的创业平台。

他说："我们都是党的干部，以天下为己任，平潭的建设需要干部，我当然义不容辞。"

王斌自挂职以来，亲眼看见平潭的建设一日千里：眼看着公铁两用大桥即将建成，平潭与大陆天堑变坦途的惊天之举即将成为现实，亲身参与了金井湾新区的开发建设，感受到一位位挂职干部在这片热土上干事业、洒热血、铸功绩……

提起所见所闻，王斌心潮澎湃："平潭现在已经焕然一新，提出'5+2'产业政策，经济的腾飞指日可待。自贸办的创新举措很多被复制推广，里面有我的点滴贡献，我觉得值了，这3年不虚此行。"

来自仙游县招商局的杨震认为，平潭自贸区建设过程中，将会有一批大胆创新的政策得以实践和落实，在这个过程中，一定会收获许多宝贵的经验。"平潭自贸区是一个全新的概念，这里需要我们共同的力量。"

仝振，原来是福州海关马尾海关通关科科员，羞涩地说："我挂职之前是个大龄青年，一度担心来平潭会把自己的婚姻给耽误了。但得知有机会来平潭，我还是很兴奋，因为平潭有许多的机会。我们一起脚踏实地，把平潭的这些规划一步步落实到底。希望在我们的手中，平潭能够变得更不一样。"

徐国逢，是莆田秀屿区金融工作办公室干部，笑着谈起平潭的风，刮起风来人的头发和眼睫毛上全是土，窗台上和桌子上也是一层土，办公室的空调嗡嗡作响还老滴水。

他说："我是自愿申请来到平潭自贸办，刚来还不是很适应这里的气候。平潭的规划很好，希望我们能够贡献自己的一分力量，脚踏实地往前走。"

林四金，南平市物价局价格监督检查分局科员。"这是一支年轻的队伍，充满活力，有激情。平潭，要用长远的眼光去看它。我们把自贸办打造成了一个家庭，让这支队伍能够安心奋斗，互帮互助。把创新的想法汇到一处，共同建设平潭自贸区。"

时代，总是赋予创业者以创新的机会。而成功，总是垂青善于把握创造机遇的人。

3年来，区自贸办24名挂职干部不断提质、提速、提效，试验任务、创新举措、复制推广、招商引资、政策争取、资金扶持……精彩纷呈，每一个亮点的背后，都闪现着挂职干部忙碌而骄傲的身影。

他们推出11批次126项创新举措，其中属全国首创55项，对台创新举措42项，占创新举措总数三成以上。61项创新举措被列入福建自贸试验区前五批110项复制推广的创新成果，"市场主体名称登记便利化"入选第三批全国复制推广改革试点经验。

推出的开放措施，首创举措量和开放措施量均居全省前列；

商事主体的设立登记审批时限压缩到3小时以内，创造了"三个全国之最"——实现审批时限最短、办理环节最简、前置条件最少，成为平潭自贸区最具特色的标志性改革措施；

创新推出投资审批"四个一"模式，由此形成的"平潭投资体制改革"入选"全国自贸区八大最佳实践案例"；

"关检一站式查验平台＋关检互认"被商务部评为4个"最佳实践案例"之一；

签发"五年期台胞证"33.82万人次，累计受理"一次有效往来台湾通行证"3599人次，"海峡号""丽娜号"挂牌以来累计运送28.7万人次；

共有99辆台湾地区机动车辆由平潭澳前口岸入闽自驾行驶，共核发临时驾驶许可52本，临时入境机动车号牌与行驶证60副；

……

这些骄人的业绩，吻合了自贸办的挂职干部们的座右铭：人生在世，俯仰之间，自当追求卓越。

三

《论语》里说：君子务本，本立而道生。

和所有挂职干部一样追求卓越的，还有来自省公安厅的挂职民警们。

2014年4月25日，第二批37名挂职民警抵达平潭。林伟国，是其中之一。

他除了带着理想和抱负之外，与别人不同的是，当踏上平潭这片热土的时候，还带着愧疚和遗憾：父亲癌症晚期，2013年12月去世，家里有1岁多的女儿，有太多的因素羁绊着他的梦想。"我带着遗憾来，但是我不希望带着遗憾走。"

刚到平潭，林伟国有些不适应。综合室一个科室所承揽的工作对接着省公安厅七八个处室和部门，内容繁杂但要求不低。人手有限，怎样才能够按照省公安厅的规范和要求，将繁多的事务处理得有条不紊，实现精细化、专业化？这其实很考验人。

然而，这并没有难倒林伟国，善于学习和总结的他很快就明确了工作的方向和目标。

在法治化、规范化成为公安工作生命线的大环境下，建章立制被放在了一个新的高度。如果警械是外勤民警的武器，那么规章制度就是内部管理的依据。

相比省公安厅，平潭公安局的建章立制工作相对薄弱，一些事情还停留在人管人的层面。林国伟说："人管人得罪人，制度管人约束人。即便制度的制定者和执行者因为一些条条框框不被同事所理解，但这只能算制度化、规范化的阵痛，我并不担心。"

通过深入的基层调研，林伟国和同事们大胆改革创新，当《党委议事规则》《机关党委工作规则》等一系列规章制度出台后，政治建警、从严治警有了明确的依据，平潭公安局用制度管人、按制度办事初见成效。

林伟国给慢慢长大的女儿打电话，小家伙总是奶声奶气地问："爸爸，你什么时候回来？"

他耐心温柔地说："爸爸还要上班，你乖乖地听妈妈的话，爸爸就回去看你。"

女儿撒娇地说："你这个臭爸爸，我不要你啦。"

随着时间的推移，女儿对爸爸的思念与日俱增，有几次，夜里不睡，吵闹着让妈妈给爸爸打电话，他拿起手机，女儿在电话里放声大哭："呜呜呜，爸爸，我想爸爸，你快点回来！"

女儿哭得上气不接下气，林伟国攥着手机辛酸得想流泪。可转念一想：平潭公安局的制度体系尚未夯实，自己现在的付出，是舍小家、顾大家，他相信女儿长大后一定会理解自己的。

江淋，是全国打击电信诈骗犯罪的专家能手、公安部聘任教官，在他的专业领域算是"成色十足"，经常受邀到一些全国性的讲座去授课。他在省公安厅接触到的大多是大案要案，由于电信诈骗案件的性质，异地犯罪的可能性比较大，经常要跨市、跨省进行侦破。

作为这两年来江淋的搭档，平潭民警刘会锐深有感触："跟着江淋，不但了解了电信诈骗犯罪的作案流程和侦查思路，也学到了针对电信诈骗犯罪案件的实战技能，更获取了江淋所说的那些'资源'。我们以前的视野多局限于地方，一旦跨出平潭岛，就有一种举步维艰的感觉。跟着省公安厅的民警，到哪里都有办案积累下来的人脉，熟悉之后办案就轻松多了。"

江淋除了在传授经验和案件侦破中多有建树，还和挂职民警沈浩一起，多方奔走，与平潭工行、农行、建行等16家银行签订了《银警打击虚假信息诈骗犯罪案件涉案账户资金应急处置合作备忘录》，通过和银行密切合作，累计止付涉案资金200余万元，挽回了群众的经济损失。

这些年江淋很拼命，在办案过程中经历多次生死考验：一次，在抓捕时，嫌疑人沿着路边的悬崖跳入30多米深的河中，水性不太好的江淋毫不犹豫跟着跳入河水，全身伤痕累累，险些出意外，最终擒获嫌疑人；一次，部督一起侦办案件的过程中，在高速公路上发生车祸，车辆损毁严重，所幸江淋只受了一点轻伤；一次，在龙岩抓捕毒贩时和嫌疑人的车对撞，眼看着嫌疑人的车飞下几十米深的悬崖，装了整整一车的毒品撒满整个山崖，江淋的车也险些坠入深渊……

电信诈骗案件由于要跨地区侦破，出差便成了家常便饭。在侦破一起冒充QQ好友诈骗案时，江淋和同事们近一个月内往返于福建和广西，辗转福州、平潭、南宁、宾阳等地。相比这样的出差，另一种"出差"更令江淋揪心。"我的家在福州，如今到了平潭，到福州从'回家'变成了'出差'。经常是早上去晚上回，根本没时间回家看看爱人和两个小孩，有一种'三过家门而不入'的感觉，有时真的挺难受。"

在平潭澳前码头，有这样一套"口岸应急备用系统"，即便在省公安厅系统故障或网络中断的情况下，仍可依托口岸局域网为入境旅客落地办理证件，大幅度提高了口岸落地办证的服务能力。而这套系统的研发者，正是出入境管理支队挂职民警郭徽善。

"我觉得最自豪的应该就是参与了制证分中心的建设，这是全国唯一一个省级制证分中心。国家给了平潭政策优势，而我参与其中，不但有幸见证了这个全国唯一，还参与了这个全国唯一。这可能是我职业生涯里永远值得铭记的一笔。"郭徽善随即谈到对挂职的看法，"挂职不是'挂名不干事'，而是要多干事、干实事。"

指挥情报中心挂职民警陈超说："有人觉得挂职就是'走

过场'，得过且过，丰富一下履历。但是我不这么认为，既然来平潭挂职，就要沉下心来，在平潭留下自己的努力耕耘。"

平潭公安的基础设施建设较为薄弱，陈超和同事们以全省网格化服务管理信息平台建设试点为契机，深入各重点场所、主要道路现场调查勘验，加强前端机位选点和布局设计，合理规划增设视频监控、高空瞭望及智能流媒体视频卡口上百个。协调促进海关、教育、企事业单位等部门单位视频监控资源整合共享，基本实现视频监控资源"全区覆盖、全时监控"。

"即便我挂职结束了，这些监控、卡口还是会保护平潭，震慑犯罪分子，这感觉还是挺好的。"陈超笑着说。

2016年春节前夕，在北厝镇派出所挂职副所长的张雁飞，陆续收到20余条短信："谢谢张所长，我们能够安心地过年了。"

那是2015年，18名安徽民工在平潭某建筑工地务工，工期结束后一直没有拿到工资，共计38万余元。而年关将近，家里的亲人们都翘首以盼他们能带着钱回家过年。

然而，他们身上连吃饭的钱都没有了。

负责调查此案的张雁飞立即与项目部经理进行了多次协商，推动走流程的进度。第一步，先为每位工友争取到300元生活费；第二步，在一个月时间内，争取项目总部批准发放工资。

凛冽的寒风里，18名民工怀揣着一颗颗滚烫、感恩的心，踏上了回家的列车，他们咧着嘴、朴实地相互笑着说："张所长是好人啊！"

2017年5月2日上午，平潭综合实验区公安局组织召开省公安厅第三批挂职干部欢迎会，以简朴的仪式欢迎38名挂职干部来平潭赴任。

组长马先锋铿锵表态：一要珍惜机遇，虚心学习，提升素质；二要求真务实，大胆工作，积极有为；三要严格要求，遵章守纪，展示形象；四要加强沟通，增进交流，推介平潭。

白璐璐，是第三批挂职民警里唯一的女同志，被分派到平潭北厝镇派出所，主要负责金井湾新城的社会治安管理等工作。从原单位负责文宣的内勤民警，变成平潭实验区成立以来第一位女段警，独当一面的"女汉子"白璐璐，实现了无缝连接。

许多单位，实行的是8小时工作制，工作时间之外有自由支配的休息时间。但是，在公安系统，8小时工作之后还有16个小时，随时都处于待命状态。

为了打好金砖会晤的安保攻坚战，平潭要求在规定时间内完成地址清理率、房屋访查率、人员访查率、门牌覆盖率、门牌标注率5个"百分百"目标。

平潭项目建设多，工地人口复杂，白璐璐为工地提供人员身份登记系统，不时走访工地，调查人员登记情况。金井湾新区在建设中，道路刚刚修建，很多地方甚至没法导航到，找不到地方，她只能自己画地图。

正值夏天，白璐璐每天都要到辖区走访，采集信息。没多久，大家就看着这个省城来的警花的肤色变成渔村小妹样了，同事都亲切地开玩笑叫她"黑璐璐"。

白璐璐自我安慰道："没关系，幸好我还能白回来。基层有太多需要学习的，首先要学的，是和企业、和普通百姓怎么打交道。"

在中楼乡派出所挂职的第一天，伍世琦下班后就登上了派出所辖区内最高的山君山。他想看看平潭岛全貌，看看在接下来的3年时间里，将为怎样一块土地挥洒汗水与青春。"我来挂职从来不是为了能有一个出彩的'述职报告'，而是要把我的心留在这里，等我走的时候，能带走老百姓的感情。"

伍世琦始终记得最惊险的一次出警："一名吸毒人员被传唤时不配合，朝民警挥拳头。见状，我施展所学擒拿技巧，将他控制并迅速上铐。"

做完这一切，伍世琦点醒他："作为一名父亲、一名丈夫，你为家里做了什么？你的妻子需要丈夫！你的儿女需要父亲！"听后，吸毒人员不再反抗，默默地流下了泪水。那天，伍世琦与吸毒人员聊了很久。之后，那名吸毒人员平静地接受15日治安拘留以及之后的两年强制戒毒。

"责任重千钧，我有扛好的勇气；道路不平坦，我有走好的动力；事业光明且伟岸，我有发展的豪情。我相信，我与平潭的缘，将会在一片光明的愿景里，结出丰硕的果实。"这一段话，是伍世琦写在笔记本上的感悟，也是挂职平潭的公安服务组民警的共同心声。

3年，对于悲观者来说，只是几声叹息；对于空想者来说，只是几场美梦；而对于平潭的挂职民警来说，却意味着无数的辛勤付出和沉甸甸的收获——

他们，主导、参与破获各类重大案件800余起，抓获犯罪嫌疑人261名；

他们，圆满完成中央领导同志来岚考察调研、全国"青运会"、"海洋杯"国际自行车赛、全国"两会"、杭州G20峰会、首届平潭创业合作对接会、厦门金砖会晤、小岛屿国家海洋渔业部长会议、党的十九大等重大安保警卫任务60余场；

他们，推动完成金盾网二、三级网络改造割接、高清视频会议系统、公安电话专网建设任务，顺利完成区局PGIS指挥调度系统、警用执法记录仪系统、手机数据采集终端升级等基础项目建设；

他们，牢记使命、勇于担当，坚持扎根基层、发挥专长，充分发挥桥梁纽带作用，有效服务于平潭公安的打防管控、基础建设、公安改革等重点工作，工作成效明显，共荣立集体三等功一次，有1人荣立个人二等功、26人次荣立个人三等功、80人次获得各类表彰奖励，实现了"才干得到磨炼、工作卓有成效"的挂职预期目标，圆满完成了省公安厅党委交给的挂职任务。

这是省公安厅发出的一封嘉奖令，是给个人，也是给全体挂职民警最完美的肯定：

厅机场公安局直属分局副局长陈国享同志，2014年4月25日至2017年5月在平潭综合实验区公安局挂职，任治安交通巡防支队副支队长兼车管所负责人。期间，该同志狠抓队伍管理、规章制度、硬件设施、业务办理等，全面推进平潭车驾管改革工作，创新推出了"提前备案+快速验收+简化换证"的通关模式，实现了"台车入闽"牌证"立等可取"的工作目标。车管所先后获得了省"青年文明号"、优秀基层所队、全区"巾帼文明岗"等荣誉。该同志曾立个人三等功2次，获个人嘉奖2次。为表彰先进，鼓舞士气，根据《公安机关人民警察奖励条令》有关规定，经研究决定，给陈国享同志记个人二等功，颁发奖章和证书……

挂职是一段成长蜕变的历程，众多挂职民警从省厅机关到基层一线，每天迎着猎猎海风，忙碌在平潭的大街小巷、村居海岛，值守接警，受理案件，调解纠纷。

暗夜里不倦的脚步、晨曦里晶莹的汗水、风雨中伟岸的身影，挂职民警为平潭人民擎起了一片宁静的天空，为平潭的开放开发保驾护航铸起了一道坚固的屏障。

林伟国在《岚岛情怀》一文中写道："多少个本应在家休息的夜晚，我们在排查安全隐患；多少个本应阖家团圆的日子，我们坚守在工作岗位上；多少次重大的节庆活动和安保任务，我们驻守在安保现场。基层工作还有很多很多，我们在这些平凡和琐碎的工作中，为每一位有需求的群众解决了问题，带来了方便，送去了温暖和平安；为每一次重大任务圆满完成，付出了辛勤的汗水，贡献了自己的力量。"

平潭综合实验区党工委委员、公安局长陈昌明说："挂职民警积极融入，尽心履职，干事创业，严以表率，发挥自身特长，为实验区的和谐稳定、发展建设做出了贡献。真切感受到每一位挂职干部都心系着平潭公安，都饱含着'为了平潭公安的明天会更好'的拳拳之心，让平潭公安人深受感动。"

"护航共同家园，深化融合发展"是平潭综合实验区检察院长期坚持的工作理念，也是自贸区检察室积极实践的目标和追求。

"我们立足平潭综合实验区、自贸区、国际旅游岛'三区'叠加的优势，做优自贸和涉台检察职能，擦亮富有实验区特色的检察品牌。"区人民检察院检察长李航说，"台湾创业园地处平潭自贸试验区金井湾片区，是国家级海峡两岸青年创业基地。我们着眼于服务保障两岸共同家园建设，在台湾创业园设立检察室作为服务窗口，便于就近为台胞、台企提供司法服务和法制宣传，也充分体现了区党工委、管委会对检察工作的重视和支持。"

"服务党委中心工作是检察机关义不容辞的责任，但发挥检察室作用的关键还是要说清检察室是干什么的。"李航介绍道，"我们围绕审查逮捕、审查提起公诉、诉讼监督和公益诉讼4项主要职能，结合检察室实际做了调整和完善，并通过卡通检察人物形象直观生动地展示检察室是干什么的，效果更加明显。"

谢举辉，在区检察院挂职副检察长，分管反贪、反渎、预防工作。

2018年1月，监察体制改革全面铺开后，他分管涉台、自贸检察工作。面对监察体制的重大改革，他逐一与分管干警谈心谈话，统一思想，稳定队伍。对日常工作依然紧抓不懈，确保在转隶前夕保持实验区反腐败工作力度不减、节奏不变。在区党工委、纪工委和检察院党组的统一部署下，12名干警的转隶工作有条不紊，线索、财物移交等各项工作均圆满完成。

挂职期间，谢举辉牢牢立足分管反贪、反渎和预防工作实际，紧抓办案质量、效率和效果。围绕办案质量，运用多年积累的公诉证据标准，组织、指挥查办群众反映强烈的职务犯罪，努力彰显正义正气，促进风清气正。

有人说："司法是社会的良心，司法者是高尚者的同义语。"这对于在平潭法院挂职副院长的陈捷来说，有着切身的体会。他说，法院是社会公平正义的最后一道防线，法官的职业体现了人类的道德和良知，法官只有具备让人尊重和敬佩的道德品德，才能得到社会的认可。

法院院长丁仰豪说，一直以来，平潭区法院在服务保障大局、审判执行工作、司法体制改革等方面取得了新的成绩，令人鼓舞。"党和人民对司法改革的要求掷地有声，将'司法责任制'提到了新的高度。下一步，我们将深入推进司法体制改革，打造'智慧法院'，通过'网络服务平台'，实现远程立案、远程送达和远程庭审。通过快捷、便民、高效的运作模式，不断满足群众的期待。"

好风凭借力，扬帆正当时。平潭法院挂职副院长詹强华分管的自贸涉台审判团队，凭借司法改革东风，立足大局，发挥司法审判职能作用，以问题为导向，凝聚部门合力，创新审判机制，多措并举，服务平潭总部经济建设。2016年9月至今，自贸涉台审判团队共受理涉总部经济的民商事纠纷239件，涉及标的额达5200多万元。迄今为止案件无一上诉，妥善高效地化解了涉总部经济民商事纠纷。

"贵院关于在业务合同中增加送达地址约定的建议，将对我司降低诉讼成本、提高诉讼效率方面有积极意义。感谢贵院的宝贵建议。"这是一封来自神州集团的感谢信。

神州集团是2016年3月刚在平潭注册的总部型企业。10月，神州集团与杨某因履行融资租赁合同产生纠纷并诉至法院。经办法官居中调解，最终促使杨某主动履约，案件得以妥善解决。

虽案结事已了，但司法服务并未止步。自贸涉台审判团队发现该公司的业务遍布全国各地，而其合同范本中却缺乏送达法律文书的通知条款。如果合同对方无法联系，在诉讼中只能通过公告方式送达法律文书，仅送达阶段就将消耗大量时间。针对该症结，自贸涉台审判团队向该公司发出了在合同中增加约定送达地址的司法建议。收到司法建议后，神州集团高度重视，并对全国范围内的合同范本进行修缮。据统计，该司法建议累计已为神州集团节约了2520天的等待时间，极大降低了诉讼成本，避免了司法资源的浪费。

2018年1月，神州集团全国总法律顾问一行专程前往平潭。座谈中，自贸涉台审判团队还就合同范本中违约金约定过高的情况进行提示，执行团队就异地执行存在的问题进行分析。神州集团对平潭法院提供的精准、高效的法律服务表示了感谢。

"蒋女士，您起诉的锦绣物流公司合同纠纷一案，因该公司登记的住所无法联系，法院已经将该信息移送市场监督管理局。该公司将依法被列入经营异常名录。"这是首件因企业无法送达被移入经营异常名录的案例。

为了深化商事制度改革，加强事中、事后监管，詹强华副院长带领平潭法院与平潭市场监督管理局，共同建立自贸区企业送达信息共享机制。法院通过企业登记的住所或经营场所无法联系，该企业将被市场监督管理局移入经营异常名录。

自贸区企业送达信息共享机制通过对审判信息的充分利用，加强了对违法企业的信用惩戒，以责任倒逼提升司法送达的效率。并通过信息共享，有效地提升了市场监督管理局监管效能，降低社会治理成本，营造公平竞争的发展环境。

詹华强介绍说："2018年4月，该机制被纳入国务院第四批集中复制推广的自贸区经验，这是全国法院迄今为止在自贸区的创新成果首次被列入国务院复制推广的经验，受到最高法院的高度肯定。省法院和省工商局也在平潭召开现场推进会。"

"栽下梧桐树，引得凤凰来。"平潭法院自贸涉台审判团队将坚持"立足全局谋一域，打造一域促全局"的工作思路，充分发挥司法职能作用，努力将平潭打造成能与自然风光相媲美的法治化营商环境新高地，推动总部经济集聚平潭，实现平潭跨越式发展。

法院的工作平淡无奇，挂职法官的行为质朴无华，但是他们认真对待每一起案件，坚持把化解矛盾放在第一位，即使判决,也让当事人"赢得理直气壮,输得心服口服"。

忘不了,炎炎烈日下,法官们走村入户,送达文书;忘不了,寒风凛冽中,法官们深入田间地头,宣讲法律知识;忘不了,柔和的灯光下,办案法官们苦心调解的背影……

风萧萧一肩霜雪,路漫漫万里征程。

丘宇涛,在平潭法院执行局挂职,他说:"今年,执行局拍摄了《守护执行最后一公里》的微电影,反映了执行干警的感人事迹和工作中的点点滴滴,真实而伟大,令人感动。"

这是一个汹涌澎湃、生机无限的时代,这是一项布满艰辛、实现价值的事业。实现公平与正义,人民法院任重道远;落实司法为民要求,人民法官当仁不让!在善与恶、正与邪的较量中,平潭的人民法官必将站立成一个个精准的坐标,捍卫人间正道,留住世间温情,以行动证明无愧于神圣的审判事业,无愧于伟大的法治时代!

"道虽迩,不行不至;事虽小,不为不成"。时间不会停留,平潭法院挂职干部们追寻"公平与正义"的脚步永不停留……

四

诗人余光中曾经深情地吟唱:"乡愁是一湾浅浅的海峡,／我在这头,／大陆在那头。"这在海峡两岸中国人的心中撩起多少情感的波澜。

岁月悠悠,惠风和畅。

一湾浅浅的海峡,飘扬着台湾渔民的渔歌,也栖息着平潭人民的富饶之梦，奔腾不息的大海见证了两岸人民"人同祖、神同缘"的源远流长。

一湾浅浅的海峡，两岸美丽的海港。骨肉情深，大爱无言，恒久不变。断不开的手足深情，是两岸人民共同向往和平、发展，交融交汇的感情桥梁。

平潭这片热土，以其丰富多彩的山海资源、开放开发的远大前景，融入雄浑的闽台交响，成为台湾青年积极创业首选的梦想天堂，成为一道绚烂多姿、气象万千的亮丽风景。

平潭台湾创业园，占地8.6万平方米，由36栋园林别墅型楼宇组成，位于平潭自贸试验区金井湾片区内。

它兼具两岸青年创业基地、科技企业育成中心、跨境电商产业园、中小企业总部四大功能区，入选国台办公布的第四批海峡两岸青年创业基地和示范点，正日益成为以创新、创意为特色的两岸青年创业者的"共同家园"。

台湾创业园项目建设的故事，听挂职金井湾片区建设指挥部副局长、副指挥长林东明讲过多次。一个个故事，似乎是零星的、片段的，但跳荡在时间链条上连成一串，让情感起伏，让心潮澎湃。每一次聆听，都进入一条感动的隧道。

台湾创业园于2012年5月开工建设。

2015年3月，根据区党工委指示，要以"高质量、高水平、高速度"为目标，尽快建好并投入使用。

时间紧，任务重。在接到命令的当天，挂职干部、区交投集团总经理陈江滔就对工作做了具体安排，对各专题的完成时间提出要求。他强调：不管时间多么紧，项目完成的时间一天不能推迟；不管困难多么大，成果质量一点不能降低。

"越是艰难，越要充满激情；越是困苦，越要奋勇争先！"挂职干部的豪迈气魄铿锵有力、掷地有声。

这是勇者的风采，这是参与者的豪迈，这是抒写与时间赛跑的篇章！

春天应是江南一年中最美的季节，桃红柳绿，姹紫嫣红。但春天之于平潭工地却是考验人的季节，大风怒吼，沙尘满天。

林东明带领团队，夜以继日，风雨兼程，快马加鞭，乐呵呵地忘我工作。他们，心贴在一处、肩靠在一起、劲使在一块。

谢元军，从泉州公路局到金井湾组团建设指挥部挂职，办公室里经常看不到他，更多时间是在工地上。他说，台创园是平潭最早动工的项目之一，需要更多地去现场直接协调、办公，这样工作效率更高。

他一人负责几个项目的材料上报，晚上在机房里熬了无数个通宵。饿了，一袋饼干，一瓶水，就是一顿饭；困了，在座位上，披条毛巾被打个盹儿，就是最奢侈的休息。

参加工作尚未满一年的林嘉霖，牢记"爱拼才会赢"的人生信条，下决心以青春和热血磨炼一身过硬本领。面对尚未成型的新城与不尽完善的老城区，百业待兴，他心里明白：这是基层！这是战场！这更是热火朝天的建设一线！

林嘉霖负责片区内市政道路工程项目的服务管理，这是一项全新的工作，让他倍感挑战之艰。不过，实践是最好的老师，现场是最好的课堂。原本一窍不通的他，天天扎在工地一线，市政工程的建设过程、项目管理的方法、安全生产排查整治、文明施工的监管要点，他终于了然于胸、运用自如。

2015年8月，台创园开园在即，台风"苏迪罗"来袭，挂职干部贾存友和王斌骑着电动车四处巡查。当时风大雨大，片区的路网还未拉开，公交车也还没通，许多道路坑坑洼洼、泥泞难行，他们就这样顶着风雨艰难前行。巡查一圈，王斌和贾存友在一个项目现场发现了滞留人员。顾不得身上湿漉漉，也忘记了饥饿，他们立刻联系片区把人员转移到安全地带，一直忙活到晚上10点多。

夏日的工地，地表温度时常40多摄氏度，穿着皮鞋在阳光下站立超过5分钟，鞋底就会发烫，脚底下仿佛踩着一团火，但贾存友毫不在乎。

他说："来挂职就是要在岗位上充分发挥自己的作用，勇于奉献。同时，这也是在不断地充实自己。现在电动车的电越跑越少，我的电却是越充越满了。"

挂职干部以"五加二、白加黑"的工作模式，会同相关单位开展"大干60天"。采取工期倒排、进度日报、每晚例会和经济处罚等具体措施，确保管理人员、施工人员、施工材料、机械设备"四到位"，工程质量安全问题和工程进度得到"双保证"。

功夫不负有心人，提早4个月，台湾创业园建设告捷，商务运营中心剩余工程也按照节点进度推进。

望着一栋栋整齐、美观的楼房,林东明无法遏制心里的感动:"项目快建成的时候,我到最远的标段,看到项目上的一个姑娘……"说到这里,这位一直在工地上摸爬滚打的老工程师几度哽咽。他曾三次试图讲完这个故事,但都无法继续。

所有人的目光都聚焦林东明身上,希望能知道故事的结尾。他稳定了情绪说:"这帮年轻人,不容易!"随后,大家掌声雷动。

他离开后,没有人再去询问故事的结尾,但大家脑海中都浮现出一个晒得黝黑、瘦得脱型、蓬头垢面的年轻姑娘,戴着安全帽,站在工地上,远远地咧着嘴笑。

2015年8月15日,省委、省政府的领导到平潭现场办公,时任省委书记尤权带领一行人到台创园实地察看。他指出,2014年11月1日,习近平总书记到平潭视察,对平潭发展提出了新的要求,之后又多次对平潭开放开发做出重要指示,明确了平潭开放开发新定位、新要求,为平潭发展指明了方向。我们必须深刻学习领会,抓好贯彻落实,进一步落实到具体的工作措施中,在更高起点上谋划好平潭发展。

现在,台湾创业园已成为中小微企业的热土。申请入驻的台湾青年创业企业已达到447家,主要涉及信息科技、生物医药、跨境电商、商务贸易、文化创意、影视传媒、两岸旅游、工业设计、投资服务、创业辅导、职业培训等产业的研发和经营,其中台湾创业者占园区创业者的83%,企业方面台资占20%。

台胞黄柏豪来平潭创业已有一年的时间,他有很多的感慨:"在平潭创业,相较于其他地方,成本会大大降低。政府提供基础设施的建设，包括交通、停车场、绿化等等，使我们能以有限的资本，打造一个旅游村落，甚至一个旅游品牌。"

林东明是半个平潭人，饮水思源，乌鸦反哺。踩在沙滩上，眼前的大海浩渺丰蕴、澎湃不息，一如他奔腾的内心。他说，愿以微薄之力，为故乡努力，让这片海更加碧绿清澈。"平潭有着独特的地理优势和优惠政策，发展成效显著，有着巨大的发展潜力。台创园的建设过程虽然艰辛，但将成为我一生中不能忘怀的故事和回忆。"

实验区、自贸区、国际旅游岛、两岸共同家园……一个个极具吸引力的战略定位，不仅吸引着台湾青年创业者，还有台湾专才、引进生纷至沓来，在岚岛辛勤耕耘、安家落户。

引才聚才，是区党群工作部的一个工作缩影。2013年，区党工委党群工作部成立。从此，行政管理体制机制改革、党建、人才引进、干部人事管理、团结统战、内外舆论宣传等工作便被划入党群工作部工作范畴。几年来，区党工委党群工作部围绕实验区开放开发大局，提供有力的组织保障和人才支撑，营造和谐的社会环境。

来自省委统战部干部处的汪非，在区党群工作部干部处挂职副处长。他介绍说："2016年是县乡党委、人大、政府和县政协换届工作年，从平潭15个乡镇班子的调整到县级人大、政协换届选举，一项接一项、一环扣一环，忙得不可开交。我们不分任职与挂职，不分工作日与节假日，累了就在办公室沙发上躺一下，过了饭点，饿了就吃几口面包、方便面。"

他们克服人手少、任务重等困难，准确把握中央和省委有关换届工作要求，制定工作方案，组织干部考察，整理各类换届材料，及时梳理、解决出现的问题，注意加强与有关单位的沟通协调，确保程序不漏、环节不少，对人员进行严格考察把关。

汪非始终信奉一句话："越是在矛盾面前，越要敢抓敢管，敢于碰硬。"2017年夏天，党群工作部实施一线考察工作制度，并联合区交通建设局、区重点办等部门，组成考察组深入一线考察干部的工作情况。

"说实话，这项工作的压力非常大，不仅因为工作中会遇到熟人、朋友，而且也会遇到说情、打招呼的。"如何处理好这些矛盾，真的是一种考验。但是，汪非和同事们顶住压力，在困难中找办法，扎扎实实向前推进。有人对他说，你只是挂职干部，何必那么认真？汪非半开玩笑地说："我是一名组工干部，更是省委统战部选派的统战干部，没办法，全区的干部群众都在看着。"

徐新佳是福州人，在区党群工作部挂职，她最愧疚的是照顾儿子的时间少了。"孩子出生后的一两年，还在牙牙学语。一转眼，孩子已经3岁，上幼儿园了。看着他小小而坚强的背影，心里喜悦又有点辛酸。"孩子开始读小班的时候，她到平潭挂职，每周只能周末回家。

儿子刚上幼儿园，正需要妈妈的陪伴，但平时都是公公婆婆帮忙照看。有一次，接到爱人的电话，老人雨天接送孩子，一个急刹车，老人、孩子从电动车上摔下来，跌倒在马路。周五，徐新佳把手上的工作做完，下午才急忙从平潭赶回家。所幸，老人只是腿部轻微摔伤，孩子头部没事，仅仅脸部和嘴唇摔伤，她心中悬着的一块石头才落下来。

"周末回家见到家人，心中充满幸福感和愧疚感。"这是许多挂职干部的心声。"偶尔周五去接孩子，孩子看到我高兴地奔跑过来，扑在我的怀里说：'妈妈，我想你了。'那一刻，抱着孩子就像抱着整个世界。"每到周末，徐新佳最希望的是回家多陪陪孩子，总觉得周末的时光过得特别快。选择挂职，意味着离开熟悉的地方，与亲人分离。但是，选择了就不后悔，就要努力去做更好的自己，跟实验区共同发展。她说："毕竟，只有在春天的时候去躬身播种，才能最终收获一园春色。"

2018年6月，第七届共同家园论坛在平潭举行，以"新时代新机遇新发展"为主题，来自海峡两岸学术界、影视界、民宿界代表及两岸县市和产业界代表约400人出席。大家共聚一堂，其乐融融，相见甚欢。

论坛上，平潭正式发布《对台职业资格采信工作实施意见》，明确对国家职业资格目录中除注册消防工程师、中国委托公证人资格（香港、澳门）、广播电视播音员（主持人资格）、注册测绘师、航空人员资格、会计从业资格6个准入类职业资格外，134项国家职业资格开展直接采信工作：包括专业技术人员职业资格53项、技能人员职业资格81项。

整场发布会节奏连贯，用时仅半小时。但早在半年前，来自侨乡泉州的区党群工作部人才处挂职干部苏斌就开始为此盛会默默做准备。

"台湾在建筑、家政服务等领域有很多'大咖',但他们来到平潭,原有的证照没法通用,想上岗还得重新去考大陆的职业资格证书,这会把很多类似的台湾专才阻挡在门外。"说这句话的人是来自台湾的孟宪霆,作为平潭首家台资人力资源机构的总经理,短短两年,他就带领2000多名台湾青年人才来到平潭参加就业、创业培训。这位台湾人才专家讲的话,让苏斌陷入思考。

两岸血脉相连、文化相通,越来越多的台湾人才将"登陆"作为逐梦、筑梦的优先选择。党的十九大报告提出"逐步为台湾同胞在大陆学习、创业、就业、生活提供与大陆同胞同等的待遇"。而中央赋予平潭的一个重要任务就是建设两岸共同家园。既然是一家人,就不能说两家话。如果推出一份对台职业资格直接采认的政策,必将进一步降低台湾技术人才来大陆就业的门槛,也能够让台湾人才更深刻感受到娘家人的温暖。

这一提议很快得到了挂职单位领导的支持,来自台湾的引进人才许桂荣也热心地参与文件起草。他们列出了急需解决的5个任务:迅速了解台湾证照体系;结合国家职业资格对准入和水平评价的划分,收集归类台湾证照名目;初步筛选存在较大差别的两岸职业资格名目;对技能类和专业技术类分别确定比对模板及采认流程;明确证照鉴别方式。

过程远比想象的复杂,如台湾地区的专业证照总共有543种,而且证照的名目表述也与大陆有较大不同,必须逐一分析才能划出对应条目。他们没有懈怠，坚持"分析一批、筛选比对一批"，经过多轮的征求意见、修改完善，文件终于正式印发。

这项改革一下子激活了大批的台湾人才来平潭创业就业，截至目前，在平潭备案的台湾建筑执业人员达102名、台湾导游122名、医师执业人员4名、育婴员1名；60名台籍规划执业人员参与了平潭26个规划项目的建设；48家台湾建筑类企业在平潭备案；12家台资医疗机构和医疗生技企业、6家台资旅行社落户。

孟宪霆的爱人在台湾获得"保姆人员（单一级）"证照，可对应大陆"育婴员（三级）"职业资格。"没想到我们家竟然是第一个受益者。"收到平潭首张《台湾地区职业资格证书采信证明》的孟宪霆，握着苏斌的手笑呵呵地说。

"目前，平潭正在起草制定《两岸青年英才行动计划》，下一步将从住房保障、个税奖励、生活补助、实习实训、社保补贴、创业扶持等方面对台湾青年人才来平潭创业就业予以保障。"苏斌整理出了一大箱政策起草的支撑材料。

"平时回去汇报工作时，领导就常叮嘱我，挂职期间要带着'功成不必在我'的干事初心，坚守'功成一定有我'的责任担当，踏实做好每一个任务。工作虽然已经移交出去了，但我还会继续关注平潭的人才政策，尽我所能为平潭的发展鼓与呼。"苏斌脸上带着收获的笑容。

杨哲安，是平潭引进的第一批台湾专才之一，就职于区交通投资发展有限公司，任副总经理职位。2015年7月寻常的一天，他正在平潭的公司忙碌着，意外地收到了一封民革中央寄来的邀请函，邀请他去北京现场观看抗战胜利70周年大阅兵，这让杨哲安喜出望外。

这是杨哲安在平潭工作的第4个年头，他最大的愿望，就是通过自己的努力，在平潭这个舞台上，大胆创业，成功创业，在更广泛的空间获得认可。现在，他心想事成了。

第一批引进的台湾专才中，还有区医院副院长杜德弘，他亲眼见证了平潭的崛起和发展。3年前，他第一次踏上这座小岛，虽然当时条件比较艰苦，但他的第一感觉却是："我要留下来。"

"这几年，平潭真是发生了天翻地覆的变化，不仅是硬件设施慢慢跟上了，公民的素质也提高了不少。"杜德弘说到平潭的变化，如数家珍。由于老婆孩子都在台湾，他经常往来于岚台两地，他深知正处于开放开发的平潭不容易，在自己的岗位上主动揽活，有时忙得没时间回家，家人只好从台湾过来看他。

来自台中的陈孟邦，与福建颇有缘分。2010年，平潭开放开发刚刚起步，一家台资高新企业落地平潭，陈孟邦受邀来做管理工作。他回忆说："那时平潭还是一张白纸，工业基础为零，基础设施薄弱，交通条件不完善，一开始怎么也想不到会选择投资平潭。"经过深入考察后，陈孟邦认识到平潭作为两岸共同家园，将成为两岸交流合作的新平台，他希望自己做一个先行者。2011年，他带着深圳的团队，来平潭协助朋友初创的高技术公司。

几年时间里，陈孟邦目睹了平潭的巨变："海峡号"直航台湾本岛，"闽台一日生活圈"形成，让他想回台中说走就走；基础设施逐步改善，有了承载企业发展的新平台；各项优惠政策落地，让企业有了更好的发展环境……陈孟邦对自己的事业有了新的规划，他把深圳公司的主业迁到了平潭，平潭公司成了总公司，深圳的公司反而成了子公司和销售点。

2015年4月，陈孟邦的宗仁科技（平潭）有限公司登记成立。

工作中，陈孟邦是个典型的理工男。他注重对新科技的研究，重视知识产权的保护。在公司办公室的一面墙上，挂着许多集成电路布图设计登记证书。这样的证书，公司有42本。另外，还有30项发明与实用新型专利在申请中。

2014年，陈孟邦荣获福建省百人计划企业创新人才奖，拿到了100万元的奖金。

而与陈孟邦一样深受平潭感召，深为平潭独特人才政策吸引而来的，还有引进生和海内外高层次人才，他们纷纷在实验区的各个岗位上发光发热。

2010年，平潭海峡大桥通车，深深地触动了程波。2011年他从清华大学硕士研究生毕业后，便毅然回到了家乡平潭，成为平潭第一批引进生。

如今的他，经过多年基层工作的锻炼，已对业务了然于心。"每天早上一开办公室的门，就有好几波群众涌进来。"程波说，在乡镇工作，累是累了点，但每天都与老百姓打交道，有许多乐趣。"虽然每天都要工作10个小时以上，但感觉自己能参与到家乡的开放开发建设中,很开心。现在对平潭的发展越来越有信心。"

乡镇"麻雀虽小,五脏俱全",工作烦琐,镇长就是镇党委、政府连接群众的纽带,老百姓的事情急不得、恼不得,有了问题和矛盾要全力开导,苦口婆心掰开揉碎讲道理。

从平潭县委办公室科员到潭城镇副镇长,再从澳前片区开发管理局招商处处长到澳前镇镇长,程波这一路走来,时刻把农民的事情放在心上,积累了丰富的农村领导工作经验。他不仅亲身参与到平潭的发展中,也成为奋斗在基层一线的引进生们的一个缩影。

"此心安处是吾乡",平潭正用独特的魅力吸引越来越多的人安稳地在这里工作和生活。都说乡愁是心头的月光,但若得遇心安,平潭即可成为每个人的故乡。

五

群团工作是党的一项基础性、经常性工作,群团事业是党的事业的重要组成部分。

当前,经济体制深刻变革、社会结构深刻转型、人们思想观念和生活方式日趋多元。区挂职办会同区党群工作部,以创新精神加强和改进群团工作,发挥好"桥梁"和"纽带"作用,汇聚了平潭广大人民群众的智慧和力量。

文化,养育了人的精神,给人以丰厚享受和创造启迪,带来自信自尊、感恩意识和爱国情怀,也塑造着一座城市文明的高度。

一座城市有了文化，才有灵魂，才有生命力和创造力。

一座城市有了文化自信和文化认同，才会有蓬勃发展的底气和定力，市民才会有强烈的归属感、自豪感和使命感。

文化，是平潭这座国际旅游岛的灵魂。

在平潭这片热土上，孕育着勤劳朴实的人民，也孕育着丰富多彩的文化。文学、书画、摄影、音乐、舞蹈、戏曲等等，各类文艺人才荟萃，继承和创造着独具特色的平潭文化。

但是，自1992年以来，平潭文联连续24年处于"三无"状态，即无班子、无人员、无经费，文艺人才如一盘散沙，单打独斗，难以形成合力。

今天的平潭，正以暖人的情怀、明快的姿态、饱满的激情，开始了前所未有的创新开拓，昂首而歌。所有的心愿，都在这里摇曳生机、生长希望，为文艺创作展开了辽阔的视野。

平潭的文艺工作者，身处在一个阳光、自信、开放的文化环境里，诗意而又质朴，满怀信心，意气风发。

2016年春天，阳光灿烂，陆永建约上吴金泰老先生，走进平潭的街镇村巷、石厝海滩，一起调研平潭的文艺工作。

吴金泰，被人尊称为"县宝"和"吴老先生"，毕业于上海复旦大学中文系，有着深厚的文字功底，诗词、散文、小说、戏剧样样皆能。他在部队里待了8年，后就职于平潭文化部门，担任过县文化局局长、县政协办公室主任，兼任县文联主席、岚涛诗歌创作社社长。

吴老先生成就最高的，还是戏剧创作。由其主笔编剧的《中秋泪》《御前侍医》《九月无灾》等都曾获过省市大奖，《南归梦》一举获得全省第二十四届戏剧会演优秀剧目奖、优秀剧本奖，福建省第六届百花文艺奖二等奖以及福州市首届茉莉花文艺奖，并摘得第二十五届"田汉戏剧奖"一等奖。

退休多年的吴老先生，全身心投入县志编撰工作。对平潭的一厝一石，他都如数家珍，充满感情。

调研路上，陆永建和他聊起成立平潭区文联的想法。听了陆永建的思路和构想，吴老先生激动地连续几个晚上都睡不着。在调研结束的一次座谈会上，他激动地对陆永建说："平潭要感谢你，多年来，我一直盼望着早日成立区文联，让文艺工作者有个'家'。"

2016年7月28日，是一个火热的日子，也是一个收获的日子。

在区挂职办和区党群工作部的统筹推动下，平潭综合实验区文学艺术界联合会成立，并召开第一次会员代表大会。

平潭文学、戏剧曲艺、音乐舞蹈、书画摄影工作者兴致勃勃地来到会场，会场布置得井然有序，大会奏响着国歌，高亢、激越，那声音动人心魄、催人奋进。

区党工委书记张兆民与省文联党组书记、副主席张作兴共同为文联揭牌。

张作兴书记热情洋溢地说，平潭综合实验区文联的成立是福建省文联建设的一件大事、喜事。平潭是一座活力四射、充满希望的海岛城市。希望平潭文联要围绕主题开展活动，打造文艺品牌，壮大文艺队伍，充分发挥党和政府密切联系文艺界的桥梁、纽带作用，为促进平潭经济社会全面发展做出积极贡献。

林江铃副书记到会祝贺，她说，这是全区人民精神文化生活中的一件盛事，为全区文艺事业打造了一个全新的平台和起点，要把文联建成全区文艺工作者的和谐之家，要多出文艺人才，多出文艺成果，要深入基层贴近生活，为建设平潭国际旅游岛做出贡献。

陆永建主持会议并做报告。大会选举产生了主席和四位副主席。陆永建当选为主席，他说，文联的成立是一个新的起点，是挂职干部推动平潭群团事业重新焕发生机的重大成果。

文学艺术是大众的，唯有大众文学、艺术的意识与素养的提高，才谈得上文化的提高。文联的成立，是时代的需求，大众的需求，也是文艺发展的趋势。

平潭文联成立以来，不断加强组织的规范化、制度化、科学化建设。

建立了一支队伍：成立了党组，陆永建任党组书记，三名党组成员、副主席，其中两名专职副主席，一名挂职副主席；成立了文联机关党支部和作家协会、书法家协会等12个专业协会，及区文学院、画院、书法院，共有区级会员512人。

获得了有效保障：争取区文联全年工作经费180多万元，有力保障了文联工作的顺利开展。落实办公室、会议室、创作室20间，购置了一批办公用品，如办公桌、电脑、打字机、复印机等，为工作的有效开展创造了良好的条件。

在文联办公室挂职的年轻干部薛导，2016年10月到平潭时，组织上分配他到流水片区指挥部工作。挂职就要锻炼！没有片刻的犹豫，他和其他11位挂职干部一起坐车直奔流水镇。

彼时已夜幕降临，昔日的小渔村，盘旋着一阵阵呼啸的海风，10月的天气显得那样冰冷。

他们被带到一个尚未完工的征迁安置小区。"小区的居民这么早就已经睡了吗？"夜风中，一位挂职干部面对静得出奇的夜色，不解地问道。"不是，这里目前入住的只有你们12位挂职干部。"一位流水片区的干部淡定地回答。

与风一道穿过空旷而漆黑的小区广场，他们在一幢尚未装修完毕的大楼下驻足片刻，便分别走入自己的宿舍。眼前的宿舍让他们目瞪口呆：迎接他们的是刺鼻的甲醛，一地建筑垃圾还未清理干净，基本生活条件也不具备——床板发霉、衣柜漆味刺鼻、水龙头流出来的水是黄色的、宿舍除了一个烧水壶没有任何电器设备、被子湿漉漉的很不舒服……因此，薛导只能铺张简易的褥子在沙发上安窝，一睡就是3个月。

3个月的流水片区挂职，他们经历了入户动员征迁和北港文创村设计规划、环岛路的建设、管廊项目用地征迁、文创单位入驻、整体开放一系列艰辛的工作，也在人生历练中留下一抹浓墨重彩。

恶劣的环境并未磨灭薛导内心对文艺的喜爱和坚持，那是他心里的阳光。

区文联成立后，薛导的干劲和才华被组织上看中，转而任文联办公室主任。他说："人生最幸福的事莫过于给你提供一个大舞台，可以拳打脚踢，施展才华。"

文联，文是根本，联是服务；以文为媒，以文为缘。

文联的生命力在于"活动"，文联与文艺家联系的重要途径也在于"活动"。

平潭文联成立后，先后开展笔会、采风、展览、展播、演出、对外文化交流等各种有特色的文艺活动80余次，获各类奖项30余种，全面展示了平潭的文学、民间文艺、美术、书法、摄影、音乐、舞蹈、曲艺、电影电视等方面的创作成果，受到全区乃至省里关注，营造出浓郁的文艺创作氛围。2016年11月30日，陆永建获邀赴京参加全国第十届文代会、第九届作代会。

西方人文科学与城市区域理论专家刘易斯·芒福德在《城市文化》开篇中直言："城市是文化的容器。"诚然，千年时光浩荡，岁月年华代谢，世世代代延续的文化血脉始终温暖着平潭这座城市的身躯。

2017年12月28日上午，大型文学季刊《石帆》首发式暨座谈会在福建省文联大楼召开。

翻开《石帆》的创刊词，陆永建这样写道："起自高远，指向海洋。作为海峡西岸的国际战略支点，平潭承载着厚重的希望。光阴的故事里，我们不是匆匆过客；盛世的建设中，每个人都是参与者。而《石帆》面世的责任，就是成为浇铸支点的文化支撑，努力与大地、与时代、与生活、与自由生命、与人民对接共生。"

平潭给予文化攀缘传承的空间，文化赋予平潭流动深邃的内涵。

《石帆》成为继《福建文学》之后又一本福建省重要文学刊物，成为一座沟通平潭与世界的文学桥梁。《石帆》历时一年多筹备、出版，共计8辑120万字，涵盖了小说、报告文学、诗歌、散文、随笔、文艺评论等多种文学体裁，收录了海峡两岸200多位作家的佳作。

陆永建说，《石帆》将逆物欲横流而上，以坚守的姿态迎接来自灵魂的声音，弘扬文学的精神和风骨，给文学一个真正的家园、一份高洁的礼遇，让文学的光芒在这里闪耀、在时空中激荡。

"清风荡万古，迹与星辰高。"美丽如斯的平潭，文化的熠熠星光必如满天珠玉，照亮海岛古城焕发新颜。

继文联成立之后，2017年12月1日，在挂职办副主任林旭的推动下，平潭综合实验区第一次归侨侨眷代表大会暨侨商会成立大会召开，选举产生了区侨联第一届委员会和侨商会第一届监理事会。林旭当选为区侨联主席。

平潭有近7万的海外华侨和归侨侨眷，区侨联成立，将以侨为"桥"，融通内外，团结引领广大平潭籍侨胞，最大限度地发挥他们的智慧和力量，为平潭建设国际旅游岛发挥积极作用。

2017年12月28日,在挂职干部、区党群工作部副部长欧勇的大力推动下,平潭综合实验区工商业联合会(总商会)第一次会员代表大会召开,选举产生了第一届执行委员会主席(会长)、副主席(副会长)、秘书长、常务委员。欧勇任区工商联专职副主席。

区工商联的成立,将为非公有制经济健康发展和非公有制经济人士健康成长提供有力的组织保障,为"再上新台阶,建设新平潭"提供有力支撑。

群团组织来源于群众、扎根于群众,具有广泛联系群众、紧密贴近群众、直接服务群众的特点和优势,是调节社会利益、维护社会秩序、化解社会矛盾的缓冲器和调节器。

平潭文联、侨联、工商联的成立,必将为平潭的经济社会文化发展发挥不可替代的重要作用。

六

在平潭,原来除了几家传统金融机构,金融产业发展基本为零。而今,金融产业迅速崛起,成为平潭产业发展的一大亮点。

"平潭扩大对内对外开放,发挥政策、区位优势,不断完善营商环境,推进高效精准服务,逐步形成多层次金融体系。"平潭综合实验区财政金融局副局长、金融办主任林兴禧说,平潭的金融产业从无到有,正走出一条特色发展之路。

2017年1月11日,北京中关村举行了一年一度的中国投资行业盛会。

"国际视野下的创新与资本论坛"是由中关村股权投资协会主办的中国最具国际视野、最具前瞻性的论坛,也是目前国内最具影响力的品牌投资论坛之一。

平潭综合实验区金融服务办公室受邀参加,是唯一一家在论坛上开展推介活动的地方政府机构。

挂职留任的林兴禧,在会上进行平潭金融优惠政策宣讲,为现场嘉宾详细介绍了平潭两岸金融特色集聚区的情况和金融业优惠政策,获得了与会嘉宾的阵阵掌声。

2017年6月28日,林兴禧获颁"我身边的好党员"称号。在挂职期间,他牵头组建了区财金局税政金融处,并被区党工委任命为税政金融处处长,在制定优惠政策、拓展融资渠道、推进金融创新、服务招商引资等方面做了大量卓有成效的工作。

一个先进典型就是一面旗帜,一个先进党员就是一座标杆。

2015年夏天,当时最强的第13号台风"苏迪罗"正面登陆福建。时值周末,按照工作部署,全体挂职干部要留守工作岗位。

倪周锦,挂职财经组组长,参加完会议,冒着大雨返回宿舍。路上,他不小心踩到浅坑摔了一跤,膝盖关节顿时疼痛难忍。但考虑到抗台期间形势严峻,工作强度大,第二天,他仍坚持拖着受伤的腿去上班,一直等到台风过后的第二周周末才返回福州。

经福州医院核磁共振检查,显示倪周锦膝盖半月板撕裂损伤,因此他落下了膝盖时常疼痛的后遗症。但每回想起当时去平潭挂职的选择，他总是淡淡地笑着说："我从来没有后悔过。"

在区公共资源交易中心挂职副主任的李穗华，难以忘记，初登岚岛，风雨深重却难掩守望相迎的热忱；难以忘记，现场勘踏，出行泥泞却难阻争先赶超的步伐；难以忘记，案牍垒稿，寒夜料峭却难挡彻夜灯火的光亮。

全省首次跨区域远程异地评标对接完成、全新公共资源交易场所投入使用、全年交易项目金额首次突破80亿元、区综合审批服务平台建成……点滴成就，如夏夜星空，熠熠生辉；寸微进步，如澎湃浪花，灼灼其华。

是区公共资源交易中心年轻小伙子们满眼的血丝，换来了场场重大项目交易的顺利落地；是区行政服务中心朝气蓬勃的姑娘们早出晚归的坚守，赢得了"全国工人先锋号"的美名；是区行政审批局上下一心的攻坚克难，成就了全国自贸实验区"最佳实践案例"的殊荣；是区财政金融局众志成城的锐意进取，保障了新区建设的源源动力。

李穗华深深感慨道：跬步至千里，众力汇江河。

2017年11月，区财政金融局下发两笔招商个人奖励款43万元，以兑现实验区招商引资奖励政策。奖励所得者中，就有来自区财政金融局的挂职干部庄立伟，他引进了福建省东正投资有限公司，2016年度为平潭带来7.89亿元的税收总额，为平潭综合实验区招商引资带来良好成效。

庄立伟说，自2015年到平潭挂职后，就开始了解平潭的招商引资优惠政策。为了更好地运用、发挥政策，他从朋友圈、同学圈、亲戚圈、老乡圈着手，逐一讲解，让他们知道并了解平潭的招商引资优惠政策。

福建省东正投资有限公司正是被平潭的奖补政策所吸引，于2016年年底将公司注册地搬迁至平潭。在入驻平潭一年后，企业也享受到了平潭给予的2亿多元奖补。

"该公司负责人听了我的介绍后，对平潭的优惠政策有了一定的了解，且很有兴趣，公司搬迁到平潭后，一方面为平潭带来了资金流，公司也享受到平潭给予的奖补，可以说是一个双赢的过程。"庄立伟说，这次得到招商个人奖励，在一定程度上激励他，今后将更加努力做好招商引资工作。下一步，他将着手研究实体项目的招商工作，为平潭带来更多的人流、物流和资金流。此外，还有挂职干部翟泽阳引进兴银基金管理公司等金融类企业，实现税收645万元。

2014年，福州海关干部阮毓智，打个简单的行包，到平潭挂任澳前片区党工委副书记、开发建设指挥部副指挥长。当时片区刚刚设立，工作条件异常艰苦，办公室就设在海边一个废旧淋浴房改造的小楼，晚上则借住在临时过渡、两人一间的由旧学校教室隔断的板楼内。

就在这样艰苦的条件下，阮毓智积极响应片区党工委号召，唱响"我们是战斗的团队，我是善战的先锋；我们是创业的团队，我是拓荒的勇士"的主旋律，以身为范，勇为人先，敢于担当，影响和带动了一大批干部群众。凭着踏实肯干的开拓精神，他带领招商队伍先后引入了国家网球基地、国际海洋产业园、美丽之冠等一批投资大、实力强、辐射广的重大产业项目。

美丽之冠七星级酒店项目,是当时福建省招引的单个项目规模最大酒店项目,计划投资100亿、酒店房间6600间。作为实验区的"头号"项目,征地便成了紧随其后的一项重大任务,阮毓智主动请缨。

由于项目用地范围涉及300多亩的果林场,承包者提出的补差价达2.1亿元,高于评估价的20倍,与政策规定能够补偿的征地款预期差距巨大,征收谈判一时陷入僵局。是就此放弃另请高明,还是扬鞭自奋迎难而上?他选择了后者。为了做通承包者的思想工作,阮毓智多次带队到厦门、福州与承包人协商,摆事实、讲政策、算细账,并发动各方资源动员协调。功夫不负有心人,通过长达6个多月的攻坚攻心,最终打胜了这个项目征迁的第一个"上甘岭"战役。这次事件让阮毓智认识到,困难绝不可怕,只要恒持一念,心无旁骛,知难奋进,终能一览险峰风光。

阮毓智笑着说:"在该项目征地过程中,还发生了一件特别有意思的事情。承包方说,果林场中的水井打井深度接近200米,要求按照这个标准予以补偿,每个人都说没办法测准。我就提出,用绳子绑着石头扔下去,等到绳子浮起来,就是到底了。最终通过这个办法把水井深度测出来了,43米。"

危博,在区招商局招商引资处挂职。初到平潭,在短暂的适应和熟悉后,便基本掌握了招商处和管理局的各项流程和工作技巧,全面参与到征地拆迁、项目推进、招商引资等工作中。

还记得刚接到挂职通知时，危博的新婚妻子已身怀六甲，双方的父母都远在外地，这让他万般焦虑：一边是组织上给予的难得的锻炼机遇，一边是稍有闪失便会遗憾终生的大事。就在他左右为难的时候，聪慧的妻子微笑着说："放心去吧，我没那么金贵，自己能搞定！"而挂职工作的性质，决定了他难以在周末正常回家，一个电话便被召回工作岗位的现象也时有发生。对此，他觉得愧对妻子。为了不让他分心，妻子请了长假，带着幼儿回了娘家，彻底消除了他的后顾之忧。正是妻子的通情达理，危博倍加珍惜这次挂职经历，全身心地投身于当地的招商和建设工作中。

征地拆迁和项目建设是工作重点，也是难点，为配合做好征迁工作，危博主动跟队深入一线做工作，耐心与村干部、村民讲政策、析利弊。他晓之以理、动之以情，用实际行动与村民做朋友，逐步消除村民顾虑，回到住处往往已近凌晨时分，甚至在他中暑生病时，也是一输完液就回到现场……

这里有一组令人振奋的数字：第二批挂职干部在平潭3年期间，他们共引进企业主体2431家，注册资本488亿元，实现税金33亿元，有力助推了平潭产业的发展。

和林兴禧同时获得"我身边的好党员"荣誉的挂职干部，还有俞碧金，在区行政服务中心挂职副主任。

"马上就办、真抓实干"，走进区行政服务中心，咨询台后8个大字赫然醒目。中心从2012年原有的35个窗口，扩增至现在的106个窗口，27个区直单位、省属单位、企业、银行近300人的团队入住中心。几乎囊括了民众的全部需求，提供便民化、高效化、智慧化、人性化的行政服务，方便群众"进一个门，办成行政服务大小事"。

2017年冬至，俞碧金又一次远离家庭，在平潭度过了又一个节日。作为一名母亲，女儿上小学二年级，她在平潭工作，不能像其他妈妈那样天天陪着女儿学习，但她平时从来不说这些。

行政服务中心是一个窗口单位，是平潭审批体制改革承载的核心环节，是群众办事集中的一线部门。俞碧金对行政服务中心建设，尽心尽责。她说："我尽量做好每一件事情，小的做好，大的也就做好了，每个人做好，中心也就好了。"

2015年4月赴平潭挂职以来，俞碧金一直坚持主动学习，融入平潭，认真履职，悉心钻研，学先进、创优质、走前头、做表率，努力创新载体建设，积极强化效能服务。

俞碧金以"申请材料最简、办理程序最优、审批时限最短"为目标，对进驻行政服务中心的行政审批事项及公共服务事项进行全面梳理，全面压缩各审批事项、环节的办理时限，共有140个行政审批和公共服务事项申请材料精简，650多项业务大幅缩减办理时限。2016年，产业奖补"绿色通道"兑现奖励6亿多元，平潭企业对此项改革举措非常满意。

平潭一家中介服务公司职员陈以麒，上午9时整来到综合实验区行政服务中心，帮客户办理企业登记注册。递交材料、窗口核对、填表签字，10分钟后，他拿到了企业营业执照。"以前起码要等半个月，现在立等可取。"陈以麒说。

陈以麒的日常工作就是"跑大厅"，为客户办理企业注册登记、个体营业执照等业务。工作3年，他的感受是"活越来越好干了"。他帮客户办理一张营业执照，以前要花15个工作日，现在只要3个工作日；企业登记注册就更快了，只要网上填表预审，再到行政服务窗口提交材料，3个小时内就可以办结取证。"以前企业注册要把工商、质检、税务、公安、银行七八个部门跑个遍，交材料要交30多份，简直'跑断腿'，现在一个窗口、盖一个章，马上办好。"

兢兢业业的付出总会有满满的回报，踏踏实实的奉献总会有丰厚的认可，区行政服务中心被中华全国总工会授予"全国工人先锋号"，这是表彰以创一流工作、一流服务、一流业绩、一流团队为活动内容的荣誉称号。

舟至中流须奋进，风好正是扬帆时。望着新时代海平面的桅杆，在平潭这片生机勃勃的热土上，处处是开拓进取、团结拼搏、默默奉献的身影，"攻坚克难""再创新高""实现突破""刷新纪录"……在平潭挂职干部交出的发展成绩单上，这样令人鼓舞的字眼比比皆是。

方立，在区国有资产管理局办公室挂职副主任，对此体会很深。在他的印象中，国资局内从领导到普通员工，办公室的灯，常常会亮到深夜。

"你们不懂的，我会教你们。""你们加班，我也会陪着你们。"国资局领导这样一句句平实但温暖的话感动着方立，领导和员工们一起并肩作战，用一次次以身作则、带头践诺的行动指引着大家。

谢小明，来自漳州，在区智慧岛服务管理中心大数据处挂职。精益求精、追求卓越贯穿了建设中心的全过程。据他介绍，中心成立以来，围绕"一岛两窗三区"建设任务，利用大数据进行"互联网+政务服务"，全力推动政务转型，服务社会民生，引领产业升级。

智慧岛中心努力打造"全岛一张网、全岛一平台、全岛一中心、全岛一号通"，推进"12345"便民服务网站、五彩麒麟APP和"平潭智慧岛"微信公众号建设，实现群众反馈诉求"热线电话、服务网站、手机APP、微信公众号"等四位一体有机结合、热情服务。

谢小明说："中心实现跨层级、跨地域、跨系统、跨部门、跨业务的协同管理和服务，利用大数据优势，以便民服务中心、服务工作站、网格服务助理员等为载体，通过'前台一口受理、后台分工办理'的模式，主动制作老年人优待证，并由网格服务助理员送证入户，将便民服务真正落到实处。"

五彩麒麟APP，是政府便民服务的窗口，服务那些无法到现场办理业务的民众，实现政务服务电子化，让市民足不出户就能感受到"平潭智慧岛"建设的各种便利。

以前，发现问题找部门解决，是传统的投诉渠道。如今五彩麒麟APP推出"e诉求"板块，在该板块中，市民可利用"我的声音"用图文快速分享身边的问题和事件，可直接对接

"12345"便民热线网页平台进行事件建议和投诉，也可对发生在平潭的大事件进行留言评论。

平潭通过建立跟踪、督办制度，对重点问题重点关注、重点督办，做到问题反馈前要回复、问题反馈后要回访，及时跟进处置措施落实情况，努力实现习总书记提出"让群众反馈问题的渠道更通畅一些"的要求。

116天，这是区财政金融局税政科挂职干部陈清耀连续坚守在北京工作的时间。

每天，他及时按照中央相关部委要求提供相关材料汇报情况，充分挖掘可利用的条件和资源，与相关部委同志深入沟通协调，坚持每天向区财金局报送一篇工作动态，为政策争取做了大量的基础性工作。

终于，由国家财政部、税务总局联合发文《关于平潭综合实验区企业所得税优惠目录增列有关旅游产业项目的通知》，规定平潭综合实验区企业所得税优惠目录中增列7类旅游产业项目，自2017年1月1日起至2020年12月31日按减15%的税率征收企业所得税，包括游乐场、海洋馆、主题公园、影视拍摄基地、传统村落的开发与经营，海上运动、海域低空飞行、邮轮旅游、游艇旅游、海岛旅游的经营等。

这项优惠政策属全国首创，平潭综合实验区成为当前我国东部地区在旅游企业所得税方面最优惠的区域。

此项优惠政策的正式落地，有利于引导符合规定的旅游产业集聚，标志着平潭国际旅游岛建设又向前迈进了一大步，对推动两岸共同家园建设、促进平潭开放开发再上新台阶，具有历史性的重要作用。

陈清耀认为："挂职是一段难得的经历，也是让自己学习、锻炼的一次很好的机会。通过与平潭的领导、同事及群众的学习交流，视野和眼界更加开阔了，也发现了自身的不足。在挂职工作中，还认识了不少朋友，所结下的友谊也是一份美好的收获。"

杨敬朝，在区金融控股集团有限公司挂职，任集团党委副书记、总经理。他到平潭，肩负着重要的任务：为全面推进区属国有企业深化改革，剥离和整合三家区属国企现有金融类产业投资业务和资产，注册新设平潭综合实验区金融控股集团有限公司，负责区内金融类、战略新兴类产业的股权投资，设立或参与产业等股权投资基金，支持和吸引优质项目落地，并为区属其他集团公司提供融资担保。

2016年10月到位后，杨敬朝发现除了公司已经注册成立的壳子外，金控集团是一穷二白：

没有正式的办公场所，暂时借用金融办名下刚装修一半的6号楼5层；

无任何办公设施，整栋楼就他和魏弘两个挂职干部上班；

没有正式工作人员，除筹备组的两个领导外，临时借用了两三个土地开发集团的员工；

没有流动资金，集团的注册资本虽是2亿元，但除了以信平担保的注册资本金1.029亿元作为出资以及划拨的其他专项

基金资产外,没有任何现金出资;

没有连续两年以上的经营和盈利年限的资质,集团的各项金融投资业务明显受限。

组建金控集团的任务艰巨,且迫在眉睫,工作千头万绪,但仍紧锣密鼓展开了:设置了办公室、财务部、投资部和风控部,拟订集团各项规章制度,招兵买马,招聘各种金融人才,筹措运营资金,做好顶层设计,规划战略目标……

伴随着系列筹建工作的开展、运行,公司从无到有,从小到大,逐步迈上正常的运营和发展轨道,为金控集团的做大、做专、做强奠定了坚实的基石:2016年和2017年已实现连续两年盈利,分别为91万元和1035万元。截至2018年9月底,集团员工达到45人,资产总额为16.25亿元,所有者权益为16.2亿元,实现利润总额为1062万元。

叶龙海,挂职区市场监督管理局知识产权处处长。到平潭的那一天,他就在思考,平潭这个海岛,一个原依靠海产业撑起经济的贫困县,在如今双区叠加的效应下,知识产权状况到底如何?

一个多月的调研走访,叶龙海从与平潭众多企业负责人沟通的过程中了解到:平潭没有知识产权扶持政策,绝大部分的企业家对知识产权缺乏了解,企业没有技术研究的能力,仅有少部分企业申请专利,企业缺乏知识产权战略规划等。

叶龙海开始了规划进程,针对企业不熟悉知识产权政策,开展了知识产权政策宣传会、普及知识产权政策,并起草出台了《平潭综合实验区知识产权专项资金管理办法》，为企业的创新创造提供了政策支撑；根据企业知识产权情况，开展企业知识产权试点示范工作，促进企业加大知识产权的投入；开展知识产权质押工作，开展地理标志注册工作；等等。

一项项工作的开展在平潭企业中引起了极大的反响，一声声来自企业的问候给叶龙海增添了持续的动力，一个知识产权的文化环境正在平潭生根发芽。

2016年12月的一天，被分配在国土与规划支队法规科挂职的邱鸿，随直属大队的执法人员到平潭南海岛开展执法工作。该海岛地理位置偏僻，需40分钟的船程，然后步行20分钟左右的小路。

12月的平潭，寒风凛冽，邱鸿和同事们坐在四面透风的小船上，肆虐的海风让人直打哆嗦，她在心里打了无数遍退堂鼓。

但同事们笑说，每年他们都要到海岛巡查几十次，对此早已经习惯了。有一次，在巡查中，遇上当地老百姓对执法工作不理解，当地的船主拒绝运载，执法人员在岛上滞留了一天一夜。更辛苦的是在小岛巡查时，遇上风雨天气，全身湿透，难以招架。

听着同事们的诉说，邱鸿不由感叹国土与规划执法的不易，也更懂得这份工作所担当的责任。挂职锻炼中，她觉得受益匪浅，看到了从前没见到的东西，学到了从前学不到的知识。

在区综合执法局农业执法支队挂职的温翀衡说，在农业执法过程中，常常遭遇群众的不理解、不配合。但他认为，农业执法是光荣的行业，只有农民所种植的农产品品质和产量不断提升，农业生产环境健康规范，平潭的农业才会发展得越来越好。执法支队通过经常打击销售假劣农资违法行为，整治破坏农业环境行为，督促指导企业严格依法组织生产经营活动等等，让更多的人吃上丰富健康的农产品，让更多的农民有更高的收入，从而促进平潭的农业不断往前发展。

温翀衡感慨很深："这是一个思想匮乏、人心浮躁的年代，消费主义、实用哲学甚嚣尘上。但挂职干部不应放逐精神、淡化理想主义。我爱我的行业，爱脚下平潭的土地。"

挂职3年，他对平潭产生了浓厚的感情："平潭是一座新兴的城市，我有幸以挂职干部的身份，成为这座在未来必将驰名世界的城市的建设者，在这里挥洒青春。这座还处在幼年的城市，如同一个孩子，需要我们精心呵护，不管未来我身在何方，当有人告诉我，平潭多么美丽多么引人向往时，我能自豪地说，那里有我的青春。"

2018年5月，从福州大学来的陈晓，到农村发展局挂职副局长。9月，他"临危受命"，负责客滚码头航线和东澳中心渔港海上清障行动。

9月21日上午8时许，清障工作正式展开：所有执法人员有序集结，由各部门组成的应急维稳组分布在渔港周边5个区段，共同组成陆上维稳阵列；在重点澳口、岸线拉起了警戒，工作人员劝离渔民群众上岸，并做好安定、稳定工作；执法船艇将拆除的网箱统一拖移到附近海域，并做好清点登记……

炎炎烈日，丝毫没有减退"农发人"的作战激情，行动之快，配合度之高，圆满完成了500余人参战的艰巨任务。经过10多个小时的努力奋战，渔港内和客滚码头及航道周边网箱和捕捞等设施全部清理完毕，共清障养殖渔排30多个，清除网箱2600多框，腾空面积达120亩。

碧海蓝天下，望着"农发人"一张张被晒得黝黑的脸，陈晓耳畔响起了那首耳熟能详的歌："一支竹篙呀，难渡汪洋海，众人划桨哟，开动大帆船……"

七

古之立大事者，不唯有超世之才，亦必有坚忍不拔之志。

在挂职干部"五加二、白加黑"的奋战下，一个个项目快马加鞭，一曲曲激情跨越之歌奏响，平潭的软硬件设施不断完善，"一天一个样"的平潭岛吸引着海内外不少"金凤凰"。

万里海疆，烟淡水天阔；雪浪云淘，无边且无际。

福建省港口岸线资源丰富，拥有陆域海岸线长居全国第二，港口深水岸线居全国首位。加快港口建设是福建省建设海洋强省、打造21世纪海上丝绸之路战略枢纽的重要基础。近5年来，福建省港口投资年均超过百亿元，位居全国11个沿海省（直辖市）前列。

福建省政府出台《关于加快港口发展的行动纲要（2014—2018年）》，提出集中资源和力量打造"两集两散两液"核心港区；推进现有港口转型升级，建设面向世界、服务中西部地区发展的现代化港口群。至2018年，福建省将每年投入100亿元进行港口基础设施建设，沿海港口吞吐能力达6亿吨、1700万标箱。

大港口建设，带动产业大集聚，临港工业战略布局正推进产业结构调整。

李平挂职前是福州市公路局闽清分局副局长，长期在一线负责道路项目建设，经验丰富。由于平潭交通建设专业人才少，他一到平潭便被委以重任，负责多个重点项目建设，包括了金井作业区1至5号码头建设、澳前高速客滚码头等工程的前期工作和建设管理。这些都是平潭综合实验区成立初期首批启动的重大工程项目，主要以对台客货滚装、国际邮轮停靠和服务港口物流园区功能为主，重点发展海峡客运及车辆滚装、邮轮经济和多用途运输。

李平每天都很忙，有时候忙起来一两个月都没回福州家里一趟，更不用说照顾家里了。他说："既然来了，就要不辱使命好好干。希望通过我们的努力，早日把实验区建设成两岸同胞的美好家园。"

令人欣慰的是，他负责的项目曾获得交通运输部水运工程安全文明施工检查评比第一名、全省交通水运工程标准化示范工地，2#、3#泊位获中交集团优质工程奖，深基槽开挖技术通过福建省科协专家验收。2014年，李平荣获"全国五一劳动奖章"。

和李平在一起战斗的连蔡煜，学的是土木工程专业，原来在福州的工作主要负责国道、省道和农村公路的建设和养护。到平潭后，连蔡煜负责最多的是澳前航道和金井航道的施工建设，原本对航道建设不是很了解的他，通过一年多的"恶补"，算得上是半个专家了。

"我现在像一名'海军'。"连蔡煜幽了自己一默。

回想起项目建设时，涉及平潭吉钓海域养殖征收，这对李平、连蔡煜来说是个全新的课题，接到任务后他们立即到一线，海上全是密密麻麻的养殖设施，当时他们就懵了。

他们连夜研究，制定初步工作方案，多次走访乡镇、村、海洋局，全天候泡在海上测量、清点，晚上一遍又一遍核对数字，成功解决了因涨退潮、波浪等因素造成海上养殖面积误差大的问题，提交了一份领导放心、群众满意的答卷。一个多月下来，两个人都脱了一层皮，变成"黑炭"了。

沙漠驼铃已经成为历史遥远的回声，而新时代迷人的海上丝绸之路，却让平潭的轮船从吉钓码头出发，伴随着鸥鹭掠过海峡的波涛驶向对岸，驶向海角天涯。

挂职在平潭交投集团港航规划处的于锐星说："码头建成后将成为海峡两岸'三通'的综合枢纽和主要口岸，对两岸交流对接具有重大意义。"

于锐星到平潭后，给自己定下标准：生活上融入，要学当地话、吃当地饭、做当地人；情感上投入，要把当地的工作当自己的本职工作，把地方的发展当作自己的事业，耐心细致地解决工作中存在的问题；工作上深入，要深入工作一线、落实一线工作法。

"纸上得来终觉浅,绝知此事要躬行",实践是最好的老师,在具体项目管理中,于锐星参与建设全过程。

他从基层的每一件小事具体做起。为了做好金井港区3#泊位口岸开放,及时完成通航核查工作,他连续两周10余次到海事部门耐心沟通解释相关情况,争取支持;为保障金井港区4#泊位四台装卸设备整机上岸,从编写方案、现场布置、方案汇报到与口岸联检单位的逐一沟通,历时3个月才最终取得口岸单位同意并顺利安全完成设备上岸工作。这期间需要的不仅仅是对业务的了解,更需要的是以主人翁的心态,耐心细致地做好沟通与解释,获得大家真正的理解与支持。

由于公司承接项目多,管理人员相对不足,在开展"双百会战"和"项目建设年"活动期间,于锐星经常是白天在建设工地协调、晚上回单位处理内业资料,放弃周末节假日,会同部门员工细化任务,主动对接,主动协调。

福平铁路海峡公铁大桥是国内首座公铁两用跨海大桥,也是福州至平潭铁路跨海段桥梁工程的主体部分,全长16.32千米,其中公铁合建段14.4千米,总投资约57.9亿元。公铁合建部分采用双层桥面,下层为时速200千米的双线Ⅰ级铁路,上层为时速100千米的六车道高速公路。大桥工程包括跨越元洪航道、鼓屿门水道和大小练岛水道的三座航道桥。

福平铁路是平潭的"一号工程",建成通车后,平潭到福州乘坐火车只需要30分钟车程,与福州滨海新区实现无缝衔接,将助推平潭开放开发大格局插翅腾飞。

然而,跨海大桥的建设面临着恶劣的气象环境、复杂的地质水文条件和海洋强腐蚀环境等众多不利因素:

海峡中小岛屿、礁石分布众多,高程多是10—20米。海峡诸岛屿受风化剥蚀与海浪冲击强烈,环岛四周均堆积风化崩塌的块石,涨、落潮波流在桥位处相对强劲,冲刷强烈,海底地形起伏大,海水深度多在10—40米范围内。

工程区域为典型的海洋性季风气候,季风与台风活动频繁。桥址区十分钟平均最大风速44.8米/秒,全年有6级以上大风天气约300天,7级以上大风天气约238天……

"下马草军书,上马击狂胡。"在区铁办挂职的孙晓东、高登、游华明,充分发挥专业特长,并肩奋战,积极投身其中。

他们积极参与福平铁路FPZQ-4标段劳动竞赛会战。在深水裸岩基础上取得了决定性突破,钢管桩、钢护筒施工全部完成,首个深水裸岩区钢吊箱顺利下放,海上承台、墩身逐步大范围展开施工,为顺利推进平潭公铁大桥建设打下基础。

福平铁路平潭段穿过平潭多个乡镇,与高速公路共同建设,涉及多条规划路与水渠相交。预留通道的设置,海域使用与农林地的征用等,都需要与发改、国土、海洋、铁路、交通、水利等部门反复沟通、协调。

在区分管领导与铁办领导的带领下,3名挂职干部虚心学习、积极融入,区铁办团队抓铁路建设的干劲、热情和速度感动着大家,捷报频传:

平潭海域使用权问题解决了；

平潭段多条公路与市政道路下穿铁路通道设置问题解决了；

平潭2#排洪渠与铁路交叉预留排洪通道设置问题解决了；

福平铁路与京台高速公路平潭段的衔接问题解决了……

智慧在钢轨上一寸寸铺展，坚韧在道路上一刀刀镌刻，丰碑在百姓心头一座座铸造。

一个城市的火车站，是这座城市的名片。火车站作为城市的第一窗口，独特的建筑风格往往代表一座城市建筑的浓缩和精华。

就如平潭，建造火车站伊始，既想让旅客留下离愁别绪与重逢快乐，也想在他们脑海中刻下"石头厝"独特的旅游景观与文化品牌。

为了达成这个目标，在区分管领导与铁办领导的带领下，孙晓东、高登、游华明3名挂职干部积极与省发改委、省铁办、铁总计统部、工管部、工程设计鉴定中心、南昌铁路局、福平铁路公司等相关部门沟通对接，全力推动平潭站站房增加架空层方案及"石头厝"造型与风格方案调整。

站房架空层的建筑面积由原设计3万平方米增加到5.4万平方米，房外观造型、风格由原"海上生明月"方案调整为"石头厝"方案，建设成高铁中心站综合交通枢纽，拥有轨道交通、长途客运、公交车、出租车等各种换乘方式，便捷换乘，无缝对接。

千淘万漉虽辛苦，吹尽狂沙始到金。

2017年7月21日，铁总批复了站房及相关工程初步设计方案；同年11月15日，铁总批复了福平铁路站房施工图设计。

2017年12月的一天下午，挂职于岚城片区的刘锡磊，将参加区社会福利中心一期的验收，这是他来平潭挂职后，参与负责建成的工程项目，在现场，他感受到"平潭速度"。

刘锡磊参与的工程，都是民生工程，如学校、道路工程等，这对平潭的发展起到至关重要的作用。"如今的平潭，基础设施日趋完善，城市发展不断丰富，一环两横三纵的城市交通主题骨架基本完成，岚城片区与老城区之间的道路已经打通，平潭四通八达的城市交通路网路已经形成。"刘锡磊说，"看着这些道路，从凹凸不平到平坦大道。离开平潭以后，回忆起这段日子，将非常美好。如果有机会再回到平潭，看到这些工程，我会感到很自豪。"

春去秋来，时光轮回，生命仿佛渐次摞起来的稿纸，逐渐厚实。细细翻阅，发现曾经涂抹过太多厚重的痕迹。

郁军态，任岚城片区党工委副书记、片区开发管理局副局长。局里的干部大多从县直机关以及各乡镇抽调而来，既有基层经验丰富的乡镇干部，又有充满朝气活力的年轻大学生，虽然大家彼此不熟悉，甚至不认识，但岚城片区"团结 正气 责任 高效"这块招牌，凝聚着全体干部的心，指引着大家努力的方向。

记得有一天晚上，郁军态接到局里通知，说是第二天一早有任务，具体任务内容和地点到现场才知道，需要大家做好准备。他当时还觉得奇怪,什么工作这么神秘?"保护性施工",这是他后来才深刻体会的一个词,也成为挂职期间经常要参与的工作之一。

早上6点半,全局干部到达依法征收的现场。已经陆续聚集了许多群众,部分群众围堵、阻挠征收,有人背后鼓动谩骂,个别群众甚至准备现场引爆汽油桶,向政府施加压力。局里的同志耐心做思想工作,同群众面对面反复沟通,明确表示"群众合理要求要保障,不合理要求再闹也不支持",整个征收一直持续到下午5点。现场的突发状况不断,个别群众甚至偷偷埋了爆炸物,幸亏及时发现并迅速处置,否则后果不堪设想。

那时正值8月,平潭骄阳似火,整个征收现场没有任何可以遮阴的地方,除了几棵矮矮的木麻黄树,只有齐腿的荒草,"嗡嗡"作响的蚊虫成群地往人的身上扑。全体干部就地用餐,大家三三两两席地而坐。风一吹,细细的沙子吹进快餐盒,许多同志笑谈这是上天的眷顾,多加的一味调料。大家似乎忘记了刚才遇到的不愉快,有的同志趁着用餐的时间商量工作中的细节,有的同志拉拉家常和个人的经历以缓解紧张和疲惫,炎炎烈日下,着实让人感动。

兰增明,在平潭挂职任金井湾片区党工委副书记、开发管理局副局长、片区机关党支部书记。回想起在平潭的工作情形,他这样概括:"出点子、带干部、抓监督。"他刚来平潭的时候,金井湾片区的很多道路都还没有通,有的楼盘还在打地基,金井新城没有一家小吃店。经常停水停电,他住的是31楼,好多次都要爬楼梯。刚来平潭，他开的是新车，因经常私车公用，现在里程已达5万多千米，都变成泥车了。

在推动项目建设上，兰增明经常到一线去，身体力行。他说："在最困难的地方，要有你的身影，大家才会服你。"在福建检验检疫海西隔检中心前期收储土地时，遇到了阻碍。他便带队，走村入户，动之以情，晓之以理，老百姓不太明白这个项目对于平潭来说意味着什么，兰增明就告诉他们，这是全国唯一的综合性动植物检疫隔离处理中心，很多地方都在抢着让它落地，作为平潭人，该有大局观念，好女要嫁状元郎，项目建成后既能推动平潭发展，又能让广大村民受益，机遇千年一遇，不抓住就会错失良机。经耐心劝说，村民终于点头，使得该项目土地收储顺利推进。

2015年10月，在天牛河防汛项目建设紧要关头，突然获悉天牛河边上正荣地产的标高有变，导致天牛河两岸护波按原设计方案施工造成安全隐患，如果按新标高变更设计方案，初步估计会突破预算1000多万元。兰增明和团队经过深思熟虑，拿出优化方案，不但没有突破预算，而且还让各项指标达到规范标准，成功化解了天牛河项目建设过程中的一颗"地雷"。

陈文倩，大学一毕业，就回到南平的一个乡镇，当上了村干部。在基层摸爬滚打了两年，练就了一身接地气的本领。

"人生有无数选择，我就想去闯一闯，让自己有不一样的人生。"陈文倩这样说。

从决定来平潭的那刻起，就已注定了她不一样的精彩。

初来平潭，金井湾片区领导派陈文倩去综合处干活。待了一段时间后，成堆文件和烦琐事务，与她原先工作内容类似。她觉得，"自己还可以接受更大挑战"。于是她主动提出申请，要到一线工地去锻炼。虽然事先给她打了辛苦的"预防针"，但她执意要去。几番争取后，金井湾片区的防洪防潮工程项目建设最后交到了她手中，她成了"管渠人"。

有一次，一条排洪渠受到了村民阻挠。陈文倩到现场后，看到两三名妇女正在撒泼打滚、高声哭闹。她环视四周，从车上拿出了几瓶水，一瓶瓶递给她们，自己拧开一瓶，一屁股坐在地上，和妇女们一道席地而坐。

大家面面相觑，顿时惊呆了，看到这个"管事的"这么接地气，她们开始好好沟通，问题很快就得到了解决。排洪渠又继续动工建设了。"与老百姓打交道，要记住将心比心，不让矛盾激化，这也是我一贯的工作态度和工作准则。"陈文倩说。

"我无论是开会，还是到项目现场，都告诉自己，撸起袖子，我也是'汉子'，耶！"陈文倩哈哈笑着，"我觉得挂职是个锻炼的好机会，我想干一番不一样的成绩出来，这也是为什么我要主动申请到工地去。"

挂职区潭城镇党委副书记的季勇，来自闽北山区，就职于澳前片区项目建设指挥部。从山区到沿海，工作、生活发生了较大变化。酸、甜、苦、辣、咸，个中滋味，逐一尝个遍。有这样一句俄罗斯谚语："巧干能捕雄狮，蛮干难捉蟋蟀。"它道出一个普遍的真理，即做事要讲究方法，巧干胜于蛮干。季勇对此深有感触。

他曾经领到任务，带队拆除某公园围墙。该公园位于城区中心地段，与毗邻的新村只一墙之隔。十几二十年前，不少住户贪图公共空间，私自把公园围墙与自家外墙间的通道砌砖围起来，做成厨房、卫生间或储物间。根据改造美化需要，现有的旧围墙需拆除，做成景观墙。

虽是公共用地，有些住户本着"既成事实、存在即合法"的思想，情绪激动、拒不配合拆除，有的人甚至无理取闹，拆除工作断断续续拖延了半个月之久。季勇带人调查发现，该自建新村早在20世纪90年代建成，当时仅购置土地就需十几二十万元，并非小数目。可以说，能在此置业者都是有一定基础的。

其中，有一户人家带头拒不配合，其他几家均效仿、观望，拒绝拆除。季勇找借口进入该户，并借机闲聊。对主人的豪宅和当年的远见赞赏一番，又对着房子旁的后花园说道："福地福人居，福人居福地。这么好的环境，是主人行善积德来的吧。"住户被说得眉开眼笑，季勇话题一转，说："要是在闽北、在我家小区，旁边能盖个这样的公园，就是让我捐个一两万也愿意，不要说其他的。"他随即告辞。该住户思考了一下，当天下午主动就把违建拆除了。

姜榕垚，从省公路局来岚挂职在区交通与建设局，对本职工作贯彻法治精神有自己的见解。以前，他们在施工现场发现问题，责任单位总是解释问题发生的偶然性和客观性。

一次次，姜榕垚和同事们不讲情面地按照法律法规的相关规定予以执行，责任单位则拿出规定中解读存在分歧的条款进行辩解。

一次，姜榕垚发现责任单位路基桩基础施工中存在违规行为，要进行处罚。对方单位指出套用的处罚规定是写在桥梁桩基这章，路基桩基没有提到该项违规行为。双方争执不下，最后共同去咨询该规定制定单位，省住建厅质安站给出明确答复，该规定适用于所有桩基，包括路基桩基。责任单位接受处罚，并按照规定进行整改。

有人说，这样的争论会不会有损公职人员的威信？姜榕垚觉得恰恰相反。公职人员的威信是来自于法律的权威性，铁打的律法流水的兵，只有所有的行政行为都按照明确的法律执行，才能更好地体现法律的公平公正。

根据工作需要，姜榕垚从区交建局调整到区挂职办，从前养成的认真细致、一丝不苟也随之带到了新的岗位。

从三明市住建局来到区交建局挂职的王春兰，是平潭人，她把对家乡建设发展的愿望全部倾注在工作上。

她负责交建局党组、党建、人事工作。有人说，这些是苦差、杂差，但她说，如果把它们当成一首歌，只要细心耕耘，照样能弹奏出精彩乐章！

她深知"人不学要落后，刀不磨要生锈"，面对新环境、新情况、新问题，积极向领导、同事请教，做到"眼勤、嘴勤、手勤、腿勤",不断总结经验,为顺利完成各项工作打下了基础。

她不仅晚上经常加班加点,还多次放弃周末等节假日回家团聚的宝贵时间,即使生病也不例外。

她常常说,自己准备了"五心":热爱党建工作有"热心",对待党员同事有"爱心",材料工作后勤保障有"细心",帮助"挂友"考核留任延挂有"诚心",准备会议各类迎检有"耐心"。正是怀揣这"五心",王春兰赢得了领导、同事们的一片真心。

在区交建局挂职的10多位同志,没有旁观者,没有局外人,人人都是参与者、奋斗者、战斗者,上下齐心,画出最大同心圆:

交通基建处的姚仲泳,在推广交通建设项目标准化、优化行政审批事项流程方面攻坚克难;

质安站的薛来强,在推动建设工程"两年治理三年行动"双提升、省厅双随机管理机制方面创先争优;

市政处的王楠,在优化实验区市政基础设施建设2.0审批程序、应急截污工程建设方面敢打硬仗;

还有安监处、法规处、运管处、公路局等一大批尽职尽责的挂职干部,都在不同的岗位上为平潭发展默默散发着光和热。

水,是生命之源、生产之要、生态之基。自来水是城市的"大动脉",是城市的"生命线",它联结着千家万户,保障着城市的有序运转。

阀门,是城市给水管网的枢纽。而平潭旧城区管网老旧、阀门生锈严重,存在松动、漏水等问题,想要进一步提高平潭自来水水质和减少漏损,就必须彻底更换旧阀门。

2017年2月,在区水务公司挂职董事长的林泓,召开专题部署会议,精心布置旧城区主供水管道五大阀门更换工作,力争降低大面积停水对用户生产、生活的影响。公司安装队伍做好现场勘察并制定相关应急预案,停水通知借助电视、微信等平台提前三天告知民众。

2017年3月4日晚上19时开始停水,林泓等公司领导带队,现场指挥,同时更换不同区域五个供水主阀门。由于老城区管网复杂,阀门使用年限长,埋藏较深,作业空间狭小,施工难度非常大。但是,计划完工时间已到,管网中残留的水还不断喷涌而出,数台抽水机都无法抽干。如果不能按时完工,将影响到第二天城区大部分居民早起用水。怎么办?水务公司已经承诺,清晨必须恢复供水!

此时,已是深夜,经过数个小时的施工,公司员工非常疲惫。虽是3月初,但气象台温度显示气温在10摄氏度以下。为了尽快完工,为了心中的承诺,尽管水深已达1.5米,员工们仍毫不犹豫地跳入水中,潜水作业。经过数小时的搏斗,终于在3月5日清晨3点整完成更换任务,随后抓紧启动了城区供水和路面恢复。

这只是林泓挂职生涯中很常见的工作片段,他说:"水务公司的领导和员工,默默无闻,甘于奉献,舍小我为大家,只是为了心中对广大群众的一份承诺,我们做到了。"是的,这份承诺让他们在困难面前不去退缩,而是努力前行;在委屈面前不去抱怨,而是宽容大度;在重复工作面前不会感到乏味和厌倦，而是更加尽职尽责。他说："平潭是一个大课堂，是让人不断收获感动、成就的地方，在这里挂职，让人无怨无悔。"

2017年5月9日，全省首个集海运快件监管中心、跨境电商备货保税监管中心、跨境电商直购监管中心功能于一体的物流中心——平潭两岸快件中心正式启用。中心占地面积约1.1万平方米，入驻140多家电商、物流和各类企业，日处理包裹订单1.6万个、重约50吨。

在此之前，岚台物流中心挂职干部全力以赴，他们走访福州、晋江等省内知名海关监管场所，积极向口岸办、海关、国检等部门取经，承担中心专业化X光机分拣线等仓储智能化体系建设，完善快件中心的配套基础设施，为中心的顺利启用夯实了基础。他们仅用45天的时间，使快件中心达到运营标准，受到来平潭视察工作的省委书记尤权、省长于伟国的充分肯定。

林立，家在福建诏安，在岚台物流中心挂职任副总经理。挂职期间，勤恳务实，敬业奉献，两岸快件中心的建成，就有他的一分贡献。

随着开放开发的深入，平潭的开发从基础设施建设为主向产业发展为主转变，利用得天独厚的区位优势，积极发展航运物流业。以两岸快件为抓手，紧紧围绕"关、线、仓、配、管、商、补、业"这8个方面开展工作，通过推动跨境和快件贸易，把平潭打造成消费者的购物天堂，以及推动加工贸易、转口贸易等业态，促进平潭产业链发展。

两岸快件中心建设是平潭港口经济发展的一个重要里程碑。

它的建成，填补了平潭物流仓库严重不足的局面，对于发挥平潭区位优势，打通连接两岸、对接世界、海陆空联运的国际物流通道，发展平潭航运物流产业，突显平潭"两个窗口"作用，具有重大意义。

林立记忆犹新，当时经常在仓库待到半夜两三点，一直怕时间不够用，每天都是不停开会、不停协调、不停打电话接电话。后来嗓子都哑了，听到电话都怕。

林立感慨地说："我见识到区党工委、管委会对发展平潭的高格局定位，见证了大陆首个海外仓的设立和台北快轮的起航，体验到了平潭人民对挂职干部的无限热情。"

王志华，2016年10月抵岚挂职，任区流水片区服务组组长。虽然挂职服务即将期满结束，但他和组员们并没有因此而掉以轻心。根据区党工委、管委会"打好七大攻坚战"行动要求和片区具体工作部署，坚决站好最后一班岗，发扬"五加二、白加黑"的工作精神，连续奋战。

王志华负责相关项目前期协调和安置房的人居环境整治工作，在攻坚战打响后主动放弃周末回家的机会，认真推进。他曾因免疫力下降，身体产生过敏反应，但没有因此而松懈，他说："这里还需要我，必须坚持下去。"

张国烽，主要负责片区五星村的具体征迁，他克服沟通问题，每天以饱满的热情深入拆迁户家中，讲政策、谈情况，用实际行动助推征迁工作。遇临时接到其他工作，他需要来回奔波在指挥部和征迁点，因施工原因，路上往往没有路灯，加上夜黑风大，张国烽在几次骑行赶路时差点摔伤，但他依然尽心尽责地履行职责做好工作。

翁武宁，主要负责"钉子户"的司法征收，多次顶着烈日前往拆迁户家中递送文件、进行丈量等。面对群众的不理解、谩骂甚至是威胁，他顶住压力，任劳任怨，严格按照程序推进司法征收工作。

吴鑫华，负责部分重点项目的推动工作，许久未回家⋯⋯

在岗位上，他们默默奋斗；在心中，他们为自己感动。

岚城片区开发管理局挂职副局长的郑振树，时常回想起坛西辅道综合管廊监控中心项目的建设经历。开工仪式上，他作为岚城片区代表，宣布项目正式开工。可是，2017年6月开工前一个星期，意想不到的事情发生了，群众出来阻工。

当时正值盛夏，骄阳似火，站在施工现场，不一会儿就汗流浃背，烤得人都喘不过气来。而出来阻挠的群众大部分是老年人，虽然没有大的举动，但却情绪激动，大吵大闹，现场一片混乱，双方僵持着。

一想到项目建设时间紧、任务重，郑振树既着急又无奈，既同情又可恼。他组织乡、村干部与这群老人家反复宣讲政策，讲明道理，但沟通困难，难以协调，一时找不到解决办法。为此他本着坚持原则，以维护群众切身利益和合理诉求为出发点，认真梳理问题，承诺一个月内协调解决，取得群众的支持，工程得以继续正常施工。

这一刻，郑振树感到既高兴又紧张，担心万一承诺到时没法兑现怎么办？向群众怎么交代？问题会不会进一步复杂化？他迅速组织涉迁部门多次开会研究、倒排时间、分工协作，对土地测绘确定界线、地类、面积、补偿金额，村里公示、协议签订、补偿费用发放等各个环节进行全过程督促协调，通过紧张有序地统筹推进，终于比承诺时限早几天完成，项目自此施工顺利，也如期完成建设任务。

2018年5月，俞依群到区市政园林有限公司挂总会计师一职。上班没几天，公司作为应急项目东溪末端湿地建设的施工单位，人工湿地部分必须8月30日前建成，以确保老城区污水处理厂4万吨扩容提标排放的尾水同步进水。湿地面积12955平方米，地下均为海泥填石，地形复杂，需要大量的木桩基础。地表土头堆积、污水横流，板房密集成片，急待拆除。

3个月的时间建成一座湿地公园，而且是在平潭台风多发、酷暑炎热的季节，任务之重难以想象。公司安排俞依群具体负责。迫在眉睫的是成立项目组，可他对同事的认识还很模糊，不清楚谁能担此重任。正在愁眉不展时，很多同事毛遂自荐，他们不怕苦、勇于担当的精神让俞依群感动不已，也使他对湿地公园的建设充满了信心。

项目组顺利组建，俞依群立刻组织工人、机械进场，安排技术人员开始连夜消化图纸、核算清单，与业主、设计人员对图纸进行多次会审。积极主动与管委会、片区对接协调，解决各种前期及拆迁问题。同时提前制定防台预案及抗台措施，并多次进行演练，在第8号台风"玛莉亚"叫嚣着擦肩而过时，项目组已经能非常熟练地处理各种紧急情况。

8月17日是星期五,俞依群已经连续两周没回厦门的家了。下班后,他正收拾行李,工地来电话了,临时埋设的水管破裂,水很快填满了正在施工中的提升泵房。如果不马上处理,一切都将前功尽弃。意外总是那么仓促,让人没有一点防备。他放下行李,立刻组织技术人员制定抢修方案,连续两天没日没夜地安排工人加班抢修,确保了工程顺利进展。

8月30日,湿地公园建设终于顺利完工,确保污水厂的尾水同时间流入。如今,湿地公园已成为平潭市民休闲的新去处,也成了各种鸟类的栖息地,《平潭时报》及电视台多次进行宣传报道,受到社会各界的一致好评。

八

《淮南子》中说:"积力之所举,则无不胜也;众智之所为,则无不成也。"只要齐心协力,众志成城,则无往不胜,无事不成。

2014年11月,习近平总书记来岚考察时指出:"平潭的沙滩一点都不比马尔代夫差。""旅游是平潭的最大资源,一定要好好保护,建设国际旅游岛,要创新体制,保护好生态。"

平潭建设国际旅游岛,离不开创新的旅游产品和旅游管理体制的突破。

2016年7月15日,在整合重组平潭综合实验区原旅游发展有限公司和平潭综合实验区旅游股份有限公司的资产和人员的基础上,成立区旅游集团有限公司。公司成立伊始,就树立了"站高位、走高端、出高招、创高效"的愿景，承担区内旅游、文化、体育等项目投资开发建设和运营。

张宏图，来自省能源集团有限责任公司，挂职区旅游集团有限公司党委副书记、副总经理。他忘不了2017年1月15日在北京，由著名舞蹈艺术家杨丽萍执演的舞台剧《平潭映象》首发式暨平潭国际旅游岛推介会，吸引了人民日报、新华社、中央电视台等30多家媒体关注，各大媒体的目光再次聚焦平潭。这部糅合了诸多平潭元素的剧目，只是区旅游集团推动的重点旅游项目之一。

以重点工作、重点项目的突破推进，为国际旅游岛的建设奠定更加坚实的基础，一直都是张宏图和同事们的工作目标。他说："我们每个人都超常运转，推动重点项目齐头并进，有问题从不过夜，及时发现、及时沟通、及时解决，每天都及时汇报动态。"

拼命三郎般的干劲，换来日新月异的改变，捷报频传：

重中之重的"坛南湾大酒店"设计方案通过区规划委员会审查，现场初勘已经完成，征地拆迁工作正在有条不紊地推进；

"平潭国际演艺中心"征地手续已全部办结，初勘完成，设计方案通过区规划委员会审查；

"金井湾旅游集散中心"主体工程全部建成，即将转入二装；

海坛风景名胜区提升及配套工程中的"将军山仙人井"项目已经开工，大部分工程可望在2018年底前完工；

"北港文创村"转入正式营业，已经成为平潭吸引游客的又一亮点；

"白沙白胜海钓村"项目正在推进，2018年底前可望有实质性进展；

"邓丽君主题公园"主体工程已完成33幢，国际园主体结构已完成，交付剧组转入二次装修和布景；

……

如今走在平潭将军山景区，你一定会感到欣喜：精致的木屋式游客服务中心、洁净的旅游厕所、宽阔的景区停车场、完善的标识标牌和智能化系统。"目前，将军山景区基础设施提升工程已经基本竣工，相信会给旅客带来更好的旅游体验。"将军山景区管理处副主任杨坚毅高兴地说。

2017年7月底，张宏图接到一项任务，"中国小岛屿国家海洋部长圆桌会议"于9月在平潭召开，区旅游集团牵头负责其中重要的配套活动"平潭蓝"专场文艺演出。

此时，距会议正式开幕仅两个月。时间就是命令，为保证文艺演出、3D水幕投影秀能够高质量地按时上映，服务好各国与会嘉宾，张宏图组织成立了工作协调小组，负责各种筹划协调，与合作单位责任到人，倒排项目工期，确保项目进度。

终于，2017年9月21日，大会如期举办，"平潭蓝"文艺演出和3D水幕投影秀精彩亮相，各国与会嘉宾纷纷点赞。

平潭的旅游品牌，许多无前例可寻，需创新打造。在区旅游发展委员会陈美海等挂职干部的积极配合帮助下，张宏图带领着区旅游集团不辱使命，配合实验区创造了无数个第一次：

第六十五届世界小姐总决赛的 115 名佳丽首次来到平潭，获颁"平潭国际旅游岛形象大使"证书，她们在向全世界宣告平潭国际旅游岛建设全面启动的同时，也让平潭迈入世界，让世界了解平潭、认识平潭；

首次由海峡两岸共同策划、联合承办"第十届平潭国际沙雕节"，5 个月销售额 114.58 万元，游客量 5.5 万人次；

创造了单个项目启动时间最快纪录的"平潭蓝国际沙滩啤酒节"，16 天吸引游客约 8 万人次，成功引进特色美食商户 30 余家，现场啤酒消费量达 1.5 万瓶；

"2017 蓝眼泪国际沙滩音乐节"3 天共吸引游客 2 万人次，在线观看直播达 116.4 万人次，获得点赞数 51.4 万，有 20 多家省内外媒体对本次活动进行及时报道；

……

面对未来，张宏图说："在现有基础上，区旅游集团将加大旅游业务开拓力度，力争到 2020 年形成以旅游景区、旅游酒店、旅游观光、温泉度假、健康养生、石厝休闲、广告传媒等七大支柱性业务板块，积极在平潭国际旅游岛的建设大潮中发挥国有企业的行业引领和示范作用。"

2018 年春节，在爆竹声中拉开了帷幕。络绎不绝的游客和平潭本地市民，惊奇地发现街头多了"纯电动双层观光巴士"，它带来了全新的旅游体验：从人潮拥挤的市区，开到静谧和谐的乡村，再到广袤开阔的海滩，一路风光旖旎，目不暇接。作为一道流动的风景，它串联起岚岛多个主要景点，以开阔的视野让人欣赏到美丽的山海风光。

可乘客看不见的是，在区旅游客运公司挂职任副总经理的陈思源，带领公司员工为旅游观光巴士的顺利运营付出的辛勤汗水。

"环岛路大面积管廊施工，观光巴士的停靠位置必须变更，GPS自动播报和讲解系统无法完成最终测试，怎么办？"这天是2月8日，离春节还剩不到一周时间。"必须到现场解决，我马上出发！"陈思源话音刚落，立即动身赶到测试地点。中午1时起，运营测试从龙凤头景区沿着环岛路进行。现场的情况比想象中的严重多了，管廊施工造成环岛路沿线到处是沟槽，临时停靠站已经面目全非，海坛古城景区原先的停车场已经变成工地，坛南湾景区车辆无法正常进出。时间紧、任务重，既定的路线需要重新勘察和调整，而勘察这段路，需要徒步。

平潭冬天的风，夹杂着工地上的尘土，吹在脸上又冷又痛，让人睁不开眼。年轻的陈思源大踏步走在最前面，对每个停靠站点和路线都细致勘察，从站点、站牌的重新设置到停车区域清理，再到站点和景区之间的标志指引，每个环节都尽可能做到细致周到。有时确定一个合适停车点，要来来回回走几千米的长路，但每个人都斗志昂扬，没有人喊苦叫累，因为榜样在前，责任在肩。

经过两天的不懈努力，运营测试基本完成，观光巴士在春节期间如期投入运营，给游客和当地市民带来耳目一新的感觉，在平潭造成不小的轰动。随着车载AR体验、互动寻宝游戏等的陆续完善，陈思源和公司全体员工对运营好观光巴士这张美丽的城市名片充满了信心。

匠心独运，高起点谋划；创新驱动，多领域融合。国际旅游岛，一幅宏图画卷正在呈现中。

黄吉甫，区环土局生态保护处任副主任科员，在挂职期间，为平潭呈现碧水蓝天做了大量工作，2017年被平潭综合实验区授予"身边的好党员"称号。

漫步平潭三十六脚湖，湖、海、山、林交相辉映。这里是平潭最重要的水源地，是平潭人民的"母亲湖"，也是省级自然保护区。

在一次例常检查中，黄吉甫发现三十六脚湖保护区内毁林、挖沙、采石、倾倒垃圾、违建生产等各种污染、破坏乱象十分突出，三十六脚湖保护形势十分严峻。为此，黄吉甫和同事通过各种途径积极推动整治。

在区相关部门和乡镇的通力合作下，保护区内原有的搅拌站、砖厂等18个违规建设项目全部关闭拆除；封闭了道路，安装了视频监控，毁林、挖沙、倾倒垃圾现象得到有效遏制；原来遭受破坏的区域，林业部门及时进行了植被恢复，平潭"母亲湖"重焕生机。

"平潭蓝"是区里的一张珍贵名片。但是，区机动车尾气污染是大气污染的主要来源之一，尤其是尾气排放达不到相关标准的"黄标车"。为此，黄吉甫牵头推动"黄标车"淘汰工作。在广泛宣传政策、部门通力合作、乡镇积极配合下，3年挂职期间，共淘汰排气污染严重的"黄标车"700余辆，全面杜绝"乌贼车""冒黑烟"等影响国际旅游岛形象的现象。

羊泽林是福建博物院文物考古研究所副所长，他在区社会事业局文体处挂职，率领一支考古队开展水下考古工作。

他高兴地说："这次水下调查，我们已经新发现两处沉船遗址。一处是草屿海域的南宋沉船遗址，首次采集到古代建筑材料；一处是靠近福清八尺岛海域的元代沉船遗址，出水了部分龙泉窑瓷器。"

海坛海峡水下遗址位于海坛岛西、北侧海域，是全区唯一一个全国重点文物保护单位，也是大陆沿海首个国家级水下遗址重点文物保护单位，更是福建乃至全国已知水下遗存分布最为密集、内涵丰富且文化面貌相对明确的水下遗存分布区，这些水下文化遗存的时代序列完整，从五代一直延续到清代。

拨开历史的迷雾，探访文明的痕迹。羊泽林带领水下考古队揭开我们祖先与海洋对话的智慧和力量。

此前，海坛海峡水下遗址已确认"碗礁一号"清代沉船遗址等10处水下文化遗存，但还有一批水下文化遗存疑点有待进一步确认。此次水下文化遗址考古工作，将针对海坛海峡水下沉船遗址的数量和保存状态进行全面的摸底普查。

"这次新发现的龙泉窑瓷器海外发现比较多，但首次发现石质建筑材料，填补了平潭沉船遗址建筑材料类型的空白。"羊泽林说，水下考古队还在娘宫附近海域，对发现年代最早的五代沉船遗址进行复查。

"海坛海峡所在海域是我国古代海上丝绸之路的必经之地，在'海上丝绸之路'研究中占有重要位置。从学术价值上来看，它还是研究中国古代陶瓷贸易史的重要一环，可以进行古船尤其是'福船'的船型研究。"羊泽林说，目前正在计划筹建水下博物馆，对"碗礁一号"等沉船出水文物进行保护性展出。

"细细想来，我和平潭的'水下世界'很有缘。平潭是一块宝地，水下蕴藏着很多丰富的文化遗存。平潭水下考古工作从无到有，现在慢慢步入常态化，我心里很高兴。"羊泽林说，平潭周边海域面积广，要尽快摸清"家底"，这些水下文化遗存中出水的文物及沉船史迹，是研究论证我国古代海上丝绸之路贸易航线、港口及商贸交流的重要实物证据。

每次填个人表格，当他在孩子一栏上写"三个女儿"时，总会有人开玩笑地问："你是超生吗？罚了多少款？"身为公职人员，超生当然是不可能的事，羊泽林觉得很幸运，在二胎时生了一对双胞胎女儿。

"我在平潭挂职，妻子在家带3个孩子，她最辛苦。"挂职3年，夫妻俩聚少离多，家里的事全交给了妻子，高挑漂亮的她日渐消瘦，眼角出现了层层鱼尾纹，可是温柔贤淑的她从来没有向羊泽林抱怨过，总是说："放心好了，家里有我呢！"

谁没有父母亲人？谁没有儿女情长？为了平潭人民的幸福，挂职干部和他们的家人做出了无私奉献和默默牺牲。几百个平潭挂职干部的家庭长年只有半个月亮，才换来挂职的丰硕成果和平潭的跨越式发展。

2016年2月，一个好消息从北京传来，平潭综合实验区在中央文明委组织的2015年创建全国文明城市年度测评中，获得81.4分，位列全国100个地市提名资格城市第38名，在福建省3个提名资格城市中排名第二。这条喜讯，迅速传遍平潭大地，成为街头巷尾的"头条新闻"。

"京都捷报早间来，平潭文明获提名。上下齐心结硕果，岚岛民众笑脸迎。"按捺不住激动的心情，市民刘启明在QQ空间里留言，道出了40多万平潭人民热切的心声。

"要把平潭创建成为有平潭特色、台湾味道的文明城市。"区党工委、管委会提出的明确要求言犹在耳。

平潭创建全国文明城市的工作全面开展，全区上下成立专项整治组，确定具体工作方案，明确时间、任务和分工，责任落实到人。

一个延伸到基层单位、社区和行政村的创建工作网络成型，上下互动、左右联动的创建工作格局搭起，平潭以"打好攻坚战"的必胜信念和决心投入其中。

挂职干部将平潭视为自己的第二故乡，与当地干部团结协作，不分昼夜、连续加班，成为创城工作的一支重要力量：

挂职办副主任罗增桂兼任材料组组长，在材料组织报送工作中，发挥了重要作用；

挂职干部郑子男、刘川等同志在材料审核工作中，为保证不耽误材料传输，连续两个晚上通宵加班，确保说明报告、规范性文件、实际照片、统计表格4大类、近3000份材料审核报送圆满完成；

挂职办副主任陈国柱兼任督察组组长，带领干部上街检查公共设施、路面卫生、街旁绿化带和交通秩序等情况，对占道经营、私拉乱建、车辆摆放不整齐和占压盲道等现象进行劝导；

挂职干部挨家挨户上门，向广大市民发出宣传单3万多份；

维护交通秩序、开展环境整治、食品药品安全专项行动，有挂职干部的身影；

思想道德建设、文明餐桌、诚信建设、文明旅游，有挂职干部洒下的汗水；

挂职干部和平潭人民在一起，在城区城建、交通、民生、文化等方面努力改善，整治城市环境，提升窗口形象，营造了良好的创城氛围。

文明是一种荣誉，更是一种力量。回味成功的喜悦，展望未来的道路。提名不是创建的终点，而是全新的起点。

挂职干部们在心里铭记：文明创建永远在路上！

九

"上下同欲者胜。"世界上最美的歌声不是独唱，而是合唱。

平潭的开放开发建设，需要调动各方资源，整合各类要素，发挥各种能量，聚力、汇力、用力，形成合力，众人拾柴中实现"1+1大于2"。

2017年7月18日晚，平潭闽剧团新编闽剧《青天》在福州芳华剧院隆重首演。《青天》由平潭本土剧作家陈道贵执笔，是 2016 年度全国唯一获得国家艺术基金资助项目的县级剧团的作品,在全国 146 个获资助的大型舞台剧和作品创作中位列第八,在地方戏作品中名列第三。

《青天》讲述了海瑞斥妻千里还钱、严惩恶少、智斗贪官、舍身上疏皇帝等一系列老百姓耳熟能详的故事。演员们一举手、一投足,将人物的喜怒哀乐尽情展现,让观众同喜同悲、掌声不断。

剧目从正式排练到演出,共历时两个多月,80 余人参与其中。区社会事业局成立工作协调小组,由区社会事业局文体处处长任组长,挂职干部吴利军担任副组长兼协调办公室主任,负责剧目的首演排练、场地租用、设备租赁等工作,尽心尽责,全力助推。

他对台本、配乐、服装提出一系列修改意见,帮助剧目更好地展示平潭特色、提升演出水平。

他多次放弃休息时间,赴福州寻找场地、确定舞美、联系演出,前往省文化厅各相关部门协调解决遇到的困难。

尤其是在首演的前半个月,吴利军全程跟随剧团,协调解决后勤保障相关事项,为首演的顺利进行做出了不可磨灭的贡献。

下一步,《青天》还将赴全国 40 多个地方巡演,宣扬海瑞清廉斗腐的光辉形象,充分展示平潭风采风貌。

鲁普文、陈菀、游锦寿,他们三人是省文联选派到平潭的驻村干部。以前一直待在机关的办公楼,农村的现状对他们来说是"一头雾水"。现在有机会来到农村，他们暗暗下决心，要"懂乡音、解乡情、亲乡邻"，拿平潭船员的说法就是：不做"海上漂"，要"接地气"。

怎么办？带着一颗真诚的心和一双急于发现的眼睛，他们穿梭在村里的街巷里弄，走访群众、老党员、致富带头人……哪里能了解到最真实的民情民意，就往哪里"钻"；再同村支部委员、党员群众代表座谈，村里的现状、未来蓝图就渐渐浮出水面了。

"村里需要什么就全力帮什么，脱贫需要什么就一心做什么。"他们把自身优势和社会力量结合起来，把物质扶贫和精神扶贫结合起来，把文艺创作和扶贫攻坚结合起来。

村里"农家书屋"的设施越来越好、内容越来越充实、管理越来越接地气；

文艺下村，送演出下村、送春联下村、举办各种文艺比赛等，用群众最愿参与、最受欢迎的形式将文化与欢乐传递到村中；

推动村里依托区位优势和地域文化特色发展旅游和服务业；

……

成绩一点点显现出来，尽管他们一直说，成绩都是省文联、挂职办等上级领导和大家共同努力的结果，但他们真情的付出、真心的努力，村民们有目共睹。他们正和广大驻村干部一样，逐步被村里人所接受。

3月，平潭学雷锋，处处可见志愿者的身影，无论是在福利院，还是在龙王头沙滩、万宝公园，抑或金井片区台创园附近的荒地上，志愿者们不仅为贫困孤寡老人和留守儿童送去关怀，还积极参与改善平潭的生态环境，净滩、植树、创建文明城市……他们用行动细心呵护着平潭的碧海银滩。

挂职区宣传部部务会成员、副调研员兼创城办副主任的谢斌，分管区宣传部文明创建处、区未成年人思想道德建设中心期间，在组织中小学生开展志愿服务活动、推动两岸未成年人交流交往方面取得了显著成绩。

春天的平潭，阴雨蒙蒙。一群志愿者正冒着寒风细雨在龙王头沙滩上清理垃圾，他们都是来自潭城镇的社区志愿者，其中，还有不少"小小志愿者"，他们和大人一起，沿着海滩和广场认真拣拾垃圾。

才4岁的志愿者张楚烨颇受大人们的称赞。2016年，平潭金峰寺发起365天免费送爱心粥活动，小楚烨加入了爱心团队，坚持每天在路上为路人送粥。

"她是我见过的最有恒心的小朋友，除了为别人送粥外，她还保持着'遇到垃圾就捡起'的好习惯，但凡在路上碰到了塑料袋、塑料瓶子，二话不说立马捡起扔进就近的垃圾桶。"金峰寺贤谛法师说。

自平潭创建文明城市以来，平潭增加了2万多名志愿者，人数较以往增加了数倍，志愿者群体逐渐庞大，志愿活动也日益丰富。

2017年11月，区志愿服务中心荣获"全国未成年人思想道德建设工作先进单位"荣誉称号。区未成年人思想道德建设中心张向文主任,带队进京接受全国表彰,受到习近平总书记的亲切接见。当看到中央电视台新闻联播中出现习主席和平潭代表合影的画面,谢斌的心情格外激动,自己的工作能为平潭留下一点成效,感到十分满足。

当前,现代信息技术发展日新月异,互联网已成为社会舆论的"传播器"和"放大器",是各种社会思潮、各种利益诉求的集散地和传递社情民意的重要通道。

在区宣传部网信办挂职副主任的邹训飞说:"网络舆情是完整而不是孤立的,是动态而不是静态的,是相对而不是绝对的,是整体而不是分割的。"到平潭伊始,面对网络安全体系的立体化、全局性建设,他围绕"管得住是硬道理,正能量是总要求",始终牢记要坚持一颗初心,做好"减分项"和"加分项"。

什么是"减分项"?在网络管理、舆情处置、网络安全等方面处置不当,引起负面反应,影响到社会稳定,就会给当地形象减分。为避免减分,邹训飞把省里的先进做法、体制、经验带到平潭,推动制定《平潭综合实验区互联网信息内容管理应急预案》,多次邀请专家开课培训。他长期坚持一线带班,在加强级、一级、二级应急管控带班近50次,约240个完整日。在几次突发重大舆情的处置工作方面,受到省委网信办主要领导的肯定。

什么是"加分项"?网络宣传、信息化建设、舆情报送等方面成果比较直观、容易呈现,人民满意、网民高兴,这就加分了。邹训飞积极推动平潭网和新媒体"中国平潭"矩阵建设、利用重大事件在互联网上扩大平潭的知名度和影响力、建立了一套行之有效的舆情发现研判机制。

"明者因时而变，知者随事而制"。网络舆情是势不可挡的时代潮流，经邹训飞和其他同事的共同努力，牢牢把握着主动权，捷报频传：平潭网获评2015年全国地方网络媒体"十大最具创新力品牌网站"、2016年全国地方网络媒体"十大最具人气网站"，"中国平潭"获评2016年全国地方网络媒体"优秀微信公众号"。

根据"党台姓党，新闻立台，内容为王"的宗旨，挂职干部、台长白高峰和同事们一起改进频道原有节目包装，调整节目编排与广告编排方式，增加公益性宣传短片，增加自制节目量，提升自办频道品味，提高平潭广播电视台的收视率和美誉度。

挂职平潭广播电视台副台长的尤国亮，抵达工作岗位的那一天，即着手参与节目改版，全新升级推出《平潭新闻》《民生直通车》《生活大搜索》3档节目。

原来的《平潭新闻》长度为10分钟，每天播出的新闻3至5条，从2017年5月1日开始，改版为每期15分钟，每档不少于7条新闻，信息量增加，宣传效益提高。2017年11月，又全力打造开播了新的文化专题栏目《走读平潭》，节目播出后，社会反响强烈。

"这次改版主要从两方面考虑，一是区传媒中心即将搬迁新址，高清电视改造也进入实质性运作阶段，'硬件'上去了，'软件'方面的改版也势在必行。二是从媒体发展趋势来看，媒体融合是大趋势。媒体融合对节目的质量要求也提高了，改版是顺势而为。"在区传媒中心挂职的副主任吴秉辉说，改版是适应中国广播电视发展的历史需要，也是适应改革开放的需要。

平潭2012年建台，队伍年轻，拍制能力十分有限。以往一些重要宣传片和专题片都依靠省台及外面的制作公司完成。高宏斌到平潭广播电视台挂职副台长后，带领台里的员工完成了两个向党的十九大献礼的MV的摄制和传媒中心宣传片的拍摄，完成了《大美平潭》《少儿春晚》等大型文艺活动。尤其是《大美平潭》，充分调动电视手段和舞台表现力，得到了平潭管委会书记张兆民的高度赞扬："没有想到，平潭能做出这样好的文艺晚会，感谢这台晚会的工作人员。"

高宏斌记得，他是在52岁生日这一天来到台里挂职，当天下着大雨，刮着大风，可以说，湿冷的自然环境和他火热的心情形成了鲜明的对照。一到台里，他明确表示，不拿挂职单位一分钱，自己改过的稿子和节目不署名，不向组织提自己的个人要求。他是这样说的，也是这样做的，就连节假日值班、加班，均未领过一分费用。上班的地点与宿舍有11千米的距离，碰到值班，晚上不得不打车回去，已成为常态。

提起父亲，高宏斌忍不住又红了眼眶。从2017年年底老人家病重，到2018年2月病逝，高宏斌努力克服困难，没有影响工作，常常是晚上经福州坐最后一趟动车回厦门，第二天清晨坐第一趟动车到福州再返回平潭。

鉴于平潭的技术人员底子弱，挂职干部、副台长黄女梅对平潭广播电视技术和编采人员进行分批轮训，到2017年年底前，全台100多名员工全部轮训一遍。大家普遍反映，收获很大。

陈宏，原是省人防办建筑设计院副院长，初到区人防办，就接到一个比较重要的任务。国家应急办召开联合会议，要求福建省人民政府拍摄一段关于澳前码头及海峡号的视频。省政府将任务下达至省人防办，并专门安排一辆指挥通讯车来岚进行拍摄，陈宏和几位同事共同协助拍摄。

当时，已经进入平潭的冬季，阴天、风大，澳前码头地处海岸边缘，海风格外猛烈。为了又快又好地完成任务，保证视频的拍摄效果，陈宏他们克服了重重困难，及时协调电信部门解决通信信号不太稳定等问题，从南平市临时调动另一辆指挥通讯车保证直播的顺畅。历时一个星期，终于圆满完成了拍摄任务，视频受到省政府和国家应急办的一致肯定。

程遥，挂职区统计局局长。她认为，统计地位的重要是显而易见的，统计不仅是经济工作的"晴雨表"和"监测仪"，更是社会发展的"诊断书"和"化验单"。统计就像历史的长廊，尽显一个区域的昨天、今天和明天。

她说："每当我们通过辛勤的劳动，把各行各业的建设成就、各方面的经济信息，及时搜集、整理、分析，提供给领导、给社会各界，真有说不出的愉悦；每当我们完成一年一度的人大、政协'两会'服务，发布国民经济和社会发展统计公报、完成统计年鉴编纂及重大会议材料等任务时，心中总有一种成就感。"

10个阿拉伯数字在程遥眼里是最亲切的伙伴,在她手里是最得心应手的工具,她用它们编写统计篇章,它们也编写着她的精彩人生。有时,程遥也会遗憾缺少了对孩子的陪伴。

2015年3月,程遥踏上前往平潭挂职的班车,孩子刚满5周岁,上幼儿园中班。一个冬日的周一早晨,她照例匆匆忙忙吃完早饭准备去平潭,可是到处找不到围巾,要知道冬天的平潭海风冰冷而刺骨,没有围巾帽子根本没办法出门。眼看就要错过班车的时间,她着急得像热锅上的蚂蚁。突然瞄到儿子,这个臭小子居然把围巾藏在了身后,她顿时气不打一处来,冲着他吼了起来:"都什么时候了还玩躲猫猫的游戏?不知道妈妈上班要迟到了吗?还是你故意要让妈妈着凉生病啊?"这一吼把他吓了一跳,儿子开始委屈地哭起来:"妈妈,你可不可以不要把围巾带走?"

"为什么?"

"因为上面有妈妈的味道,晚上我想你的时候可以闻闻它,就好像妈妈在我身边。"说着说着,他忍不住放声大哭起来,"妈妈,你去平潭上班了我好想你,其他小朋友放学都是妈妈去接回家的,我好羡慕他们,每天晚上睡觉前我想你都想哭了。"

听到这里,程遥心里五味杂陈,感动、心疼、愧疚、后悔、不舍各种情绪一股脑儿涌了上来,作为一位母亲,她何尝不想日夜陪伴在孩子身边,但既然选择了挂职,就要做到勇于担当、忠诚奉献,要舍小家为大家!

挂职区教育局副局长的潘贤权，一年365天，不论寒暑还是周末，经常放弃休息，时时看到他忙碌的身影，时时有他忙不完的事情。

潘贤权饶有兴趣地讲述发生在他身上的一个笑话。那是一个夏日风雨之夜，他在睡梦中迷迷糊糊感觉有人大声地呼唤，他睁开惺忪睡眼，看到房内的灯亮着，三位同事站在床尾，齐刷刷看着他，脸上满是着急。

潘贤权感到很诧异，快晚上12点了，他们怎么会出现在房间？他起身坐在床沿，因为被叫醒，睡眠不足，脑袋还有点蒙。

原来，领导十万火急要一份潘贤权手上的材料，而他的手机工作一天已经断电关机，风雨声那么大，他睡得太沉也听不到敲门声。同事无论如何联系不上他，就找到小区值班室拿了钥匙，深更半夜径直登门入户。

窗外还在下着滂沱大雨，路面已有不浅的积水，但加班的事情要紧，同事开车送潘贤权去办公室。那一夜，他们一起加班到清晨两三点才回家。

全国职业院校技能大赛是教育部发起，联合国务院有关部门、行业和地方共同举办的一项全国性职业院校学生竞赛活动，是国家教育系统三大赛事之一。平潭职业教育比较落后，无法对平潭的产业给予有效人才支撑，挂职教育局副局长的张传晖2016年10月到平潭后，一直在寻找分管工作中职业教育的突破点。

2017年2月，他获悉全国职业院校技能大赛组委会要重新选择承办方和比赛项目，便积极和福建信息职业技术学院沟通，努力申报。

2017年3月29日，在省教育厅和信息学院领导的支持下，张传晖最终争取到了"全国职业院校技能大赛高职组信息安全管理与评估竞赛项目"在平潭举办。全国共89支职业院校代表队参赛，参赛师生共计800余人，其中，海峡东岸台湾中国科技大学、台北海洋技术学院2所高校前来参赛和观摩。

比赛在2017年5月17日、18日举行，时间紧、任务重，张传晖负责后勤保障、比赛场地布置、安全保卫、媒体宣传等工作。为保证赛事顺利进行，他带领教育局的同志走访了数十家平潭的酒店宾馆，考察住宿条件和就餐条件。为保证西部师生也能入驻好酒店，吃到清真餐，他通过几轮的谈判拿到了最低的房价和饮食保障，最终确认6家酒店作为比赛指定酒店。

"信息安全管理与评估"竞赛项目对赛场的要求极其严格，在区领导的支持下，张传晖协调了区直相关部门和单位，安装了360台比赛电脑、100组的局域网机柜和不间断电源，保证了参赛师生的吃住出行和比赛设备、比赛场地的安全。

终于，经40多个日夜的筹备，全国职业院校技能大赛高职组"信息安全管理与评估"赛项圆满落幕，以零投诉率得到大赛组委会、教育厅和参赛师生的高度好评。

林兴平，挂职于区卫生和计划生育局任副局长。记得那是2017年3月8日下午4点，经福建省疾控中心检测，平潭一名患者被诊断为H7N9病毒阳性。

疫情吹响了集结号，这是一个没有硝烟的战场，林兴平和同事们准备迎接一切的困难和挑战！

8日下午4点半，林兴平立即组织区疾控中心的人员前往患者家中，进行流行病学调查、外环境采样和消杀。获悉：患者共有6名密切接触者，家中3只活鸡均从中楼乡韩厝村购买，但在十天后陆续死亡；患者儿子将死鸡扔到村垃圾池，两天后垃圾被清走；患者的邻居家也从同一处购买了10只鸡。林兴平立即要求区疾控对6名密切接触者进行医院隔离观察。

8日晚上10点，区卫计局局长魏凤琴召开由区经发局、农发局、市场监督管理局分管领导，岚城乡党委书记、乡长，中楼乡党委书记等20多位领导参加的联防联控会议，进一步明确职责，落实联防联控措施。

8日夜里12点，林兴平同卫计局、农发局、中楼乡领导等人连夜前往中楼乡韩厝村，对活禽销售点现场调查，要求立即停止销售，做好个人防护。在得知销售的活鸡是从芦洋乡黄土墩村购买后，林兴平立即联系芦洋乡政府领导，一起前往黄土墩村要求立即停止销售活禽，并做好环境消杀和个人防护，确保疫情得到控制。

3月9日清晨4点，林兴平回到办公室撰写疫情防控报告。

9日上午，区管委会召开紧急联防联控会议。林兴平介绍了当前H7N9疫情情况和采取的措施，卫计局魏凤琴局长部署了下一步的工作方案。

9日下午，区管委会组织林兴平等人前往岚城乡白山村桃树脚自然村现场检查，并召开现场办公会议，进一步研究部署全区联防联控工作。同时，区疾控中心将外环境采样的标本送往省疾控中心检测。

9日晚上，好消息传来，经省疾控中心检测，外环境标本检测为阴性。

接下来几天，林兴平与区农发局、区市场监督管理局的领导分别带队，对全区的活禽交易市场、养殖点、医院、卫生院等地进行了检查。

……

终于，在各级领导的正确领导下，按照"高度重视、积极应对、联防联控、依法科学处置"的原则，经过林兴平和相关人员快速反应处理，采取"早发现、早报告、早诊断、早隔离、早治疗"各项措施，有效遏制了人感染H7N9流感疫情的进一步扩大，保障了全区人民群众身体健康。

林兴平说："在生命面前，我们从未懈怠，始终坚守！"

大爱无疆，有爱就有阳光！阳光下的白衣使者，捧出一颗拳拳之心，让它律动，让它温暖，让它发光。

张蔚，福建医科大学附属协和医院院长助理，挂职区医院院长，一起参与平潭协和医院建设。平潭协和医院作为省重点项目、平潭民生补短板重大工程，一直以来受到领导重视、社会关注、群众期盼。

张蔚记得，2018年4月28日，在区各级部门及领导的支持下，分两批完成区医院搬迁整合工作，实现了平潭协和医院从无到有、从部分到全面开诊的跨越式发展。

当天,平潭协和医院迎来了大波市民,医院的各个科室都在有条不紊地运作。在一楼导诊台前,市民郑振坤忙着取号,他说:"以前,一年都要去好几趟福州,就为了到协和医院看病。现在平潭协和医院终于开业了,以后平潭市民看病更近,也更方便了。"平潭协和医院的开业对平潭百姓来说真的是一份"大礼"。

来自福建医科大学附属协和医院的47名专家,联手为市民们坐诊看病,义诊项目涵盖血管与甲状腺外科、眼科、耳鼻喉科、内科等,不少市民携带病历等相关材料排队,半天时间里,这些专家们为300多人开设了门诊服务,还为4位提前预约的市民顺利进行手术。

68岁的平潭老人陈圣雄长期腰痛,春节前曾去省协和医院门诊挂号。接诊的医师告诉他,平潭协和医院就要开张了,到时候可以预约手术。听完医师的建议后,陈圣雄决定在平潭动手术。"在平潭动手术,家属照顾起来比较方便,医保报销比例相对较大,还可以享受省协和医院专家的医疗技术服务。"省协和医院的医师为陈圣雄做了手术,他很开心。

范向群,挂职平潭妇幼保健院副院长。"新时代的阳光温暖地铺洒在中国大地上。我们每一个人对更美好生活的向往,从没有像今天这样坚实而热切。美好生活,一部分体现在提高老百姓的身体健康水平上。"他说,"我们要与时代同频共振,以奋斗书写基层医疗的篇章。"

"水尝无华，相荡乃成涟漪；石本无火，对击始发灵光。"医者仁心，范向群将温情与关爱传递给了每一位问诊治疗的患者，也获得了患者的真诚赞美。他经常带队深入实验区的乡村、社区送医送药送健康，联系省上专家前来开展义诊、技术帮扶等志愿服务。用他的话说："看到平潭的百姓足不出户就能得到省城专家、教授的诊疗，脸上露出真诚笑容的时候，就是我最开心的时刻。"

范向群记得那次邀请了省妇幼保健院4位专家赴岚开展义诊帮扶活动，同时对全区妇幼系统开展技术指导和业务培训。医疗队一到平潭就受到当地百姓和医护人员的热烈欢迎，义诊台前，患者络绎不绝，仅一天的时间就接诊了130多位患者。流水镇63岁的陈书琴激动地说："要不是范院长帮我们请来省里的专家，平时有个啥病，咱们走到大医院，真是连门都找不到。"4位专家详细询问病情、耐心解答疑问、给出实用建议和治疗方案、叮嘱注意事项和普及相关知识，并对来自全区医疗卫生机构相关技术服务人员60多人进行了培训。

在区中医院挂职副院长的陶翔说，同样性质的义诊也经常在区中医院开展，省中医院"大咖"级的专家包括：国家级重点专科学科带头人、名老中医药专家学术继承人、各学术委员会的主任委员等，他们都是各专业方面非常优秀的专家，为当地群众提供了多学科诊疗服务。"听说有福州大医院的专家来平潭，我一大早就来排队了。"候诊的患者李晓阳高兴得一直在笑，他的一些症状看了几个医生，都没有得到很好的缓解。

"本来就准备要去福州找专家看看,这次专家都到家门口来了,我连路费都省了。哈哈哈。"

鲜花簇拥着笑脸,锦旗舞荡着春风。平潭各医院每一位医护人员心中都有一个甜蜜的梦,那就是在秀美芳香的杏林中,开一瓣花,染一块绿,尽心尽责、问心无愧地融入,成为骄傲自豪的"杏林中人"。

吉鸿昌说:"路是脚踏出来的,历史是人写出来的。"

2018年1月1日,挂职任《平潭时报》副总编辑的张镒琛精心组织策划了"新时代·新气象·新作为"年度特刊,用12个版面,聚焦实验区一年来发展的方方面面,讴歌投身实验区建设的英雄们,呼应新时代的发展潮流。

文章写道:"从原省会福州下辖最边远、经济最落后的一个岛县起航,在'生态环境相对脆弱、经济发展基础薄弱、公共服务水平较低、高层次人才缺乏'的一片土地上,平潭综合实验区如今朝着现代化城市、两岸人民共同家园示范区、自贸试验区、国际旅游岛的方向迅猛前进,老百姓的获得感和幸福感得到满足,医、教、住、行等民生事业得到长足发展。绿水青山就是金山银山,平潭的森林覆盖率也从29%上升到40%,生态环境大幅提升,彻底改变了以往'光长石头不长草'的落后形象……"

平潭昔日是一个偏远海岛,经济基础薄弱,民生短板较多,许多地方条件比较艰苦。3年来,559名挂职干部无怨无悔,吃苦耐劳,克服困难,坚守岗位,履职尽责。他们和当地干部一路与实验区风雨兼程、不忘初心、砥砺前行，书写了实验区新时代伟业！

历史在平潭奏响了一部辉煌的交响乐，长歌浩荡，空谷和鸣，千回百转，韵律悠长。

"我们要以庆祝改革开放40周年为契机，逢山开路，遇水架桥，将改革进行到底。"习近平总书记在2018年新年贺词中指明了方向。

区管委会主任林文耀在《2017年平潭政府工作报告》中掷地有声：党中央、国务院对平潭开放开发寄予厚望，省委、省政府举全省之力支持，平潭发展既有政策叠加的新优势，也面临着区域竞争的新挑战。我们要牢牢把握重大战略机遇，牢牢把握现阶段的发展特征，牢牢把握人民群众的热切期待，以不用扬鞭自奋蹄的精神加快推进平潭开放开发。

平潭正从容有序地建设发展，各项重要举措有条不紊付诸实施。

创新大潮澎湃，千帆竞发，善谋者、勇进者决胜未来。

那是"先行先试"的求索与结晶，那是"开放开发"的砥砺与淬炼，那是"国家战略"的激励与奋进！

第六章　带好队伍提升素质

《礼记·大学》云："修身、齐家、治国、平天下。"这是一个完整的人格成就途径，是由内及外、从个体到家庭再到国家、天下，不断完善、充实的境界。

习近平总书记说："实现全面建成小康社会奋斗目标、实现中华民族伟大复兴的中国梦，关键在于培养造就一支具有铁一般信仰、铁一般信念、铁一般纪律、铁一般担当的干部队伍。"

一

所有的挂职干部都会告诉你：三年挂职路，一生平潭情。2018年4月4日，又一批挂职干部真切感受到了这句话的含义。

这一天是第二批挂职干部和平潭告别的日子。根据区党工委的安排，挂职干部齐聚一堂召开座谈会，离别在即，依依不舍之情溢于言表。林江铃副书记主持会议，挂职办主任陆永建和挂职干部代表张明火、王雁分别发言，话语中饱含与平潭日益加深的情谊、成功的喜悦、成长的豪情、满满的收获。

省政协副主席、区党工委书记张兆民深情地说："三年来，挂职干部全身心投入平潭，付出心血、奉献智慧，成为平潭各个岗位的骨干力量，有力促进了平潭基础设施日臻完善、民生福祉不断优化；同时，挂职干部也通过挂职经历，开阔了视野，提升了对基层工作的认识，不断带动平潭干部群众改善精神风貌、工作作风。"

三年的挂职生涯，刻骨铭心，令人难忘。一双双手，一旦紧紧握在了一起，就结下了深深的友谊。

陆永建主任为带领过这样一支团队而深深感动、骄傲、自豪。而在"挂友"眼中，陆永建既是领头羊，更是大家的好大哥。

工作中他站位高、思考深、方法多、力度大，生活中温文尔雅、多才多艺、重情重义。

陆永建经常利用在食堂用餐时间和大家谈笑风生、交流工作。2017年4月，他接到区党工委任务，在区社会事业局民政处处长翁彬等人的支持下，牵头负责新建城市道路命名。他在先后组织公安、民政、消防、规划、地方志等10多家单位召开10余场座谈会、研讨会、现场考察、征求人大代表意见外，还在食堂和大家讨论如何让路名更好地体现平潭的气质和性格，记录这座城市的历史……经集思广益，他最终圆满完成了58条新建城市道路的命名。

陆永建心里装着大家的困难，千方百计帮助"挂友"，在细微之处主动给予温暖。他经常向各级领导和挂职单位提出加大对挂职干部和家属的关心力度，遇到干部患病或是家里有事，总是嘘寒问暖给予实质性的帮助。挂职干部提起陆永建，都为他为人的真诚和友善所感动。

三年时光，为挂职干部点燃了一盏照亮心扉的灯，坚强了意志，鼓舞了精神，坦荡了胸怀，面对未来的人生之路，无论有多少坎坷和艰难，都无所畏惧。

三年间，挂职干部们成了一个温暖的大家庭。在海峡如意城里，来自全省各地的"挂友"们齐聚一堂，每天穿梭在电梯上、走廊里，总有微微的问候、暖暖的招呼，虽然来自不同地方，但就像一家人一样亲。

每每遇到延误饭点的同事，食堂大妈总能一等再等，最后

一个离开也不忘互道"辛苦了";

偶感风寒却能接到"挂友"各种"灵丹妙药",深夜高烧亦有"挂友"随叫随到;

每次周末或是节假日归来,宿舍里总是交换着各种美味:漳州的水果、龙岩的花生、福州的鱼丸……令人垂涎欲滴的美食流淌着"挂友"们的深情厚谊。

2016年11月10日,是邱鸿到平潭挂职第一个月的一天。一早醒来,打开微信,看到张传晖组长在第五组挂职微信群里发送了生日祝福,感动瞬间从她心底弥漫开来。那天晚上,当她回到宿舍,推开门,满屋子都是挂职干部,大家拍着手、齐声唱着生日祝福歌,同宿舍的叶静还亲手制作了美味可口的蛋糕。

和邱鸿一样,挂职干部切身感受到"大家庭"的温暖,挂职经历成为他们生命中一段珍贵的记忆,在这里,收获着幸福,收获着感动,收获着成熟。

各级领导的关心、关注和支持,是第二批挂职干部安心地在平潭干事创业的厚实基石,是促进平潭快速发展的坚强保障。

2015年3月31日,省委组织部在福建行政学院举办第二批赴平潭挂职干部培训动员会,省委组织部副部长杨国豪出席并做动员讲话,132名挂职干部参加。他语重心长的话语始终回荡在挂职干部耳边:大家要把挂职锻炼作为服务全省工作大局的具体实践,切实提高思想认识;把圆满完成各项任务作为体现人生价值的重要契机,认真把握,有所作为;把践行"三严三实"作为增强党性修养的本质要求,锤炼作风,树好形象。

2015年10月10日,时任省委常委、组织部长姜信治到平潭调研"三严三实"专题教育,并看望挂职干部。

2015年12月1日,时任省委常委、省纪委书记倪岳峰来岚调研,他要求区纪工委挂职干部:要做好本职工作、发挥表率作用、从严要求自己。

2015年12月9日,福建海军基地政委翟永远将军到挂职办看望挂职干部,开展军民共建活动。

2016年12月13日至14日,时任省委常委、宣传部长高翔来平潭开展调研,他叮嘱挂职干部:"平潭是一片大有可为的天地,可以干一番大事业。挂职干部要好好珍惜机会发挥自己的聪明才智,为平潭建设发展做贡献。"

2017年1月4日,时任省长于伟国参加了平潭综合实验区党工委、管委会班子专题民主生活会并看望挂职干部,他要求:要认真贯彻中央和省委的决策部署,汇聚挂职干部的人才优势,加快平潭"一岛两窗三区"建设,努力打造两岸共同家园。

2017年8月29日,省委常委、组织部长胡昌升到平潭调研人才工作并看望挂职干部,指出:要强化责任担当,与当地干部一道,把平潭建设得更加美好。

……

殷殷关怀铭心间,句句嘱托永难忘。各位领导视察平潭时的深切关怀,犹如一座座领航灯塔,廓清了挂职干部的发展思路,指明了工作方向,成为挂职办适应和引领新常态的"金钥匙"。

二

古代先贤说：志不立，天下无可成之事。意思是说，人不能没有理想信念。

蓝永长，从省交通厅来平潭挂职。和他接触多了，了解到在他的成长历程中，其实有一个精神偶像——电影《闪闪的红星》中的英雄人物，这是珍藏在他心里的一道阳光。

小时候，他多次看过这部电影，记住了里面的一个情节。潘冬子的妈妈，为了掩护群众，故意暴露自己，她宁死不屈，被敌人活活烧死。潘冬子对乡亲们说："妈妈说了，她是党的人，决不让群众吃亏！"

蓝永长把这句话记住了，深深地影响着他的思想和世界观。多少年来，无论做什么事，他都把做党的人、听党的话、干党的事作为自己的行为准则。他说："这是一把尺子，可以规范自己的思想；这是一面镜子，能对照自己的行动。"

心中有信仰，脚下有力量。这是挂职办的共识，要带领挂职干部同平潭一起奋斗、同平潭一起前进、同平潭一起梦想，用一生来践行跟党走的理想追求。

挂职干部们白天分散在各自工作岗位上忙碌，挂职办常常利用晚上组织大家学习。

——认真学习党的十九大报告、习近平总书记系列重要讲话精神，深刻领会习近平新时代中国特色社会主义思想的精神实质和丰富内涵，主动增强"四个意识"，不断增强"四个自信"。

——认真学习省委、省政府、省委组织部有关平潭"一岛两窗三区"战略目标的各项决策部署，进一步统一思想行动、把握发展大势、凝聚奋进力量。

——开展"党旗，在挂职干部心中飘扬"主题教育活动，发放学习材料，加强干部队伍作风建设。

——集中学习、专题辅导、小组讨论、个人自学，不断推进"三严三实""两学一做"学习教育常态化制度化。

肖云恩，2011年从北京师范大学毕业后，作为博士选调生引进到省直机关工委工作，2016年10月到平潭综合实验区挂职锻炼，任金井湾片区党工委委员、指挥部副指挥长。除了在项目建设、征地拆迁等工作中协调问题、解决问题的能力和水平有显著提高外，他充分运用积累的党务工作经验，创新抓好党建工作。

他提出"党建+"工作模式：即"党建+项目""党建+企业"，积极开展"支部建在项目上，党旗飘在工地上"活动，金井湾环湖路网项目支部作为第一个非公工地支部受到区党群工作部表彰。

挂职办的领导班子，在工作作风上，体现了一个"实"字：朴实、踏实、务实。陆永建做人做事的原则也是：老老实实做人，认认真真做事。他严于律己，抓工作，首先从自身做起。

陆永建觉得，身处平潭改革开放的前沿，才更加体会到什么叫个人命运和国家、民族命运紧紧联系在一起，当个人价值融入国家和民族的价值当中，就像一滴水汇入大海，必然会激发超越自我的勇气和力量。

三年来，陆永建带领挂职办的"挂友"边学习边工作、边完善边创新，建立起保障挂职工作有效运行的一整套制度和机制。

首先，完善协调沟通机制，"三重一大"事项由挂职办集体会议研究决策。三年来，先后研究制定了《挂职办岗位职责》《重大事项报告制度》《信息报送和激励制度》等20多项规章制度，加强了队伍制度化建设。

有力的思想政治工作、先进的文化氛围，是挂职办带队伍、打硬仗的制胜法宝。

用文字留住历史，用精神鼓舞员工。挂职办不陶醉于春天的百花烂漫，而追求秋天的丰收果实。

挂职办将559名挂职干部分成15个小组，遴选出组长、副组长、信息员，组织开展学习活动，定期总结阶段性工作。

每月编印1期、共编发36期的《平潭挂职干部工作简报》，成为一座座桥梁，传递各级领导对挂职工作的关怀支持，及时反映挂职信息和先进典型；成为一个个窗口，挂职干部以此为镜子、为动力，将工作推上新台阶。

三年间，挂职办从刊发信息中精选优秀素材向中央办公厅、福建日报、省委组织部"海西先锋网"、省直机关工委"福建机关党建网"和"平潭新闻网"投稿，联动"省直新闻眼"微信群中30多家省内主要媒体给予报道，积极宣传平潭"一岛两窗三区"建设成果和挂职干部活力风采。

2015年11月2日、2016年2月、2017年8月8日,由挂职干部陈江撰写的上报到中央办公厅的专报件《平潭综合实验区落实习近平总书记指示精神一周年开放开发成效显著》《欢聚在平潭》和《平潭国际旅游岛建设一周年成绩斐然》三篇文章,分别获得习近平、俞正声和汪洋等中央领导批示。

2015年5月,"平潭挂职干部之家"微信订阅号上线,标志着挂职宣传工作进入"新媒体时代"。

"时间即时性、内容丰富性、参与互动型",这是挂职办提出的目标。微信订阅号提供线上互动、挂职干部风采等栏目,加大对平潭开放开发成果的宣传,成为新时期新形势下做好挂职宣传工作新利器和主阵地,不断提高挂职干部的凝聚力、向心力。

挂职办不仅当好"宣传员",还是称职的"服务员"。尽管相当一段时间挂职办没有专职工作人员,在陆永建的组织下,汪非、梁志剑、唐诚焜、王维焕、郑明建等每天多在挂职办加班加点,为挂职干部在生活、工作上提供保障,全力安排好吃、住、行等日常生活,尽可能为挂职干部创造一个舒适、轻松、温暖的环境,为他们解除后顾之忧,"有家的感觉"。

挂职办给全体挂职干部办理人身意外保险,安装广电网络,设立图书阅览室,购置《摆脱贫困》等一批书籍,办好食堂,提供桶装水,建立挂职干部QQ群、微信群等网络联络平台。

挂职办分成4个组,先后走访9个设区市市委组织部和20

多个省直相关部门，代表平潭综合实验区党工委、管委会向派出挂职干部的单位表示感谢，并向派出单位详细介绍挂职干部挂职期间的表现，对符合培养条件、政治上较成熟、工作成绩较显著的部分挂职干部予以重点推荐。

三年来，共有67名挂职干部得到提拔或重用，其中，处级22人，科级45人。

黄语是第三批挂职干部领队、区挂职办主任，2018年4月抵达平潭。2018年7月下旬至8月中旬，他跟随省委人才办到省直及9个地市，先后召开12场工作座谈会，在派出单位领导面前，介绍即将期满的247名挂职干部在平潭的工作表现，为他们返回后的岗位安排做呼吁。之后，有不少挂职干部向黄语反映，派出单位的领导得知他们在平潭的突出表现后进行了表扬，决定下一步委以重任。

情深最是岁寒时，一枝一叶总关情。

2016年11月28日，一大早，推开门，呼呼作响的大风直往屋里吹。虽然寒风凛冽，但挡不住挂职办温暖的关怀慰问的热情。

挂职干部工作、生活安排得怎样？还有哪些困难需要挂职办帮助解决？带着这份牵挂和惦念，挂职办分3组赴4个片区6个乡镇，走访慰问84名挂职干部。

一路走来、一路看望。在走访中，挂职办领导与挂职干部一一亲切交谈，嘘寒问暖，关心他们的生活和身体健康情况，详细了解他们在生活中存在的困难，鼓励他们坚守岗位、坚定信心、发挥作用，努力为平潭开放开发做出贡献。

这样的走访是挂职办的常态，他们长年做到"三个坚持"：

坚持"真实、真切、真心"，定期深入挂职干部所在单位了解情况，帮助解决挂职干部工作学习、住宿餐饮和交通安保等问题。

坚持在重大节日向挂职干部微信问候。挂职干部收到慰问信后，真切地感受到为平潭的所有辛勤付出都是值得的。

坚持经常组织看望慰问生病住院的挂职干部及直系亲属，前后达68人次。

慰问、走访、关心，挂职办进一步激发起挂职干部的工作责任心和创造力，形成心往一处想、力往一处使的凝聚力，推动平潭各项工作向纵深推进。

挂职干部唐诚焜认为，挂职办是平潭挂职干部的"心脏"、沟通上下的"咽喉"、联系左右的"纽带"，担负着承上启下、沟通内外、综合协调、参谋助手、督促检查和服务保障的职责，职能范围广、工作头绪杂、敏感问题多、协调任务重。特别是需要面对550多名挂职干部，他们分布广、基数大、口径多、工作难度大，上上下下、方方面面需要协调的任务十分繁重。

"不言春作苦，常恐负所怀。"三年中，在挂职办领导以身作则带领下，唐诚焜有600多个夜晚都在挂职办加班加点。从草拟各类汇报、总结、制度、方案，到对外联络、协调、接待，从组织安排会议，到落实会议决定、决议的贯彻执行情况等。面对千头万绪、繁杂琐碎的工作，他告诉自己要"用心以臻极致"，尽可能把工作想在前头、干在前头，积极、主动、高质量地圆满完成每项任务。

2016年10月，詹艳华、张萤、李筱同志加入挂职办后，分担了唐诚焜的工作量。他们三人都来自省直机关，同时也带来了"三高"：高水平服务、高效率工作、高质量管理，无论是办文、办会、办事，都一丝不苟、严谨细致、精益求精。

生活，在平凡中继续；生命，在磨炼中成长。唐诚焜感受到平潭的美好和挂职的灿烂，笑着提到挂职办带给他的感受："繁忙杂乱见真功，难事烦事看担当，遇喜临怒考涵养，逆境顺境需胸襟。"

工作岗位，对每一个人来说是实现价值的起点，是追求理想的开端，是发挥才能的舞台。唐诚焜诗意地写道：是树苗，就要长出繁密如盖的枝叶，为人们撑起休憩的绿荫；是山泉，就要汇入浩浩荡荡的江水，为人们洗涮疲惫的征尘。

挂职干部的派出单位不仅与挂职干部保持密切联系，而且在信息沟通、资源对接等方面给予许多帮助，为挂职工作的顺利开展和创新拓展提供了重要支持。

三年来，先后有50多个派出单位的领导到平潭看望慰问，了解挂职干部工作、学习、生活等多方面情况，并帮助解决具体问题。

省人社厅的领导来了，帮助解决平潭人事人才、就业培训、社会就业保障等方面存在的问题；

华侨大学旅游学院的领导来了，探讨如何助力实验区旅游发展；

福州、厦门、泉州、南平、龙岩、宁德……各地的领导来了，一句句关心的话语、一声声温暖的问候，一时，挂职干部心里热流涌动。

作为挂职干部的另一个"娘家"，挂职单位的热情关心和积极帮助，为他们迅速转变角色、熟悉情况、服务大局创造了良好的条件：

区经发局党委，为期满结束的挂职干部做好"五个一"工作——"一本荣誉证书""一封推荐函""一封感谢信""一名领导送""一本经发局顾问聘书"；

澳前片区项目建设指挥部，每月召开一次挂职干部座谈会，及时了解挂职干部工作、学习和生活动态，积极帮助解决存在的困难和问题；

金井湾片区项目建设指挥部，专门为挂职干部添置运动器材、图书报刊等文娱生活用品，为挂职干部的工作生活创造良好的环境。

三

罗曼罗兰说："要散发阳光到别人心里，先得自己心里有阳光！"文化就是最耀眼的光，有文化的地方就没有荒漠。

盛夏，行走在平潭岛上，满目绿意，生机盎然。空气间弥漫着淡淡的花草幽香、丝丝的木叶清香，更有缕缕的书本馨香。

古人言："立身以立学为先，立学以读书为本。"

2015年6月，挂职办从重视读书、崇尚读书、坚持读书入手，开展"平潭，我的第二故乡"读书征文活动，着力培育挂职干部以阅读为乐，以阅读为荣。

广泛、深入、持久的读书活动，像春天的种子一样，深深播撒在挂职干部心田。

挂职办购买了许多理论、文学、科技等方面的优秀书籍，带着书香的刊物源源不断地送到挂职干部的手中，使他们如获至宝，如饥似渴地读书，放飞着自己的梦想。

挂职干部们纷纷拿起手中的笔，记录和表达他们在平潭工作、生活期间的体验、思考和探索，字里行间散发着浓郁的书香气息，跳动着思想的火花，承载着沉甸甸的分量。

张杰赞叹道："平潭变了，平潭在飞跃。正如当下，在中国梦全面复兴时刻，承惠先行先试的政策，平潭岛用完全开放的精神和勇气，掌风使舵，乘风破浪于'一带一路'的新丝绸路上。两岸共同家园，紫气东来，越来越好！"他饱含激情地写下《平潭印象》。

邹训飞工作之余时常漫步在海边，在松软的沙滩上，深深吸一口咸湿的海风，望着海的对岸，想起同根同源的亲人。在《蓝色麒麟岛》中他写道："这一弯浅浅的海峡，成为两岸血脉之系，我在这头，你在那头。平潭岛正变成雄壮的麒麟，两岸的同胞将共同看到这只麒麟腾空而起。"

廖勇飞则用一首歌词表达他心中的感情："平潭是我家／'平潭蓝'绘出了美丽的家／我也深深爱着'蓝蓝'她／两个窗口

呀迎来千年难得机遇／叠加自贸试验综合实验蓝色动力／绘闽台合作对外开放蓝图／还以国际旅游岛'平潭蓝'形象展示国家／我家窗口政策是如此集聚／海洋强国梦是如此贴近／让我在现实常遇她／'蓝蓝'她魅力无限／我愿和她一起创造'中国马尔代夫'神话。"

三年间，挂职干部撰写读书征文200余篇，《发现海坛》《平潭随笔》《平潭品读》于2016年至2017年在福建人民出版社相继出版。

区党工委副书记林江铃在序言中写道："这里有他们风雨兼程的故事写真，如岗位锻炼的学习追求、基层考察的印象随笔、文化活动的观察评论、行走漫游的体会想象；这里有他们飞扬烂漫的心情抒发，如阅读一本好书的思考、勇担挂职锻炼的振奋、探掘民俗风情的感怀、思考生命价值的追索、坚韧不忘初心的执着……展现了挂职干部以书做伴、闻歌徐行，以书为舟、凌空而驶的风采，体现了他们融入平潭、奉献平潭的诚挚情怀。"

三年耕耘，硕果累累。

三年间，挂职办组织编撰调研报告、课题研究、读书征文、讲堂荟萃、文学作品、书画摄影展览等作品集15本。

三年来，挂职干部挥洒汗水、满载而归、岁月无悔。

三年来，挂职干部在书香中徜徉，在奔跑中回味。

2015年10月，为期两天的首届"高华杯"挂职干部运动会，在运动员们的拼搏奋斗中画上圆满的句号。

运动会有340名运动员、裁判员参加，有第一批留任挂职干部代表队、第二批挂职干部的11支代表队、引进生代表队。共设18个比赛项目，有男女200米、4×100米接力赛、男女羽毛球、乒乓球和男子三人篮球等传统竞技项目，以及"快乐抱抱接力""一圈到底""龙腾虎跃""不倒森林""鼓动人心"等团体竞技项目，充满了竞争性、趣味性、娱乐性和协作性。

呐喊助威声很给力，团体你追我赶真有趣……

在传统的竞技项目中，他们发挥各自特长，为组队争光。公安组摘得桂冠，引进生组紧排第二，纪检监察组第三；在趣味竞技项目中，他们展示团体智慧，飞扬激情，公安组第一，办公室社会事业组第二，交通建设组第三。

在两天的比赛里，以"一起动起来，全民健身弘扬青运会精神；携手向未来，挂职干部助推实验区腾飞"为主题，不惧风雨，真正诠释了赛出水平、比出快乐、取得收获！

比如"一圈到底"，需要参赛队的所有队员手拉手围成圈不松开并套上呼啦圈，在收到"开始"指令后，从第一个队员开始穿越到最后一人才能卡表结束，用时最短的获胜。比赛中，传媒组想到了"绝招"，所有组员像过山车一样快速穿过呼啦圈，赢得了热烈掌声。

2015年11月26日，挂职办组织召开书画兴趣小组会议，在文体活动室开辟书画专区，准备了笔墨纸砚。

懂书法的高宏斌拿着毛笔，简单地提起书法的起源、体系，特别强调学习书法的握笔、提笔、运笔方式和线条章法的重要性，让组员们有宏观的认知，掌握基本书法知识。

而后，他开始教组员们执笔和书写注意事项，并布置练习内容，跃跃欲试的组员们开始实战苦练。纸上得来终觉浅，没想到看似简单的一个"永"字，写了一晚上也没有练到理想的效果，但组员们练得不亦乐乎，练得忘了时间。

涂开洪说："这样的兴趣小组，丰富了我们的业余生活，提升着大家的审美水平和艺术素养。"

深厚的文化氛围，不断激发出优秀的文艺作品。

皴擦点染，绘家园如画美景；楷草隶篆，书海坛人文情怀。2016年4月18日，"共同家园·墨韵海坛"书画联展开幕。一时嘉宾云集，欣赏由挂职干部和平潭当地书画爱好者选送的书画作品。

展厅内，墨香飘溢，观者如潮。80余幅书法、美术作品风格各异、题材多样、种类丰富、主题突出，展示了挂职干部和当地文艺工作者的艺术造诣和审美追求，抒写了对平潭热土的深情厚谊，突显了建设者们蓬勃向上的精神风貌，讴歌了实验区开放开发的辉煌成就。

观展者或三五成群，或独赏一隅，或凝神静思，或击掌叫绝。书画爱好者们也借此机会观摩交流，相互欣赏，探讨学习。

时隔半年，一场更高规格、更大规模、更强水平的书画摄影联展精彩亮相。2016年10月10日，国庆的平潭热余温未消，挂职办组织的"泱泱海峡风——海峡两岸书画摄影文创作品交流展"在平潭金井湾商务营运中心开幕，吸引了一大批海峡两岸的艺术家荟萃一堂。

交流展集中展示了360多件来自岚台两地艺术家所创作的书法、美术、摄影、文创作品，其中175件参展作品来自台湾。

这些作品不仅呈现了平潭特色石头厝、海滨沙滩等海岛原生态景致，也展示了台湾石头厝民居、风土人情等特色。一笔一画、一山一石、一景一物，都传达着海峡两岸所崇尚的审美理想和求美情趣。

陆永建在序言中这样写道："中华文化，潮涌两岸；岚岛宝岛，同根同源。品物流形两百里海峡水隔不断，寖昌寖炽五千年文明两相播传。岚台俊彦，瑾瑜毕现。遥承古风流韵，近接东西濡染。陈义必高，托意必远；取众之长，弥己之短。烁于芸芸之域，躬于烨烨之间。"

是的，特有的文化基因和笔墨艺术，使中华民族有共同的文化认同感和情感，这是民族凝聚力和创造力的源泉。从作品展中，大家都深切感受到海峡两岸的传承与创新、变化与平衡、功底与兼容。

最是一年春光好，植树添绿正当时。

2017年3月，挂职办组织300名挂职干部，积极参加省直机关"千人植树"活动，开展"建设新福建，机关走前头"植树造林活动。

在植树现场，参与植树的干部群众有说有笑，热闹非凡，大家三五人一组，分工明确、配合默契。

挂职在区党工委、管委会办公室任副主任的张著名说："植树造林是平潭改善生态环境的一项重要举措，这不仅让平潭的环境变得越来越好，也把'绿水青山就是金山银山'的理念植入干部群众心中。十年树木，百年树人，我愿意为自己热爱的这片土地再增添一片新绿。"

2017年4月，挂职办举办"中国梦·平潭蓝"摄影展，挂职干部每人提交了一幅摄影作品，分为"岚岛风光、民俗历史、人物特写、劳动场景"4个栏目，内容丰富、图像精美，热情讴歌了平潭开放开发的辉煌成就，展示了挂职干部蓬勃向上的精神风貌。

2017年12月，挂职办组织拍摄挂职干部风采记录电视专题《迎风飘扬的旗》。从公安、企业、自贸、片区、高级人才、处级干部等6个方面挑选挂职干部代表人物作为主线，其他优秀挂职干部为辅线，由点及面、由个体到整体，全方位展示平潭挂职干部在各自工作岗位上取得的成绩。

2018年1月，挂职办在福州三坊七巷福建省海峡民间艺术馆展出"大美平潭——书法·美术·摄影精品展"，共展出反映平潭风貌的艺术作品近90幅，其中书法作品36幅、美术作品23幅、摄影作品30幅。

挂职区社会事业局的念保源副局长说："这是反映平潭风貌的一次书法、美术、摄影雅集，机会难得，非常不错。对于促进平潭的文化交流、发展，是一个很有意义的尝试。期望通过一次次这样的活动，能够带动平潭综合实验区整体的文化发展。"

2018年2月9日，挂职干部携手本地文艺工作者和在岚台胞，载歌载舞，共同呈上一场精彩纷呈、内涵丰富的"情聚美丽岚岛　建设共同家园"大型文艺演出，谱写了建设"两岸一家亲"共同家园的和谐新乐章。

晚会在大合唱《迎风飘扬的旗》中拉开序幕，歌声冲撞着人们的耳膜，敲打着人们的心扉，年轻人都有一颗火热的心，从四面八方汇集到一起的挂职干部即将离开平潭，大家引吭高歌，情绪高昂，歌声里充满激动、充满自豪、充满不舍，晚会有12个表演节目，涵盖大合唱、舞蹈、歌曲串烧、诗朗诵、服装秀、太极表演、戏曲等，形式丰富多样，舞美编排精致。

以蓝色为基调的舞台布景，流畅舒展的曲线勾勒出贝壳、海浪等造型，隐隐诉说着浅浅的一湾海峡带来的悲欢离合，曾经隔海交战的历史已渐渐被交流合作的景象所取代。

晚会特别邀请了部分台胞参与演出，台湾布侬人带来的表演唱《风中旅行》和台湾专才的小组唱《萍聚》，于喜庆祥和的氛围里，传递出两岸中华文化的信息是那样鲜明。

2018年1月25日下午，尽管天气严寒，北风呼啸，但是，"2016—2017年度优秀挂职干部表彰大会"的召开，让会场内涌动着阵阵暖流。

在现场，感受到的是一种共鸣，那就是新时代里艰苦奋斗、锐意创新、甘于奉献的精神。

伴随着欢快的乐曲，来自全区各条战线的挂职干部先进代表们，意气风发地走上领奖台，从挂职办领导手中接过一面面沉甸甸的奖状。

39个区直部门、片区或国企的206名挂职干部，被实验区党工委、管委会评为"2016—2017年度优秀挂职干部"；

35人被区党工委评为"优秀共产党员"；

15人被评为"优秀党务工作者"；

22人荣立省公安厅表彰的三等功，32人荣获嘉奖；

13人荣获区"青年五四奖章""三八红旗手"等荣誉称号。

区公安局刘世界、区国资局庄立伟、区旅游集团张宏图、区招商局陈凌勤、岚城乡吴诗源、区交建局王春兰、区挂职办姜榕垚7位优秀挂职干部代表，就挂职期间的所为、所见、所感重点发言，从各自角度展现立足本职、攻坚克难、不忘初心、砥砺奋进的良好形象。

恒有信念者，时光不欺；胸有大业者，时代铭记。

平潭挂职干部如同一面面迎风飘扬的旗帜，朝气蓬勃，锐意进取，以执着的信念恒守初心，以奋发的实干服务大局。在他们身上，我们看到了信仰的光芒，感受到理想的力量。平潭开放开发的宏伟历程中，一定会留下他们挥洒青春的印记，一定会记录下他们风雨兼程的挂职之路。

山不在高，在于隆起平川；水不在深，在于养育沃土。

2018年2月，福建省委、省政府发布《关于进一步加快平潭开放开发的意见》，强调要继续举全省之力共同推进平潭开放开发取得新成效。

2018年4月，习近平总书记在博鳌亚洲论坛2018年年会上发出坚定改革开放的有力声音："在新时代，中国人民将继续自强不息、自我革新，坚定不移全面深化改革。"

这是面向世界的宣示，这是面向未来的进发！

2018年8月10日，平潭综合实验区党工委领导班子务虚会连续开了两天。陈善光，新任区党工委书记，到任不到一个月，坚定地表态："要按照中央、省委对平潭的部署要求，坚持稳中求进的工作总基调，紧盯目标不发散、聚焦产业不松劲，凝心聚力、团结拼搏，再掀平潭创业新热潮，推动平潭开放开发形成新格局、再上新台阶，不辜负中央和省委的期望。"

万物速朽，但梦想永在。

机遇与挑战同在，发展与风险并存。站在新的起点，唯不忘初心者进，唯从容自信者胜，唯改革创新者强。

2018年3月29日，第二批在2015年4月赴岚的挂职干部期满，离开平潭返回到各自的工作岗位，开始新的人生道路。

2018年4月27日，接过接力棒，新一轮挂职干部来到平潭，在今后3年的岁月中，他们将用真情、真心和汗水，共同谱写挂职工作新篇章。

一位来自省内国有大型企业的挂职干部，在经历了3年的充实和感动之后，写下这样一首隽永的小诗：

> 渐行渐远，我们心中有梦
> 载风载雨，我们无忧无惧
> 执着的追求

点燃这片土地

迎风的翅膀

是璀璨的希冀

一脚风一脚沙一脚云絮

见证我昨日坚实的足迹

见证你明天不朽的传奇

　　寥寥数语，泼墨长空。这是挂职干部对过去的眷恋、对未来的誓言和对平潭的祝福……

2018 年 12 月于福州

建安，中国作家协会会员。

平潭，给我一座桥

◎ 丁彬媛

平潭海峡大桥试通车的前一天晚上，我在渡轮的栏杆边见证了夜幕下它的美丽身影。我，一个归乡的女子，持着一颗虔诚的心沉浮在桥附近的海面上。

百米外的那座桥仿若一条从古老传说中遗落的飘带，那是几辈人口中一直念叨的梦。

不等翌日的剪彩仪式，我已然听到大桥此刻心花怒放的欢呼声了。无月的夜晚，它庞大的身躯卧倒在夜色的帷幕下，旁边偶过的船只若隐若现了它的睡姿。桥上的路灯连成的一长串星星点点的亮光，从远处望去，那条由点延伸开的亮线真像是为大桥披上了一件霓裳，华丽而威严；又不经意给了你错觉，更像是天上的街市，那些灯光连成五线谱上的串串音符，分明在歌颂了所有该歌颂的，感谢了所有该感谢的，唱一首梦想成真的歌，然后定格在历史的上空，云遮不住，风吹不走。

渡轮行走在这暗潮涌动的海峡里，我行走在大桥旁默默行驶着的渡轮上，渡轮的前进便是我的前进，我的前进是对眼前这脉浅浅的距离的靠近与拥抱。

所有的平潭人都懂得，经常在回家的时候，在顺利到达福清小山东码头时，眼前的那湾海峡成了拦路虎，而轮渡也成了心中的痛。经常会有友人想来平潭玩，于是就来问我，从学校去平潭要多久？哎，这着实是个艰难的问题。等轮渡时间的不确定性，造成问题答案的多样性。近年来，出入平潭的客流量渐渐多了，特别是在节假日的时候，来往的渡轮往往不能够满足所有人的需求，并不是所有的人都能第一时间坐上轮渡，及时地到达对面的海岸。尤其是遇上了台风天，渡轮停开了，所有的被困在岛对岸的人，就只能在小山东留宿一晚了。没有桥，诸多的不方便。

其实在早些年，我外公那一辈的时候，那时的轮渡只是纯粹的"人上船"，而非现在的"人上车，车上船"，海面上多私人经营的双帆船，来回地拉客出岛与进岛。那个时候想去福州一趟，常常需要花上两天的时间，先从竹屿坐船到福清海口，而从海口去福州的路上需要爬山，那个年代山上是有老虎出没的，赶夜路危险系数太大，一般人都选择在港口住一晚后第二天赶路。如今，双帆船早已消失在人们的视线中，我们这些后辈无缘一见，只得围坐在老人的身边，听着他们的描述，想象着那些双帆船顺着海风，在大桥的不远处，为大桥扬帆起航、欢呼雀跃。

记得第一次出岛是读小学的时候，也是第一次意识到自己生活在岛上。我，一个离乡的女子，第一次面对新视野的磅礴心情，被紧裹在岛外新事物散发的力量里。许多老人在岛上生活了大半辈子，却从未出过岛，海那边的世界，他们知道的并不多，更多的是从与自己子女聊家常时获知的。隔着一湾海峡，隔了一个世界，仿佛隔了好几个世纪，那些老人口中的远方而今就只是一座桥的距离了。

　　建大桥的大胆构想是经历了多重平平仄仄的困难，早在1992年的时候，平潭县委、县政府就提出了这个大胆的设想，在过后几年的争取下，平潭终于借着与台湾距离最近的有利地势，获得了绝好的发展机遇，并在2007年的11月30日正式动工兴建。那天晚上的开工仪式，全岛沸腾了，彩车与烟花占据了那晚所有的记忆。那天，平潭岛的"给我一座桥"的梦想腾飞了。直至3年后的同一天，大桥建成并顺利通车，真正与祖国大陆连接在了一起，这样的融合是怎样的一种激动的情怀。试通车那天，许多老人趁着这个机会，坐上了那天服务老人过桥的公交车，兴奋地体验了一番过桥出岛的感觉。当我看到老人们脸上洋溢的笑容却很是心酸，这座桥来得太迟了，世世代代地等候终于召唤来了这个美丽的梦。

　　而桥头旁的轮渡码头在那天受到了颇多的冷落，太多的风头给了大桥，太多的无奈留给了轮渡。那些靠着轮渡过活的村民们不知作何打算了，尽管渡轮并没有因为大桥的建成而功成身退，但是我们坐渡轮的机会确实是不多了，那些买卖估计也会淡了许多。或许在很久以后，我们还能够想起那些挂着厨房巾、披着头巾、捧着装海蛎饼小盆子的素朴的妇女们以及那个拿着残疾人证件讨捐的可怜的人。当大部分人沉浸在喜悦之中时，总有那么些人需要默默承受另一面的影响。

给平潭一座桥，也正是给我们所有岛民的一座桥，建在海峡上的，同时是建在每个人心里的。在很久很久前的那个年代，那些裹着三寸金莲的老人们恐怕怎么也想不到，真的会有一座大桥横亘在了海峡的上空，那些留在他们记忆里的永不褪色的帆船画面成了永恒，而这座大桥将成为新时代里所有人歌唱的乐曲新篇章。在这个神圣的时刻，我，一个岛上的女子，回来拥抱我的家乡，这座大桥降临的暖暖的润泽，将成为我回归路上的坐标。

丁彬媛，现供职于福州市文联，福建省作家协会会员，作品散见于各类报刊。

疾行于岁月长河上的船

◎ 周而兴

闽江东面的朝阳冉冉升起，渐渐驱开朦胧的晓色，江水潋滟潺潺汇入东海。我想那东海上不仅有一座朝霞绚丽的海岛，还有一个依山面海的渔村，海上还有人摇着小舢板赶海。

我微微闭上眼睛，脑海里浮现出熟悉的影像：那是我魂牵梦萦的平潭老家，村边连接着广袤的长江澳，银滩碧波、舟楫点点。

生于海边，长于海边，岁月辗转……爷爷牵着童年的我沿着窄窄的村间小道，来到供销社门口的集市上给我买糖果、爆米花。然后，我们来到长江澳海滩。那次站在海边，是我人生第一次看到船。在海边，慈祥的爷爷凝视着海面上一只苍老斑驳的木帆船，眼角泛湿，语调深沉地讲述了年轻时他驾驶木帆船到台湾岛谋生，遭遇日本侵略者欺凌的辛酸往事。讲到新中国成立后县政府为改变海岛的贫困面貌，组织民众种植木麻黄抵抗风沙，发展滩涂养殖和海上运输等造福百姓的举措时，爷爷苍老的脸上露出了舒展的笑容。

爷爷告诉我，新中国成立初期海岛进行集体经济改制，他毅然无偿带船组建县海运公司船队。他与我父亲驾船从福州运回粮食与煤炭等物资到平潭。懵懂的我好奇地问,福州离我们的渔村有多远?他回答说,顺风时木帆船早上出发、夜晚才能到达。那时,我不懂得距离可以用公里数来丈量,但从开船花费一整天的时间中感觉平潭是个偏远的孤岛,渐渐懂得先辈们海上漂泊的艰辛。

"少年情怀总是诗。"讨小海途中,我站在船上,置身于一望无际的大海中,阳光照射下,海面泛着金光,海天一色。看到远处疾行的船只渐渐消失在茫茫的海天吻合之处,期望自己也随着那船远行,越过大海,闯荡外面精彩的世界。高中毕业后,我终于背上行囊,揣着梦想登上渡轮。载满旅客与汽车的渡轮在风浪中摇摇晃晃、徐徐前行,回望故乡的轮廓渐行渐远,我的心头涌上淡淡的乡愁。经过一天的舟车劳顿,我来到福州学习,后来留下来工作。

岁月匆匆,宛如长江澳潮水无声无息地流逝,爷爷、父亲也先后离世。先辈船上用过的罗盘锈迹斑驳,沾满了岁月的尘埃,封存在祖屋的角落。曾经一起追风踏浪的儿时伙伴,大多外出打拼。恍然间,我离开故乡已久。早年村上的供销社、修船厂等已不复存在。那些斑斓的石厝、葱郁的木麻黄,依然守护着古朴的渔村,守望着外出打拼的村民。

"闲云潭影日悠悠,物换星移几度秋。"改革开放的春风唤醒沉寂的海岛。随着平潭海峡大桥建成,历尽沧桑的渡轮退出了历史舞台。近年来,岛上的基础建设与投资环境不断改善,曾经走南闯北打拼的乡亲，纷纷回岛创业。老家的渔村也加大了乡村振兴建设，组建了远洋运输船队，扩建了学校与卫生院，村间铺设了水泥路，种植了绿树花卉。村干部还组织村民开发了石厝民宿旅游业以及汽艇游览海景等特色旅游项目。

如今，宽敞的环岛公路，已经延伸到渔村。交通便利多了，我便常回家乡看海。那日，我漫步海边，突然听到一阵"呜——呜——"的鸣笛声，循声望去，发现平潭开往台湾的"海峡号"客滚轮正在海上高速行驶。我不由得心生感慨，船只是海岛民众重要的生产与交通工具，早年，我的祖辈与父辈，他们是驾驶简陋的木帆船，风里来雨里去，漂泊于茫茫大海谋生。当时海岛上有句俚语，"风大哭啼声，风小砧板声"。足见那个年代民众生活的辛酸与苦难。到了20世纪70年代，木帆船逐渐淡出人们的视野，我的哥哥和乡亲们开始驾驶柴油机轮船捕鱼，生产能力与安全系数得到较大提升。跨入21世纪，柴油机轮渐渐升级到钢质船，卫星导航取代了罗盘，发展了远洋渔业。而这往返两岸的"海峡号"客滚轮，是目前国内装备系统最先进、最安全、航速最快的客轮。伴随着我的成长，船只的更新换代，也印证了时代的进步与海岛的发展越来越好。

目睹家乡日新月异的变化，身为游子的我甚感欣慰，正如老家海边观海亭石柱上的一副对联所提："无处不新奇唯有涛声依旧，多情酬海岳只为好景欲醉！"

周而兴，中国金融作家协会会员，福建省作家协会会员，

福州市台江区作家协会秘书长,在《福建|日报》《两岸视点》《海峡乡村》《平潭时报》等报刊发表文学作品。

撕下这些滴水的日子

江南春

◎ 欣 桐

从杭州到乌镇。

再从南浔,抵达西塘,一路眼及之处都是盛开的片片蔷薇花。在水榭边,在栅栏里,在雕花窗内,在亭台格子间,那一簇簇花,挤挤挨挨,在层层叠叠,纵横立体的花朵间,有嗡嗡的蜜蜂钻进飞出,微风中淡淡花香袭来。

原来,江南的春,竟然是由花姿绰约的粉红染色而成。

都说乌镇的日子是在水上度过的,全长400多米的水上集市,小贩与居民以船当门市载着瓜果、蔬菜纷至沓来,姑娘们穿着江南蓝印花布裙,船公划着橹船。乌镇以河成街,街桥相连,依河筑屋,水镇一体,在清澈的水流和古朴的老屋之间就是静雅的老街和石板巷。

船儿穿过江南常见的石拱小桥,上得岸来,我们随着影影绰绰的游人穿行于古街。无数高大笔挺的樟树,长出了丛丛新绿,犹如新生婴孩脸儿面般的稚嫩,阳光下小叶片清晰可见细细的叶脉,春风拂过一派生机盎然,令人莫名的感动。

樟树是江南最为寻常见的树木,有民谚说,嫁囡要嫁樟树下。

早年江南习俗，大户人家若生女孩，会在家中庭院栽香樟树一棵，当树长成时，女儿差不多也到了待嫁年龄。女儿出闺阁时，家人便将树砍下做成两个大箱子，放入丝绸，作为嫁妆，取"两厢厮守（两箱丝绸）"之意。

远望一簇华冠的香樟树林，树干特别入画。树干一分为二、二分为四地一路长去，既不会偷工减料也不会画蛇添足，树冠的形态是球形的，在天空中画出优美的曲线，新绿片片如同江南舞者甩出水袖在翩跹起舞。有人形容香樟树就像是苏东坡的书法，圆润连绵、俊秀飘逸，别有韵味。

此次江南之行蔷薇处处开，让人心生柔软，香樟树新生嫩叶，春阳点点青翠欲滴，让人羡慕，它们的平和闲散——尘世的喧嚣，深谷的寂寞，什么处境它们都能欣然接受。

如果说江南的春，是先入为主的蔷薇色，再见了这江南樟后，居然皴染成了翠生生的碧色。

在南浔古镇，走进素有"江南第一民宅"之美誉的张石铭故居。故居的每一个角落，都打上了中西合璧的印记。红砖楼选用的是巴洛克风格，复杂的雕花，毹金的做工，彩色琉璃辉映出的七彩阳光，马赛克地砖旋转着百年前的交谊舞步，黑胶唱片与留声机的咿咿呀呀，民国贵公子的会客舞厅仿佛就在眼前。

在这座中西交错的老宅子里，偌大的西洋舞厅是著名的唱片博物馆，这也是我国首家唱片博物馆，记载重现中国黑胶唱片的文化历史。风火山墙高低起伏，西式的琉璃瓦迷离，一丛

高大的芭蕉自窗棂中旁逸斜出,有周璇的老歌从木格子里传出来:

> 南风吹到地面上
> 满眼都是春光
> 玫瑰迎着春风开放
> 漫山遍野吐芬芳
> 南风吹到地面上
> 万物一片辉煌
> 黄莺也不肯再沉默
> 从早到晚不停地唱

夕阳余晖下,有一对"新人"结婚的大红喜船在水波中穿行,在众人的喝彩声中,"新郎"向旅人拱手作揖,将人从百年前的"靡靡之声"中拉回现实,留下一波波水纹在天光云影间轻悠荡开,带动了岸边摇曳的垂柳,带醒了这座古镇。

在西塘入住的客栈门前就是一条狭长的水道,一大丛蔷薇花垂落于河畔。那一大丛开得有些繁重的花簇,就那样闲散地侧于水畔,伫于白墙黑瓦飞檐的老厝旁,花蕊随风吹动。"谁肯盼微丛?"诗人如是问。

水在那,桥在那,人也在那。

过往的旅人无数,谁曾像我这般注视过这堆叠的蔷薇花,岁岁年年,这驿路小花为谁开?又为谁谢?

江南春

岁月刻在围墙上，故事都在水纹里，那蔷薇的影子，映在淘米洗菜的江南美娘掀起的层层涟漪里。江南春事，需要你自己走近去体味……"若到江南赶上春，千万和春住"，那日里，在微信朋友圈里发了几丛蔷薇花的美图，配上这样的诗句。

原来送别的话可以这样说，原来惜春的情可以这样抒；试想，几百年前的北宋，春夜里一袭薄衫子的王观，送别那个叫鲍浩然的朋友，要有怎样的友情与洒脱，才敢言"赶上春，和春住"？

王观其人，在我手边的词选里，几乎都是语焉不详的。只知道他是江苏如皋人，考过开封府试的第一名，中嘉祐二年（1057）进士，一度官拜翰林学士，也算是个不小的头衔了。不料，乌纱尚未戴热，却像苏东坡那样因词生祸，一阕《清平乐》有冒犯神宗皇帝的嫌疑，当即罢官走人，于是自命"王逐客"。王逐客一生仕途不得志，幸而很想得开，对自己的才气更是当仁不让、踌躇满怀，所著词集取名《冠柳词》，就是挑明了"盖过柳永一头"，口气着实不小。

只可惜大多数读书人似乎都不买王观的账，《冠柳词》始终默默无闻，他却并不在意，寄情于山水。山水本是寻常物，偏偏在王观这样的"倒霉蛋"眼里，倒像是个初妆的少女，如嗔似喜，欲蹙还舒，让你捧不得、放不下。何况这一路风尘，当真是师出有名：功名厚禄、琐事杂务都还在其次，头等要著，乃是踩准暮春的脚步，一路追到江南去，赶上了便不许她再从指缝间溜走——君不闻王观一声令下，言之凿凿：若到江南赶上春，千万和春住！

原来，春天，不是想找就能找来的，也不是想留便可以留住的——须得具备了王观这样的敏感与通达，春的气息才会一寸寸渗进你的皮肤，从此便萦回不去，芬芳永驻了。

在暮春的江南，我终于学会了赏春——如同那一袭零落重叠的蔷薇花，有无人欣赏都能盛开出自己的春天，随遇而安，年年落脚江南"和春住"……

欣桐，本名余小燕，中国作家协会会员，鲁迅文学院福州研修班学员，著有散文集《指尖起舞》《萤火流年》《坛中日月长》，平潭民俗文化专著《行走海坛》《海坛掌故》《平潭行旅》等，现任平潭时报社专副刊部主任，平潭作家协会副主席。

东岚五题

◎ 杨际岚

大风起兮

平潭长江澳,蓝天、白云、碧海、风车,构成一幅赏心悦目的画卷。

那一架架风车,从远处望去,犹如孩童嬉戏的玩具。走到跟前,竟是需要仰视的庞然大物。风车高达120米,风叶直径80米,浑似"巨无霸"。

此地毗邻芦洋浦,可谓平潭最大的"风口"。早年,我曾两次在那儿待过一段时日。先是1970年春。平潭城镇户口的中学生并不多,知青就地安置,全到芦洋浦插队。到了1975年,第二轮下乡,我从知青变成带队干部,重返芦洋浦。这次,是在林场长江工区,很快就领教了"风神"的威力。那晚,场部放电影。知青难得有此机会,馋得很,索性全让他们去。等到只剩下我"单兵把守",却又心怯了。瞬间狂风大作,从长江澳呼啸而来,仿佛万千怪兽,狂野地冲撞简陋的石屋。赶忙关牢几间寝室门窗,油灯全点上,强自镇定。终于熬到电影散场,远方传来知青们的响声，心头一块石头才落了地。

  平潭地处台湾海峡与海坛海峡之间的突出部，因"狭管效应"，形成巨大的风口。史上有过重大灾情记载。民国版《平潭县志》曾有相关表述："相传清初，浦尾十八村，一夕风起沙涌，田庐尽墟，附近各村患之。"痛感风沙肆虐，平潭人民奋起植树造林，防风治沙，半个多世纪接续苦斗。尤其是设立综合实验区，十年来，倾力于生态建设，造林绿化与风电开发并举，"一夜沙埋十八村"的灾区，正变为福建最大规模的风力发电田。

  长江澳，见证化害为宝的奇迹，已成为平潭的又一处新地标。

东海玉麒麟

  从卫星航拍影像俯瞰，平潭，酷似一匹腾跃于浩瀚东海之上的神兽麒麟。

  传说中，麒麟集狮头、鹿角、虎眼、麋身、龙鳞、牛尾于一体，"含仁而戴义"。它是上古中国人企望出现的吉祥动物。人们期盼麒麟伴随，带来幸运和光明。

  2019年国庆黄金周期间，从卫星航拍上看，这只"麒麟"身上人头攒动，熙来攘往，定是无比壮观！

  平潭火了！黄金周接待游客超过85万人次，同比增长超30%。中央电视台三个频道，同时直播平潭。昔日默默无闻的海岛，气势轩昂地进入国人视野。

数据背后，是天翻地覆的巨变！

金秋十月，又传来喜讯，"平潭壳丘头遗址群"入选全国重点文物保护单位名单，此地建立全国首个南岛语族考古研究基地。论及平潭变化，总爱用"一穷二白"来描述。"穷"，千百年里，平潭真穷；改革开放以来，同样走上了逐步富裕的道路，但是步伐虽然不快。"白"，值得商榷。回眸往昔，壳丘山遗址告诉人们，早在新石器时代，平潭先民披荆斩棘，开始播撒文明的种子。2010年11月19日，壳丘头遗址所在村庄的村民，敲锣打鼓，鞭炮齐鸣，兴高采烈地迎来一批特殊的客人。南岛语族"寻根之路"欢迎仪式在这里举行。6名南岛语族后人模仿先祖驾乘独木舟，借助季风和洋流航行，经过100多天的漂洋行驶，抵达发现有大量南岛语族史前遗址的中国福建，其中包括平潭壳丘头遗址。追溯历史，数千年前，福建东南沿海一带的史前先民，顺着季风到达台湾以及菲律宾，再扩散至太平洋各岛屿定居，形成今天南岛语族的生存圈。中华文明源远流长。

仅三四年间，多个"国字号"接连落户平潭——国家级海洋公园、国家级海洋牧场示范区、国家AAAA级旅游景区、国家地质公园、国家森林城市……也是在国庆期间，世界在建最长、难度最大的跨海公铁两用大桥全线贯通。这些"国家级""世界级"，见证了震古烁今的人间奇迹！

中华人民共和国成立70周年、平潭综合实验区成立10周年，喜事连连。

"万顷波涛一镜开，彩云涌处接天台。敢夸身在层峦上，引得晴光拂面来。"（清何连城诗句）登海坛山观日，云蒸霞蔚。万顷波涛之上，犹如麒麟驭宝，排浪而来。祝福她吧……

风帆万里

"遥望双帆济沧海，近观二石插云天。"

海坛岛西北部，苏澳海域上矗立两座石柱。

这是世界上最大的花岗岩球状风化海蚀柱。面对天下绝无仅有的地质奇观，业内专家称之为"垄断性的世界级旅游资源"。

明万历二十六年，"南方徐霞客"、儒将陈弟登岛拜访海坛把总沈有容，乘船游览岚岛风光，不禁赞曰："……石牌洋者海中孤岛，上有二石……宛如碑碣，卓然中流，天下奇观也。"

据《福州府志》《平潭县志》记载，南宋末年，端宗赵昰同母后流亡海上，在逃避元兵追杀中，曾在此"驻跸"。后人为纪念此事，称其为"王母礁"。岛上尚有海蚀洞，谓"皇帝洞"，据说是赵昰藏身之所。清代邑人林淑贞诗曰："共说前朝帝子舟，双帆偶趁此勾留。料因浊世风波险，一泊于今缆不收。"

民间尚流传，哑童反抗苛政，兵败沉舟化作二石。"哑巴皇帝"的传说，寄寓了千百年来万千民众摆脱苦难、向往幸福的希冀。

泮洋石帆、茕茕无字碑，

擎活了千年的梦想,

她沐风栉雨,阅尽人间沧桑。

从壳丘头文化遗存、南岛语族根祖,直至"唐为牧马地",清代"一里六提督"……天风海涛中,终于迎来"平潭综合实验区"应运而生。

"一岛两窗三区"的目标定位,展示喜人愿景:

一岛,国际旅游岛;

两窗,闽台合作窗口,国家对外开放窗口;

三区,平潭综合实验区,福建自贸试验区平潭片区,平潭国际旅游岛。

春日报喜讯,平潭国际旅游岛正持续扎实推进,列入2019国家经济发展项目。

平潭正扬帆远航,必将"长风破浪会有时,直挂云帆济沧海"!

海坛天神

平潭有"双绝",一曰"牉洋石帆",一曰"海坛天神"。

海坛天神,位于平潭南海乡塘屿岛。这尊象形巨人,是世界上最大的天然花岗球状风化造型。从远处望去,"天神"头枕沙滩,足践大海,一柱雄根,向天际矗起,挺胸凸肚,惟妙惟肖。

相传，玉皇大帝遣兵捉拿孙悟空，有个天兵追累了，见此海域异常美丽，躺下歇息。玉皇大帝见状，便让他留下，守护这片海域。

神话反衬了历史选择的严峻。民国版《平潭县志》写道："闽在歧海之中，海定，闽无不定。闽之门户又以平潭为区。内而襟带浙粤，外而控制台澎。平潭定，东南半壁之海无不定矣。"海坛天神恰似平潭化身。为了"定海安邦"，平潭担当了历史赋予的忠勇而悲壮的角色。

明朝嘉靖年间，平潭屡遭倭寇蹂躏，岛上居民纷纷筑寨抗倭。郁达夫填词赞颂"丰功伟烈"之戚继光，冒酷暑率部渡海，一举歼敌，"拔剑光寒倭寇胆，拨云手指天心月"。抗战烽火中，日伪军六次侵占平潭，岚岛儿女奋起反抗，经过激烈拉锯战，六次收复，开创了抗击日伪军的奇迹。真个"威武不能屈"！

鸦片战争中，涌现了"福建抗英第一人"江继芸。1841年8月26日，厦门保卫战中，金门镇总兵江继芸指挥守兵与英军浴血奋战，自清晨持续至日暮。面对蜂拥而至之敌，江负伤蹈海，以身殉国。遗体运回平潭，百姓倾城送殡。道光帝特颁祭葬，"国尔忠身，御敌冲锋，奋勇阵殁"。

北伐名将刘尧宸也是从海坛岛走出的。身为黄埔军校教官，他率部东征，惠州战役中，指挥全团官兵连续激战。刘尧宸亲率奋勇队攻城，不幸中弹，喋血疆场。东征军攻克惠州，举行追悼会，总政治部主任周恩来宣读祭文，总指挥蒋介石发表演说悼念，苏联顾问称颂道："你的功绩载入中国革命史册，它将成为中国青年的典范。"刘被追授中将，遗体厚葬于黄埔军校东征烈士墓园中央，供后人世代凭吊。

猎猎雄风，浩浩巨澜。伟哉，海坛天神！

梦幻平潭蓝

梦幻一般，"蓝眼泪"如约而至。

海浪涌动，荧光色蓝点闪烁其间，晕成一片光带。蜿蜒曲折的蓝色海岸线，宛若浩瀚无垠的银河，仿佛置身于童话世界。

夏日，海湾，星空，"蓝眼泪"让平潭平添几多浪漫，几多柔情。

平潭岛，四面环海。海岸线长达408公里，人均海岸线长度，居全省之首。岛内淡水湖三十六脚湖，是福建最大的天然淡水湖。牛山渔场，为全省三大渔场之一。海滨沙滩总长达70公里，天然港湾、澳口283个。龙王头海滨浴场，是全国最大的海滨浴场之一。

岛上，奇岩异石触目可及。在那东海胜景王爷山南麓，有一处天然海蚀竖井，深47米，直径超过50米，称作"仙人井"。民间传说，此井为八仙中铁拐李路过时杖井解渴。井底小洞连通大海，潮起潮落，惊涛激壁，犹如万马奔腾。站在峰顶，极目远眺，东海浩渺无涯，浩风拂面，心旷神怡。

距"仙人井"不远处，即君山东北麓。数年前，曾随一队文友沿君山缓行，前方突见大海，湛蓝，澄澈，纯净。人们不禁惊呼起来。有人到过欧洲，便以两地海湾作比，坦言此处绝不逊色。如今，百公里环岛公路遍布全岛。沿海岸线驱车而行，水天一色，真个沁润肺腑。

  是九天的星辰跌落银滩
  像一串珍珠闪烁梦里的蓝
  是神奇的银河来自云端
  像一条虹桥连成海峡一湾

在现代词人笔端，平潭风光如此让人痴迷陶醉。

世人称颂平潭为"中国马尔代夫"，为"东方夏威夷"。其实，平潭就是平潭！一座崛起的国际旅游岛，将不再是虚无缥缈的神话！

杨际岚，福建平潭人，编审。先后供职于《福建文学》《台港文学选刊》。历任《台港文学选刊》专职副主编、主编、顾问等。1988年，参与创办福建省台港澳暨海外华文文学研究会，历任秘书长、常务副会长、会长、名誉会长。并任福建省作家协会副主席、顾问。系中国作家协会会员，中国世界华文文学学会副会长兼秘书长，世界华文文学联盟副秘书长。现为《两岸视点》编辑总监、《海峡乡村》编辑顾问、福建省耕读书院副院长、暨南大学海外华文文学与华语传媒研究中心兼职研究员。发表评论、杂文、随笔数百篇，并结集出版，选编出版作品集20多种。

平潭贝雕：生命以外的生命

◎笔 间

是谁用粗犷而又细腻的笔触、真实而又梦幻的颜料，描绘出这样一幅色彩斑斓的岛屿画作？细沙、裸岩、咸水、迷路的蛤蜊、抛洒小沙球的小螃蟹……169种的贝壳生物，使美丽从海天一线走来，爬过海面的皱纹。

这里没有时间，月光浆洗过的夜晚，海泽静止，水天静止，风雷静止。这应该是女娲的饰品，补天时不小心掉落在了海里。古老的麒麟岛，在停滞的时间里像一座子夜的日晷止无声息。

这里只有生命，来自平潭岛海里的生命，来自太阳的生命，来自宇宙的生命，来自地心的生命。

而这些生命的贝壳，一场自然与人工的精致"合作"，以贝雕为工艺的奇伟构思，工艺与生命海洋的精美组合，过去与现在同步跨越，创造了生命以外的生命、时间以外的时间。

月光举着我的玫瑰走进平潭贝雕，千奇百怪的贝壳，精心雕琢成的花鸟、山水、人物等浮雕，远看造型优美，近看栩栩如生。

如此鲜活而神奇。每一件等待已久的作品为造访而打开，每一件生命的雕琢为我的步履而延伸，一件件精美的贝雕，为我的目光登临而抬升，每一件作品的叙说，为我的视线而展现。

那贝雕上的遥想，贝壳中的语言，大海里的歌声，停滞在月光的凝视里。而沉默的贝雕手艺人，时间的雕塑者，大海里的淘洗者，随着我的玫瑰一一回归而复活。

贝雕手艺人说：你只是在到达离我心海最近的地方，被突如其来的春意袭击，猝不及防，猛然灌进我的梦里。我被你醉倒，醉倒在海里。这都怪你那双游走海里的脚，突然背离大海走向都市。

贝壳说：情愿作茧自缚，也要让赴约匍匐心田；即使温柔至死，也要不偏不倚走进合二为一的不弃不离。

深入思维拉长的水滴，亲近灵性的光和寂寞的物语。生命的形状，可以见证没有血缘的凝结和装饰；最柔软的瞬间，抵达一方净土的永恒和厮守。

在时光暂停之隙，一件件贝壳舞蹈了归根的体香，在夜里握住大海的钥匙，只愿意再次出发，让生命重新绽放。

醒着，那些曾经被触摸过的语录与荣光，那些忘却自我的融入和慷慨；醒着，数万年前那些年轻的脆，如胶似漆的黏，天然的浓；醒着，被掩埋后重新淘洗的栩栩如生的一代，被践行的一件件新的生命……醒着，还有那些历史的胆汁和色彩艳丽的标本。

在人生的挖掘中，那一颗颗被沉沙深埋后的坚强，被滴血披沥后的包容，依然阳光般生动鲜活，依然"温润如玉，璀璨胜金,晶莹似钻"。

从骄阳颂、十月春风唤大地、口角噙香对月吟、活蟹、呵护……一件件传世贝雕作品,一一走进我的玫瑰。

是神灵打造的这片沃土,是神明赐予的这片沃土,太神秘太神奇太深奥了。我不能不顶礼膜拜,生命的图腾因崇拜而永恒。

它们一一走进我的玫瑰。

太传神了,我不能不用心讴歌这一片神秘土地。清新如初的明月,尘封未试的竖箫,先民创始的神话,祖传未丢的歌谣……平潭壳丘头遗址分布的范围有1万多平方米,考古队前后两次发掘,共清理出21个贝壳堆积坑和1座墓葬,出土了200多件石器、骨器、玉器、贝器、陶器等遗物,以及数以千计的陶片标本,经过C-14年代测定,壳丘头遗址年代为距今5500至6500年,属于新石器时代遗址。可见平潭先民们选择岛上背风向阳坡地为居住点,以渔猎和采集为主要生活方式。出土石器的锐利,陶器纹饰的繁丽,贝壳上的原始雕琢,无不勾勒出平潭海洋文明的早期样态。

它们一一走进我的玫瑰。

我的万能的玫瑰呵!你有墨镜般的眼睛。你把虚幻与真实聚焦在眼前,让它们在时间里一一过滤。1959年,平潭创办了全省第一家贝壳工艺厂。时任贝壳工艺厂厂长的林国钦利用丰富的贝壳研究出贝雕工艺。鼎盛时期,平潭贝雕从业人数达千人。平潭贝雕因材施艺,依势取形,创造出拼贴法、浮堆法、坯模法和镂空透雕法等工艺，生产出5大类200多个贝雕品种。形态各异的贝壳在贝雕艺人的手里，变成了一件件艺术品。对于老一代贝雕艺人而言，贝雕承载着他们的青春与记忆。而新一代艺人的匠心坚守，让平潭贝雕以自己独特的姿态，走上了复兴与发展之路。20世纪70年代，平潭贝雕工艺厂的产品在广州商品交易会展销，一副贝雕国际象棋风靡会场，备受欢迎，这是属于平潭贝雕技艺的高光时刻。在福建省省级非物质文化遗产福建贝雕代表性传承人詹胜看来，传统工艺的价值，不仅在于厚重的文化艺术，还要有与时俱进、融入生活的亲和力。为此，他不断提升根据贝壳色彩进行构思的立体工艺，逐渐形成平潭贝雕艺术极具魅力的雕刻技法。近年来，詹胜的贝雕作品《活蟹》，表现的是平潭的金鲟，栩栩如生，意蕴悠远。这幅作品在福建省文化产业金砖国家（俄罗斯）展览会上，引起了业界惊叹，让平潭贝雕声誉再起。

　　那蟹，那生活，那劳动，那技艺，那艺术，一件作品里储存着的，是平潭贝雕手艺人无数个日日夜夜的风雨寒暑。

　　灵魂与肉体分分合合的生命活力的调度者，你以超现实的花朵般的语言，以超越语言的玻璃般的时空，创造了时间的复始与海洋生命的永恒。

　　而此时的平潭贝雕，时间的向度回到了它的终端。海洋王国的贝壳，生生不息，是来自伊甸园的根。大海里悠游着的它们，涤荡着人间的喧嚣和污垢……

　　有平潭手工艺人的创造，那焕发生机的瑰宝，启迪着一代又一代的人奋发而为。

这是那么多人迷恋的这一片热土！我们今天骄傲地站在这里,可以毫不夸张地这样表述:这一片土地,这一件件贝雕作品,是装订起来的中国海洋的远古。

平潭贝雕手工艺人的睿智,让贝壳,装点了整个海洋,有了非凡的气度。

只有平潭这一片片宽阔的海域,才能让中国贝雕文化,在风雨中坚定地高矗。

我的万能玫瑰呵！古老的贝雕停滞在时间里,像一座昂首的日晷在它的子夜止无声息。而贝壳生命的若干面孔,在这里分离又在这里聚会;时间的若干形状,从这里结束,又从这里开始。

笔间,原名李书烜,"80后",现为中国散文诗协会会员、福建省作家协会会员。在《散文诗》《散文诗世界》《诗选刊》《福建文学》《现代语文》等发表作品数百篇,作品入选数十种选本,获过福建省优秀文学奖二等奖等各类奖项十余次。著有《坐在城市的楼顶》《宽阔的风景》《之间》等。

古色新韵斗魁村

◎ 高 云

盛夏，久旱过后的一天中午，云层翻涌，下起了淅沥小雨。因为采风的行程已定，只好匆匆上路了。到了斗魁村，沿着蜿蜒的村道走过，空气中弥漫着馥郁的土地芳香。

斗魁村，在平潭久负盛名，被国家有关部委认定为第三批中国传统村落。这个位于苏澳镇西北端的海边村落，穿行其间，是一栋栋古朴的石头厝，一面面斑驳的封火墙，一条条曲径通幽的老巷道，一片片绿色洋溢的木麻黄和相思树……犹如一幅唯美的水墨画卷。是村庄被七座连绵而奇特的山峦围绕，分别为金山、银山、元宝山、燕子山、对面山、香炉山、葫芦山、大石斗山，状若天上"北斗七星"排列。传说，肇始的先民仰观天象、俯察地理，确址北斗魁的位置结村以居，以图昌盛万代，造福子孙后裔。于是，就有了"斗魁村"的名号。

这是一处可谓占尽天时地利的风水宝地，拥有左青龙、右白虎、前朱雀、后玄武的格局。金山与银山的岬角形成一个天然澳口，元宝山面朝大海，春暖花开。燕子山、对面山、葫芦山、大石斗山，一字排开，自北向南环绕着村落的传统建筑，形成花苞造型，寓意聚宝、富贵。同时，在村庄周围还有流水潺潺，平添了风水宝地悠闲自在的生态景致。在这样一个山环水抱的村庄，地势平坦，绿树成荫，可见三三两两的古稀老人静坐闲聊，探讨春秋，争论人间俗事；也可见时尚青年蓬生的气息，驱车穿村而过……

坐落于村头的斗兴寺，历史上几经兴废，但一直香火相传。据《平潭宫庙寺院概览》记载，斗兴寺，清乾隆十年（1745）建后殿，咸丰年间（1815—1861）增建前殿、戏台及前后庑堂。1950年，斗兴寺改为小学校舍。1988年，恢复为寺庙。2011年3月开始改扩建，2018年1月重光。历经几百年风雨，承载着一代又一代村民的信仰和精神依托。

当地人说，斗兴寺也是因这七座山的阵法而得名。斗兴寺主祀神明为星宿崇拜文化中主管万星之勾陈上宫天皇大帝和化生群星之祖斗姆元君，并祀保海护舟妈祖娘娘、送子保胎三宫皇母、八闽道姑临水夫人、本境大王与列班诸神。这是村民祈求天遂人愿的地方。村里人以渔业为主，渔民出海难免遭遇风浪，自然而然就会祈愿神灵保佑，而斗兴寺供奉的"天皇大帝"，便成为当地百姓的心灵寄望。传说，1949年时村里有一种船叫"麻缆"，到福安运柴火回平潭贩卖。十几艘船路过福清高山，遇到了风暴却无法明辨航向，船上的渔民对着村子的方向，并在船头的香炉点燃一炷清香，向"天皇大帝"祈愿。此时，家人也因为等不到预期的船只靠岸，便集中在斗兴寺祈祷，果然在船队的前头出现了一盏红灯，成为航标，船只从福清顺利驶回苏澳港。

在斗兴寺天皇大殿左侧,有一口虚掩着的水井。这在所有寺庙的正殿中都是少有的。相传,从前若是遇上干旱之年,唯有这口水井,昼夜都有泉水涌动。所以在重建寺观时,这口井依然保存完好,权作全村的生命源泉与印记。在重修过程中,村民们发现了一批斗兴寺老物件,见证了寺观的过往和精湛的传统工艺。其中,最有意思的是一张供桌,中间刻有"洋洋乎"三个字。桌子宽约0.8米,长约1米,桌面刷着朱红的油漆。桌子的前沿,底色是黑色油漆,挡板雕刻精致的花纹,两边也各有一朵惟妙惟肖的菊花,右侧落款为"在壬辰仲秋嘉庆岁",左侧落款是"下斗魁镜弟子叩谢"。关于"洋洋乎"的寓意,有人认为其取义于唐宋八大家之一的柳宗元的《始得西山宴游记》,文中"悠悠乎与颢气俱,而莫得其涯;洋洋乎与造物者游,而不知其所穷"是历代文人常常引用的句子。也有人指出,"洋洋乎"三个字是指位于苏澳镇看澳村的"石牌洋",即平潭最具代表性的景观半洋石帆。从落款可以看出,这桌子距今已有200年历史,是承载斗兴寺历史的老物件之一。

本次的采风特意从自己的家乡看澳村出发,因为看澳村是平潭北部廊道景区的起点,终于青峰村。斗魁村是其中的重要节点,经由西南线向东北线贯通,让人目不暇接地体验沿线精彩纷呈的美景。斗魁村的沿线,最为瞩目也最有意趣的当属元宝山和香炉屿。传说元宝山原是一座完整的宝藏山,天皇大帝遣使天猫驻守把持,但有一夜,天猫呼呼入睡,老鼠趁机潜入偷元宝。天猫突然醒来，慌乱之中追赶着老鼠，后腿一蹬，跃入海中，把元宝山损毁了一撅。而双方在厮杀过程中皆身亡，就分别变成了附近村庄的金鼠山和天猫山。香炉屿是一座离岛的岛屿，岛上有个神似香炉的巨石，过往的渔民和商人总要登岛供香、祈愿。此处与石牌洋遥遥相望，一处为供坛，一处为扬帆起航的象征，寓意保佑海上渔民一生平安。

乡村的兴盛，离不开毓秀的山水。绕过斗兴寺，眼前就是一片蓝色的大海。大海中央是即将开通的当下世界绝无仅有的平潭海峡公铁两用大桥。海滩近处，是一张张随处晾晒的渔网和渔具。一艘艘小渔船，像小鸟依人一般系缆于小小的渔港里，如同一幅油画铺展开来。

早些年，村里的儿女从小就会讨小海，跟着父母学会"盘诗"。"伊是水上讨渔婆，母女二人下江河，天晴是侬好日子，拍风逃雨没奈何。伊今使力来拔篷，一篷能转八面风，篷转风顺船驶进，看着前头好地方……"渔歌小调告诉我们，这里曾经是繁华的渔村，这里的女人也会讨海捕鱼。

这座有600多年历史的古村落，民风依旧淳朴，正迎来千年一遇的历史变迁，呈现出古色新韵的万千景象。据民国平潭县志《方舆纪要》记载，苏澳、钟门、连街自宋初就与外地通商，渐成集市，被称为"船舶三都会"，入以柴米为大宗，出以鱼盐为大宗。自古就是海上贸易集散地的此地，而今恰似一条穿越时空的隧道。

此刻，天空开始放晴，我站在斗魁村的码头，万顷碧波，湛蓝如境，有一种熟悉而亲切的味道萦绕心头，收留一缕风声，那就是宜人的山海风物。

高云，福建省作家协会全委会委员、福建省民间文艺家协会理事、福建省文艺评论家协会会员，曾在《福建文学》《台港文学选刊》等报刊上发表过大量诗歌、散文、报告文学、小说和文艺理论等作品。

东陲渔岛传古韵
——东庠岛印象

◎ 詹立新

夏入三伏,闷热恼人。恰有友人召唤,便寻思到东庠岛吹吹海风,再次追寻一下传说中的美丽……

平潭有诸多离岛,东庠岛是其中颇具特色的一个。

这个雅称东庠的岛屿,民间则直呼"东墙",好像它是地处平潭最东边之墙也。其东濒台湾海峡、西邻小庠岛、南望王爷山、北毗马祖列岛。方圆4.8平方公里的腹地,三面依山,一面傍水。山容水态,美不胜收。

前往东庠岛览胜,自然要从海坛岛流水码头出发,而最佳的时间,莫过于黎明。其时,四周景物朦胧,只见缆绳拨动,水溅碎琼,飞沫袭衣而清风拂面。继而,行船至海中,忽见一轮红日自海面跃出,鲜活、透亮、红润,那也是台湾海峡每天的第一缕曙光。顺沿着太阳升起的方向,沐一抹清风,载一舟希冀,除却凡尘之冗杂,但闻樯橹之欸乃,海鸥之啁啾,由此揭开岛屿新一天的到来。

若要给东庠岛提炼一句广告语,吾谓之:东陲渔岛传古韵。不知诸君以为然否?

先说"渔"字。东庠岛渔业发达,是平潭三大渔场之一。因着海岸峡管效应造成冷暖洋流交汇,加上闽江奔涌入海带来亚热带海洋生物所需的良好养分,且海域水流湍急、礁岩棋布,蟹子等欲在此海域中生存,必得练就超强大螯,牢牢攀抓岩礁,才不致被水流冲走。自古以来,无人不艳羡东庠名产金鲟(锯缘青蟹)的至上美味和营养价值。坊间有一说,婴孩蹒跚学步时,吃上东庠金鲟,便能腿脚有力,走得稳稳当当。因此每到农历十月,东庠金鲟便是大家趋之若鹜的海产极品。据说,东庠金鲟在清朝时还是贡品。此外,东庠的丁香鱼、石斑鱼、虾皮、紫菜也极负盛名。

东庠渔场除水产资源之外,不得不提另一个天赐之物——葫芦澳。这是天然的避风良港,因水面外形极似葫芦而得名。周边丘陵拱抱,临海只有小小的葫芦瓶口,这莫非上苍的巧妙安排?更为奇妙的是,葫芦口傲然兀立一块天然的葫芦状礁石,像一位守职的卫士,日夜护佑着避风船舶的进进出出,真是"无巧不成书"。

东庠岛民大多以渔为业,各式渔船停在海面、岸边,随便取景都是渔村风情的生动画面。而最让人津津乐道的是"腰子桶"——一种稍大于木桶的椭圆形小木舟,许多人说这是天下最小的船只了。腰子桶游弋于岛岸、船帆之间,接驳、网钓,勾勒出一出出独具特色的水上人家场景。这兴许有东方威尼斯之况味吧。

再说"古"字。东庠岛因气候宜人、耕海牧渔,很早就有人栖居，惜无文字可供查考。遥传明代万历故臣、陕西人氏莫怀古流亡避难于此，老而未离，留下古墓葬一座，令后人扼腕凭吊。

岛上民间信仰繁多，而以海神妈祖崇拜为最。明代抗倭时期留下的"欹头妈祖"神像，说的是妈祖显灵庇护百姓而成为欹（歪）头的善举，可谓天下妈祖庙之奇观。

众多古老习俗在东庠保留下来，成为海洋文化的活化石，或许要归功于这里的"落后"。是的，交通不便使外人难以企及，海洋馈赠了食住两不愁的天然环境，使东庠成了世外桃源，古风也得以保留。就连百年以来的红色革命，也曾借此地发展，萌生星星之火，留下由衷浩叹。

因此，岛内民俗文化精彩纷呈，十番、戏曲、剪纸、渔歌、节俗、美食皆极具古韵。今者，尚有百龄小脚老依姆，身着绽蓝色对襟传统服饰，花花绿绿头饰装点古典主义审美。她们甚至一辈子从未离开过海岛，似乎漠视世事沧桑，未曾留下淡淡的岁月履痕。

石厝民居是不容错过的看点。斑驳的石墙、鹅蛋石装饰的屋顶、矮小的窗户，无意间塑造了民居的典型个性。石厝、古村、海岸、渔舟、网罾、老渔民、仙人掌组成一幅幅古渔村的世态图，不失为一个古老而独特的文化体验。15年前，央视4套《华夏掠影》栏目组来东庠拍摄，这是首次大型媒体推介平潭石厝民居。今天看来，这无意间创造了平潭石厝宣传的第一峰值。

岛上没有汽车，这几年大交通靠的是五轮观缆车，无窗无壁，四面通风，到处拉客，这是真正的"拉风"。坐贯了豪车的你，不妨体验一下这里的"拉风车"。

近几年来，东庠游客络绎不绝，这可得益于电视真人秀《爸爸去哪儿》第五季在东庠孝北村的取景。慕名而往，"拉风车"便将我们拉到孝北一睹芳容。

孝北村，地处东庠岛之东北岬角突出部，因地形状似鲎而得名。鲎是一种与大熊猫一样古老的海洋生物，也是平潭特产。其头部大而圆，尾巴细而长，古怪而令人生畏。鲎与孝在平潭话中发音一致，后以孝代鲎，"鲎北"便成了"孝北"。

走进孝北，村口精致典雅的石牌坊气宇轩邈，好像盛装迎接远方的来客。

这个牌坊是新近设立的，由孝北村走出来的企业家王炎平先生捐建。如此偏隅一方的小村落，却能诞生出商界叱咤风云的大人物，或许就是海纳百川、敢拼会赢之海洋文化的魅力。平潭谚语"小礁窟出大毛蟹"，也就是"山坳坳飞出金凤凰"之意。

顺带说明的是，牌坊前后四对楹联皆出自笔者应景之作，而书法则出自我和另一位书法家刘孙建先生。兹录如下：

孝立村风盛；鲎催胜地兴。

向沧瀛岛礁竞秀；迎晓日山海同春。

瑞屿藏龙虎；福泉润春秋。

瞰远航风调水顺；开红运国泰民安。

从海上看孝北，山势拱立怀抱村落，石厝依山而建，错落有致。低处海面上则围圆形海堤，极似翡翠玉镯。从村中看大海，左揽东岚山，右衔大嵩岛。礁屿星布，横无际涯；帆影点点，天风吹梦。若夫皓月当空，凭海临风，此莫非古人"风月无边"之喟叹也。

同行者有玩遥控影像高手，当航拍仪飘升至四五百米晴空俯视这片神秘海域之时，画面变得梦幻异常，引来一片尖叫。只见碧波万顷中的台湾海峡和海坛海峡挽手处，美丽的东庠岛静静躺卧在浩浩渺渺的蔚蓝水域，周边星星点点岛礁，若宝石镶嵌其间，阳光下又宛若秋波明媚，闪动迷人的异彩。再看镜头中的孝北村，这是一只东方鲎栖息在吉祥岛，圆头静穆，尖尾轻摆，无忧无虑地安享这洞天福地。

孝北村接待点"林子民宿"前观海露台中，一老翁与我们对话，天南地北地侃，沟壑纵横而呈古铜色的脸上架着墨镜，显得淡定从容。当被问及高龄时，他淡淡地说：今年才83岁。无不让人敬佩其"80后"的年轻心态。

告别了东庠岛，我们乘一艘老木船，在夏日微风斜阳中，和着潮声桨声，醉在温柔的粼粼水光里。仿佛回到母亲的怀抱，也仿佛穿越到2000多年前与那位孔老师及其弟子在暮春时节沐浴春服，踏歌而归。

我一路沉思：封闭的海岛、落后的交通不也恰到好处地予遗了古老的文化吗？这在物欲横流的喧嚣世界，不也是一种心灵的涤净吗？阅尽一世浮华，夹杂半生冗忙，偶尔来小岛体验渔村的质朴，捞几斤虾蟹，煮几尾鲜鱼，沽几盅老酒，枕一夜波涛，或干脆伸一个长长的懒腰……这不也是诗意的别样的含义吗？

庚子夏夜，灯下漫笔，思绪还在岛中悠游，而萦绕在心头的却是宁静和清爽。

詹立新，福建省作家协会会员、书法家协会会员、民间文艺家协会会员，平潭民间文艺家协会主席，现供职于平潭综合实验区党工委党校（行政学院）。

岚岛风情（八首）

◎ 谢秀桐

排律·岚岛松花

岚岛罡风劲，栽松也长花。
欣欣开岸角，淡淡著仙家。
拔地伸千茎，临波举五芽。
青须多朗健，藻饰更奇葩。
岩秃根寻水，林疏体挡沙。
荒阡弥野棘，乱霰布盐华。
火篦霜梳过，狂潮猛浪遮。
般般经淬炼，样样必支划。
美献三春盛，清成一世嘉。
亲为峦点色，愿替岭吹笳。
妙品非矜持，高怀不自夸。
颜嫌桃李俗，德厌牡丹奢。
朵朵擎红烛，株株拥赤霞。
魂融沧海壮，情入碧穹遐。

我会松花意，浩歌向天涯。

烛影摇红·平潭蕾丝花

仙女亭亭，

夏花不似春花赧。

撑开花序展清姿，

叶叶相流盼。

皎皎柔柔婉婉，

一丛丛、如张素冕。

雪珠灰绿，

直梗圆葩，

冰颜绝冠。

岛角潮高，

石窠土瘦难成畹。

何来肥力壮闲英？

偏有天垂眷。

生得翩翩淑媛。

惹人怜、心香杳远。

海风吹去，

雪满滩头，

因谁魂断？

十样花·海莲

朵朵莲开如雪，
片片荷钱偎贴。
浪打不惊慌，
心自在，意清绝。
雨余犹皎澈。

临江仙·南岛语族之根

两岸涛声曾记取，
当年逐梦芳洲。
石锛挥凿造孤舟，
桨声从此去，
一路不回头。

带着农耕渔猎艺，
相随母语传流。
南迁迭代续春秋。
寻根缘不断，
话里满乡愁。

风入松·海山词人
"平潭特色小吃"系列词作读后

珍奇海货出东岚，
美味让人馋。
鱼唇蟹眼金鲟活，
老蛏滑、薯粉流甘。
炖炸焖蒸煎炒，
羹汤白灼椒盐。

词翁笔下色香兼，
文采足情酣。
清词清酒清辉夜，
杯盘动、莫辨仙凡。
邀约刘伶太白，
醉醒都夸平潭。

行香子·烟雨海滩

淡淡银滩，隐隐蓝湾。
野茫茫、如絮如烟。
长桥一架，黛屿相牵。

见山连堤、堤连岛、岛连天。

前世桑田,今世桃源?
问轻舟、独泊何缘?
来迎渔父,静候神仙?
教俗人劳、骚人苦、道人闲。

2020 年 3 月 3 日

江城子·蓝眼泪

平潭七月最纯情,海澄清,树分明。
沙岸平湖,鸥鹭竞飞鸣。
入夜人拥滩上望,蓝眼泪,惹神惊!

一湾碧水动寒睛,泣嘤嘤,泪盈盈。
躲躲藏藏,诡秘似幽灵。
不是此间生暗恨,钟爱处,化成精。

2015 年 8 月 7 日

满庭芳·水仙缘

闽北茶神,海西花圣,水仙殊体同缘。
老枞醇厚,烹雪煮龙团。

更喜花魂素洁,摇金盏、翠袖黄冠。
凌波发,寒香淡荡,逸韵出君山。

相传:前世约,双仙佳配,君子婵娟。
见茶韵悠悠,花意绵绵。
恰似深情拥抱,武夷峻、岚岛天宽。
春潮涌,麒麟一跃,海岳共腾欢!

2018 年 3 月 21 日

谢秀桐,福建闽清人。中华诗词学会会员,楹联学会书法专业委员会委员,福建省作协会员。

竹 影

◎ 苏诗布

我老家的屋门口有一片竹林，显得小巧精致。小巧是出自于竹子本身，那些竹子不同于井冈山的翠竹，也不像那些张扬的毛竹，是细而软的黄间竹。精致呢，是其面积不大，也就半亩左右，竹林的边缘有路和田地围着，远远看去像浓浓的一大筅绿意。

阳光透过那片竹林时，日子丰富了许多。阳光似乎也有一双手一样，总把竹林捆成一束，从早晨到黄昏，自由自在地变大变小，拉长挤短。看从家门口探进来的竹子的影子，就可以读懂时间，读懂日子走过的声音。这种声音母亲最懂，比闹钟更让她清醒。竹子的影子总能告诉母亲煮饭的时间，或是翻晒衣物的时辰。

许多年了，那片竹林用它的富有喂养着我们。谷雨过后，林子里的小竹笋破土而出，一簇簇的，直往上长。仅在一夜两夜间，就认不出昨夜的同伴了。于是采撷竹笋就成了母亲让我们回家乡的借口，似乎那竹笋每长一寸，我们回家的日子就近了许多。其实，在外生活的日子总不能让母亲算得那么准确，竹笋长得过高了，家门口那条小路依旧看不见我们兄弟的身影。母亲只好自己来采撷那些竹笋，升灶膛，烧沸水，剥笋皮，一场忙碌，大铁锅便渐渐地积满了竹笋。母亲坐在灶膛口，面对燃得火热的柴火，心想，孩子们快回家了。于是母亲笑了，一个人对着灶膛火一样地笑。每每"这种笑"总能如愿，等到我们到家时，母亲总说，昨天"灶膛火"笑得厉害，我就知道你们要回来了。在阳光里，母亲的竹笋慢慢地变成了笋干。阳光越过那片竹林时，母亲像翻晒衣物一样侍弄着那些笋片。最后，那些笋片几乎成了我们桌上的美味，成了我们咀嚼乡情的依托。

三年前，母亲生了场大病，手术过后又回到老家那片竹林。刚开始，母亲总是不习惯，老是把时间弄错，老是把那片竹子的影子看成回家的孩子们。大概是母亲无法及时采撷那些新长出的小竹笋，那片竹林浓了许多，它的影子几乎就要吞没老屋的院子了。

今年谷雨过后，我早早地回老家了。母亲看见我回来，就说，昨天"灶膛火"笑得很旺。母亲明显瘦了，大概是她听不到我们喊叫她的声音，一看见我就一跳一跳地从屋门口跑了出来，跨过走廊，越过庭院那片浓浓的竹林影子。母亲那一跳一跳的样子，让我的心终究有些宽慰，其实那简单的动作已经告诉我，母亲的身体有了很大的好转。

母亲依旧忘不了那片竹林。她似乎也知道我的心思，我还没有进家门口她就带着我进那竹子林了。母亲边走边说，你回来得早了，竹笋还没有成片长出。

浓浓的竹荫里只有依稀的几棵小竹笋，它们光着身子，如果不细心还看不见它们破土而出的身段儿。只在竹子林外边，有几棵长高了的竹笋，它们好像早熟的孩子，显得有些夸张。母亲说，那是引路竹笋，采不得的。母亲跟在我的身后，依旧是一坎一坎地越过那团竹荫。走出竹荫，阳光在一个瞬间亮丽了许多。母亲好像不忍心让我空手而回，又折回身子隐入竹林里，透过斑驳的光影，母亲还是那样一跳一跳地，越过竹林的沟坎。不一会儿，母亲从竹林里钻了出来，抱了长短不一的竹笋，母亲的脸上、头发，沾了许多的竹子叶片。我想帮母亲扫落那些碎屑，但面对忙着整理那些竹笋的母亲，面对她额上渗出的汗水，我的手停住了。我只在心里祈祷着，愿母亲每天都能越过那团竹荫，去领受竹林这一边阳光的收获。

母亲捆好那些竹笋，似乎还不满意，又砍下了一根高高的竹子。母亲说，这竹子挺好的，你回去可以架在阳台上挂衣服。这竹子好长，有我两个人高，大约有三米多。其实，我的阳台早已经用上自动晾衣架了，它是新型建筑材料做成的，不生锈，只要一摁开关，就升降自如。我正在思虑着，母亲已把竹竿削好了，青亮青亮的。

面对竹竿，我突然想到了几千年前那个远嫁的女子。《诗经》的《卫风·竹竿》里记录了那个远嫁女子的思念情怀："籊籊竹竿，以钓于淇。岂不尔思，远莫致之。泉源在左，淇水在右。女子有行，远兄弟父母。"泉水、淇水，逐渐远去；父母、兄弟，逐渐远离。远嫁的女儿，回忆起童年在淇水钓鱼等快乐的情形，思念之情能不涌动吗？

　　一根竹竿无法挑动一片竹林。就像我每一次回老家，一场重逢并不能带走亲情的全部。而在母亲的心里，孩子们每一次回家都像竹笋成长一样，爱慢慢地长成竹子，慢慢地长成竹荫。

　　　　　　　　　　　（选自《福建文学》2007年）

　　苏诗布，1964年生于福建大田，笔名田仲。中国作家协会会员，三明市作家协会副主席。著有散文集《永远的家园》《踩着阳光过日子》，长篇小说《白鹤》《闽海大将军》等。曾获福建省第十八届优秀文学作品奖等奖项。

仙境是蓝色的

——南非开普敦印象

◎ 叶恩忠

我们没有走进过仙境，仙境的基本色调应该是什么颜色的？

美丽的开普敦作为世界著名的旅游胜地，有着无比丰富的色彩。那里的建筑五颜六色，大色块铺上屋顶涂满墙壁，让视线折射绚丽；地面上长着五颜六色的花卉，星星点点，成簇成片，云卷潮涌一般，让人目不暇接，心性迷离。然而，开普敦给人印象最深刻的颜色，也许应该是蓝色。

南非是一个高原国家，开普敦又靠近大西洋和印度洋，空气特别清新，景物的能见度就特别好，天空不蓝都不行。她蓝得神秘，要照彻山川，要融化一切。如果要挑选几个字来概括开普敦，那就是，天无不蓝，地无不绿，水无不清。拿着相机，尽管往天上拍，多剪裁些天空带回去不会有错，因为那上面总是有蓝天白云，都会为画面增色，到哪儿还会邂逅这么蓝的天呢？

我们到达开普敦，正值中午时分。从狮头山上俯瞰，灿烂阳光下的城郭，花花绿绿尽显斑斓，欲迷人眼。不久，就觉得有一种色彩悄悄植入你的视觉并开始膨胀。开普敦的骨子里潜藏着她的主色调。在上方瓦蓝天空的掩映下，在东南面湛蓝大洋的衬托下，阳光里渗透进一股子浅浅的蓝色，空气中仿佛泛着蓝光，整个城市就像染上了一层淡淡的蓝色，一时间它把其他的所有颜色都淡化了，开普敦的基调是蓝色的，不管是红是黄是白，都掺上了驱不散、抹不去的蓝。

形如巨桌的桌山是开普敦的地标，山顶长年云雾缭绕，或薄如蝉翼，或厚如被褥。到了开普敦不上桌山是个遗憾。次日清晨，我们登上桌山，整个开普敦城和桌港以及远处的开普山脉尽收眼底。晨雾是宝蓝色的，在晨光中有几分透明。雾中开普敦，那种蓝莹莹、水粼粼的感觉，像在受洗之中，蓝水珠轻洒，蓝水雾轻漫；又像刚刚出浴之际，披上了幽蓝纱巾，一种娇媚姿色四处漫溢，分外迷人。这时会发现，开普敦不仅天是蓝的，而且地也是蓝的，开普敦是一个弥漫蓝色的城市，所以奇美。

桌山南坡是遐迩闻名的克斯腾布施国家植物园，那里生长着6000多种非洲本土植物。走进植物园，但见树木葱郁，一层层的淡青，一层层的墨绿，一层层的苍翠。花儿都极红极紫极白，浓，浓烈、浓重，耀眼的浓烈、深邃的浓重。抬头之际，突然发现蓝天就站在这些红绿青蓝们的后面，蓝色的巨大天幕使这一地的色彩更显鲜活更见精神。倘若失去蓝天的映衬，这遍地植物的色彩效果大概要逊色不少。这至少符合美学原理。

当天晚上，恰逢农历八月中秋。故乡人发短信来问，外国的月亮是不是特别圆啊？抬头望夜空，月亮是否更大更圆难以敲定，但可以肯定的是，那轮圆月格外明亮，没有一丝半缕雾霭云翳的遮挡，似乎可以清澈见底，明晃晃的要照花人的眼。夜空是深深的蓝、沉沉的蓝，衬着明月，圆月是难以置信的白净，白得有点发蓝，这也许才是白的极致？当年李白若有幸看到这轮明月，他的咏月诗词兴许会多了些蓝色情思、蓝色比兴。

开普敦周边可看的地方还很多。隔天我们往好望角去，这可以说是一趟"蓝色之旅"，因为车子沿着海岸线走，湛蓝的海洋一路相伴。途经许多个著名的海湾，从车窗望出去，总是大片大片的蓝天，大片大片的碧海，不知是天映蓝了海，还是海映蓝了天，海天一色让人恍若世外，神思缥缈。下车走近了看海——蓝！哪处海水都毫无例外的蓝，蓝得像有足够厚度的玻璃，像高纯度酒精燃烧出的蓝色火焰。其实那蓝色叫人不知道如何形容才好，只能在心中暗暗感叹：海，原来可以这么蓝这么蓝。海水总在涌动，澜涛与波浪就有各自精彩的演出。十一门徒峰下的坎普斯湾，浪峰涌起是蓝色的，像蓝色的绸缎在随风起伏，柔顺如大画家笔下的一条条曲线，大气而娴静。豪特湾是蜿蜒百里，天下少有的大海湾，靠近海岸永远有一道道白色的浪花，像大洋蓝色裙子上镶着的白色花边，细密而绵长，让人感觉缠绵的温情。好望角的海则是浪潮迭起，波涛不息，蓝色波峰炸开，白色浪花怒放，蓝与白无止境地交替交融，构成雄浑的交响，震撼心魄。所有海湾都能见到黄色的、紫色的野花长在岸上，像无边蓝色的一份痴情的点缀和忠贞的守候，甚或像在默默欣赏那蓝色而深深陶醉直到凋谢。时不时还会看到海湾边上有红瓦绿瓦黄墙白墙的房子，都不高，一二层的样子，宁静地匍匐着。房子，在蓝天下，碧海边，绿树间，与自然融为一体，那是至美的足以勾引诗意的风景。

与好望角的波涛连在一起的广袤土地，是好望自然保护区。我们看到羚羊、斑马在自由散步，很高的树和很矮的树随意长着但都很茂盛。这里天无边，海无涯，天和海更显其蓝。这么奢侈的蓝色与这片土地相依相偎相望相守，更显出这片土地的尊贵和娇嫩。好望自然保护区设立在人们环保概念还很淡薄的数十年前，并对区内的考察、监测设施做了最科学的安排。这里的大门是敞开的，也没有警卫，但没有人闯进来猎杀野生动物，践踏绿色植被。一种意识，一种生存的良知和善念已经扎根在人们的心底。南非人是睿智的富有远见的。他们没有愚蠢地挥霍或蚕食上苍赐予自己的优越的自然条件，他们懂得怎样使自己的山川永远秀美可人，让自己惬意地活在画中。从太空上看地球，地球是蓝色的。科学家推论有生命的美丽星球应该都是蓝色的——有水有空气，阳光照射让它们呈现迷人的蓝色，而黄色、褐色、黑色、赤色等，肯定不是生命赖以生存的基本色。笔者斗胆设想，假设世上存在仙境，那么仙境应该是蓝色的——蓝天碧水绿地。让人向往的梦中家园必然是在蓝色的怀抱里。

仙境离我们遥远吗？开普敦告诉我们，只要努力，一切就在眼前。

（原载《福建画报》2007年）

叶恩忠，1954年生，福建闽侯人。曾任福建画报社与福建海湖摄影艺术出版社社长、总编辑。著有散文集《独步心灵的旷野》《撕裂长风》等。

认识的碎片

◎ 郭志杰

我　们

当我们说出这一词语时,由于使用得过于频繁,就很难去关注其中包含的深意,或者说,隐伏其中的真谛,常见的真理就容易被人忽略干净。如同我们司空见惯了,就变得自然而然,不值一提。

其实,这个词涉及历史的纵深,人文的纵深。人类所有的表达,尤其是共同的发出,都不是平白无故的宣泄。一切都有个原因,为这一理由提供出口。但"我们"的存在究竟是出自哪条理由,并不是简单的叙述可以澄清。

我不想为这个词追古溯今,发长篇感想,因为这个词是人类的共享,个人不能独自享用。生命能够延续至今,因为这个词没有死亡,仍在散发着她应有的体温。她是坚固的,凝聚一团的;她是集结的,永不拆散的。

在广大的自然,也有"我们"的分子。当青青草蔓延成偌大的草原,当细细溪流汇合成浩瀚的海洋,"我们"就成为合法的必然趋势。

"我们"的缘由，也许就是生命向自然学习的结果，自然是我们命定的导师。不管自然也好，生命也好，她们的存在绝不是独立完成的，世上没有绝对的唯一。相互的协作，相互的依赖诞生了"我们"。我们是一个群体，一个共同的生命的撑持。

因而，一旦有谁说出"我们"的时候，我们应为此感到庆幸，因为生命未进入四分五裂、各自为营的状态，人类仍是个共同的构成。单独的人并没有将目光转向自身。而记住"我们"意味着存在是一种分享，共同的力量方可支撑起这颗浩瀚的星球。

我们不仅在说出之时分享"我们"的意义，我们还必须用行动来强化这一意识——即"我们"的意识。个人的创造力、潜在力一旦融入这一空间，个人不仅不会消失，还将变得更加开阔与强大，如同一滴水汇入大海。

"我们"就是大海。

精　神

人类发现你的时候，已经进入了不寻常的时期。或者说，进入了开创性的阶段。因为发现你，并不是唾手可得的便利之事。在人类蒙昧与混沌的初创，你是不着边际的陌生词。因为存在不可能酝酿一种机遇向你靠拢。你是历史的产物，时间用她惨痛的记忆为你抹上最浓烈的一笔。

你属于更高的层面。在目力无法探测的一端，你高远、浩瀚、无边无际。我们很难用具体的线与点描述你，勾勒你，因为你不是物质的罗列，你是物质的反面。我们追踪你，并不是为了像占有实物一样占有你，你不是实用的产物。但你同样是人类的需要，人类需要物质一样需要你的填充。在物质的饥渴解决之后，精神的饥渴就自然摆上了桌面。

精神这看不见的第一道菜就这样挤入我们的日常生活。我们的生活已经够琐碎了，甚至让人心烦意乱，干吗还要接受另一种无形的馈赠。但精神的伟大不是有意的强加，当平庸的生活让人无所适从的时候，我们需要另一种替代，需要一种明确的指向，让生活变得有所依傍，不再四顾茫然。于是，我们自然地向另一端靠拢。这种靠拢是有所舍弃地倾斜。当心灵凝聚于精神的这一中心点之时，存在的现实的问题都变得淡漠，或者说，变得容易解决。精神虽不是万能的上帝，但精神可以给人一种灵光，一种引导，一种启示。让渺小的自身变得丰富，并被一股强力充满。

精神是人类最恒久的导师。

蝴　蝶

春天是色彩的大杂烩，也是你的大杂烩。你从空中飘然而至，扇动着多彩的羽衣，如同不用通知的化装舞会，从各个方向聚集而来。只要有鲜花的地方，就有你敞开的舞姿。你是那样斑斓多姿，千变万化，如同丰富的世界，或者丰富的世界，因为有了你。

一种是沿着叶脉上升绽裂的花；一种是拍击着空气在飞翔中吐艳的花。一种是静止的形态；一种是跃动的形态。跃动追踪静止，色彩叠印着色彩，美诱惑着美，空间移动着空间。她们之间的交流与对话，我想，唯有春天知晓。

你的美稍纵即逝，如同短暂的光阴，一秒钟消失了，又有另一秒钟来接替。时光的努力如同你的奋勇，一朵空中的花凋零了，另一朵将延续你的姿态。美的前仆后继，把春天开拓得格外立体。

在根须纵横的土地，你是如何打开自身，给春天带来移动的信息。我相信，除了那一双翅翼，命定你的生存方式之外，空中还有一股无形的力，吸引着你的翻飞与腾挪。

你究竟是在什么时候，与鲜花订立这一份永不拆散的契约。只要春天守时，你就不曾违约，在命定的时刻，准时赶赴，仿佛一生就为了这一趟匆忙。大自然之中发生的生死之恋及其种种浪漫的故事，我们又能从你的翩翩舞姿中获取多少。但发现你，就已经足够成就一首好诗。

你是空中的花朵，飞翔的花朵，永远的花朵。大自然创造你是大自然的荣幸，春天拥有你是春天的骄傲。假如说，春天需要盛装，你是不可忽略的重要一页，你带来不曾卸装的化装舞会。

你是瞬时的美，时间的杰作。当我们为短暂欢呼，同时为永恒吸引。你这辛勤的小幽灵，就在这两者之间永不停歇。

视　野

　　在与双眸有关联的词语当中，我最喜欢这词，也许这一词性并不是我感觉之中的含义或由想象扩展带来的新的内涵，我仍旧喜欢她，并发誓将她带到远方。

　　你本来就属于远方。

　　汉语就这么奇妙。她们之间也许是一次无意的碰撞、合成，却给多少世纪后一个普通的人带来如此巨大的痴迷和深爱，甚至企图将她占为己有。

　　尽管相信这种企图必然导致失败。但失败得深远、壮观，溶入无边的云，失败得再惨烈也是值得的。

　　因为一接触你，我的双眸就蓦地一亮，任何围墙都阻不断我对你的穿透。这个词带来的穿透力也许唯有一个一望无际的原野才能装载得下。

　　在我的感觉中，你的存在不仅仅属于视觉本身，你还属于视觉对应与连接的一端，视觉存在于对方之中，但不是近在咫尺的距离。你让视觉产生最大的表现欲。人生成的双眸，就旨在无数的抵达。当她的晶体与遥远的一端接轨，一种美发出最炫目的光亮，拨亮空无。

　　但愿上苍给我这种逾越，我足不出户，就已跨越了世界。在不留步履的远方，撷取着真实世界的无限风貌。我的想象经由你的伟大赋予，将完成环抱世界的千般可能，万般意愿。

我知道，这仅仅是一种奢望的梦，她是我愿望的一种延伸，延伸到哪里就驻扎在哪里。想象世界本来就隶属于个人的天地，愿意抵达哪里就抵达哪里。你的存在，加快了这一进程。我愿一生都留在这个词里，连梦都离不开。

（原载《珠海特区报》2007年）

郭志杰，1956年生，福建福州人。曾供职于《福建文学》杂志社。主要创作诗歌、散文、文学评论、报告文学等。《认识的碎片》获福建省第二十二届优秀文学作品奖。

生命中的水稻

◎ 曾纪鑫

一株株苗壮的水稻,以它们纤细而柔韧的腰肢,昂然地挺举着粒粒饱满的果实,在南方蔚蓝的天空下铺展成一望无际的广阔金黄。熏风吹拂,谷子们为自己的成熟丰硕与功德圆满相互致意祝贺,将阵阵丰收的喜悦传导给眼巴巴守望田头的农夫。

双腿稳稳地插在水田的稀泥之中,左手紧紧地抓满一把茂密的谷丛,右手迅捷地将一弯如同新月般的锋利镰刀向前伸去。只听得"嚓"的一声响,一把禾梗与果实相连的稻谷便齐刷刷地与母体分离了。这阵阵"嚓嚓"声连绵起伏,汇集着滚过辽阔的田野,从清晨响彻黄昏,变奏着南方农村一年中最为宏伟动人的丰收交响。

那年,我高中刚一毕业,便以一个地道的农民身份加入到了这宏大的交响之中,变成了一个不甚起眼的音符。

对水稻,我自有着一股独特而深沉的感情。

我故乡位于江汉平原的最南端,这里,千百年来传承着由稻谷碾成的大米作为生存的主食。当我躁动于母腹之时,便通过母亲的肠胃,吸取着稻谷丰富的滋养;呱呱坠地后,吸的是母亲体内由稻米转化而成的甘甜乳汁；稍大，便捧了一碗碗堆得冒尖的稻米饭，在一片香喷喷的银白色幸福光芒之中，舞动双筷，急不可待地咀嚼、吞咽……

也曾有过缺少稻米的日子，便以野菜、红薯、莲藕、荸荠、菱角、南瓜、萝卜等杂粮填充肚腹。而这样的日子，总是过得十分无奈，充满了令人不堪回首的晦暗与阴沉。唯有稻米，才使我觉得日子过得滋润而充实，生命才充满了强劲的活力、创造的激情与神灵般的诗意。

是的，金黄色的稻谷，就是我生命中一首神灵般的永恒诗歌。这首歌已被我们的祖先在茫茫宇宙中唱成了一段绵绵不绝的辉煌历史——

水稻的原产地便在我国。远古之时，人类还没学会栽培作物，仅靠渔猎与采集野生植物的块根、茎叶、种子、果实为生。当然，他们也贮藏一些食物，以备不时之需。而干燥的禾本科谷粒最易于保存，自然就成了贮藏的首选之物。那时，雨水充沛、阳光充足，一些散落的谷粒便在原始居民的住所附近萌生出绿色的嫩芽，又慢慢地结出了饱满的果实。于是，他们就开始认真地观察这些谷子的生长过程，学着动手播种……根据考古发掘，在浙江余姚河姆渡、江苏无锡锡山、安徽肥东大陈墩、湖北京山屈家岭、江西清江营盘里、福建福清东张、广东曲江石峡马坝以及河南洛阳西高崖等30多处新石器时代遗址都发现了相当数量的稻谷（或米）、稻壳、稻草等。这说明我国远在六七千年以前，就已发展到普遍种植水稻的阶段。

据有关资料表明，我国迟至北宋时期，水稻总产量便已超过粟稷，上升到全国粮食作物的第一位。明代宋应星在《天工开物》中写道，现在全国的粮食，稻占十分之七，大小麦、稷、黍等共占十分之三。而今天，由于水利设施的大力兴建，双季稻与杂交稻的普遍推广，水稻在所有粮食作物总产量中所占的比重，更是大大地超过了麦子、高粱、薯类。

仿佛命运的安排，我不仅靠了水稻的滋养茁壮成长，而且，在那为农的日子里，还掌握了水稻从育种、栽插、除草、灌溉、治虫，直到收割的全部生长和培植过程。

水稻养育了我，我时时感到我的身心充溢着一股稻谷扬花灌浆时的清冽芬芳，一股与远古、与先祖、与历史、与天地交融的神性光芒。在这光芒的笼罩与指引下，我怀着从未有过的虔诚与感恩，也曾培育了一株株水稻，使它们的嫩芽从金黄的谷壳中脱颖而出，长成一片生机盎然、葱茏晶莹的绿色，然后是拔节、扬花、灌浆，最终又变成一粒粒金黄的谷子。这不是简单的回复，而是一次生命的涅槃，犹如人类的生存与延续，稻谷也是通过这种方式，完成它们一次又一次伟大的神圣使命。它们经由一双充满神性的看不见的大手，引导着我们人类淌成了一条生命与历史湍流不息的永恒长河。

面对水稻，我们无法不虔诚，不景仰，不服膺，不感恩。它的历史是那样厚重，它的金黄是那样迷人，它的奉献是那样纯粹，它的生命是那样质朴……水稻养育了人类，我们的骨骼、血肉乃至遗传基因，无不打上了它的烙印。恍惚中，我觉得自己就是一株生长在南方田野中的水稻，在蔚蓝的天空下，在艳阳的照耀下，正以饱满的生命，唱着一曲天籁之歌。

（原载《啄木鸟》2008年）

曾纪鑫，1963年生，湖北公安人。1990年毕业于湖北师范学院历史系。曾任湖北省黄石市艺术创作研究所副所长，武汉市艺术创作中心及湖北省艺术研究所专业作家、编剧，2003年作为厦门市重点人才引进到厦门市群众艺术馆工作。现任《厦门文艺》主编。中国作家协会会员。著有散文《千秋家国梦》《拨动历史的转盘》《永远的驿站》等，长篇小说《楚庄纪事》《风流的驼哥》《凶手与警察》《幸福的幽门》，文化论著《没有终点的涅槃》，长篇纪实文学《中原较量》，个人选集《历史的可能与限度》等。

有种李果叫芙蓉

◎ 陈家恬

每年六七月份，远望李园，绿浪起伏，连绵不绝；随便走进一片李园，就像走进一座翡翠宫殿，美轮美奂。韦述的《两京记》便是从美学的角度，道出李的别名的由来：东都嘉庆坊有两棵很美的李树，人们称它嘉庆子，日久都不叫它原来的名字了。原来，李是因美而得名，而扬名的。

李树的确很美，堪称唯美主义。李的品种很多，在永泰，既有本土传统的芙蓉李、胭脂李、玫瑰李、柰李，又有从国内外引进的大红李、黑琥珀、黑珍珠、黑宝石、安皇后、安哥诺、好莱坞、韩国李、秋姬。她们千姿百态，异彩纷呈，可看树，可观叶，可赏花，可察色，可品果，可遐想，即使说她三天三夜，也说不完。这里，我就选一个当家品种——芙蓉李，做个详细介绍吧。

芙蓉李，借花为名，似花非花，令人遐想联翩，就像听到羞花闭月，自然会想起贵妃、貂蝉，就像听到沉鱼落雁，自然会想起西施、昭君。她属于小乔木，既不太大，也不太小，姿态优美，树冠自然张开，犹如华盖，又恰似芭蕾舞演员尽情舒展的裙裾。即使到了秋天，到了冬天，叶子渐渐枯黄，飘落，最后变得光秃秃了，她也要展示自己的内在美——坚强、刚正、简约、淡泊、宁静。

进入春天，大约2月上旬至中旬，亲近李树，侧耳倾听，或许能听到花芽、叶芽萌动的声音；稍后一些，大约2月下旬至3月上旬，或许能听到展叶、开花的声音——当然，还有喜鹊的高歌，蜜蜂的浅唱，蝴蝶的低吟，那是大自然最美妙的声音，或疏或密，或高或低，只有投身这绚烂而又温馨的流变中，静下心来，摒除杂念，乃至屏息凝神，才能听到，才能感知春色如许；面对洁白的、馨香的，一朵、两朵、三朵，千朵、万朵，一团团、一簇簇，堆银般的李花，砌玉般的李花，我思索着，似乎只有在这个时候，才能领略到什么叫花枝，什么叫花树，什么叫花世界，什么叫香雪海，什么叫飘动柔曼的轻纱，什么叫令人心颤的圣洁；才能体会到语言贫乏的滋味，平时积累的许多好词，许多好句，就在那一时，那一刻，忽然知趣了，或纷纷逃遁，或黯然失色，几近于失语。能说出口的，大概只有这几字：啊，真美！或是这几字的倒装——真美，啊！虽然"桃之夭夭，灼灼其华"，但也有不少人喜欢李花，正如《格物丛话》所说："桃李二花同时并开，而李之淡泊、香雅、洁密，兼可夜盼，有非桃之所得而埒者。"

夏天更是美不胜收。芙蓉李那长卵形的叶子，不拥挤，不涣散，疏密有致，光滑的表面，泛着浅浅的绿、淡淡的光，不像柑橘叶那样夸张，也不像青枣叶那样寒酸，淡雅而不造作，可人而不妖媚。再说李子，硕果累累，千颗，万颗，数也数不清。起初，像翡翠珠子，一身光溜溜的，也不怕羞。渐渐长大，开始爱美，或涂脂，或抹粉，淡淡的，如烟，如雾，几多朦胧，几多妩媚。即将成熟时，几近浓妆艳抹，伴有黄斑点缀，婀娜多姿，果顶微凹，双肩平而微垂，颇具流水线形，从梗沟至果尾有一条弧形缝合线，两边微微凸起，整个给人以流水肩、水蛇腰、百合臀的美感。熟透时，细看李子，就会发现它的尾部有些小红点，像小小青春痘似的，轻轻拭去，即刻闪出隐隐约约的色泽，那色泽是从浅绿色的极细腻的肌肤里漾出来的，又仿佛从灯笼里透出来的那种红，隐约，含羞，好像一个乡村小姑娘遇着你的注视，在那低眉的瞬间，她的面颊泛起的红晕，惹人回眸。如果忍不住了，伸手摘下一粒，咬它一口，伴随着一声脆响，留在你嘴里的，是一种红，玫瑰般的红，红红的肉，红红的汁，红红的甜，如梦，如幻。要想洞察它的内心世界，那就斯文一些，先轻轻地咬一口，类似于强烈的接吻，再用双手，轻轻一掰，它便敞开心扉，把自己的核子给你，利索地给你，干净地给你，不黏筋，不黏肉，那是它的心，一颗与众不同的心。

　　相传，五代时期闽王王审知夫人爱吃芙蓉李，夫人仙逝后，闽王就将其安葬在白云的姬岩之巅，为的是她能永远地——春可赏李花之灿烂，夏可尝李子之甜美。于是，芙蓉李获得另一美名：夫人李。

　　记住了芙蓉李，也请记下这句农谚："四月八李子才变色，五月八李子刚好塞（吃），六月八李子红似血。"如果能用永泰方言来念，那就更有韵味了。这是与李子沟通的最通俗最直接的语言，只要记着，就不会错过任何一个与李子相约的佳期。

夏季李树的美，不仅在于树上，还在于树下。

结果多的李树，最好用柱子支撑起来，好比搀扶临盆的孕妇。一位现年76岁的老农说，1957年5月，他给一株李树扛了57根柱子。那年这株李树摘了400多公斤李子，被写入县志，破了历史纪录，并且一直保持至今。许多柱子挂着压弯了的李枝，李园像一片又一片笔直的密林，更像一座连一座别致的凉亭。那些柱子，约略小杯口粗，或木，或竹，或长，或短，顶端是"丫"字形的，既像丘吉尔那个生动有趣的手势，又像他手中那根轻烟缭绕的雪茄。密密匝匝的柱子，给李园增添了迷离的神韵。

李子采摘前一个月，杂草清除了，地面也整平了，除了通道，几乎找不到一个脚印。这一株李树与那一株李树，这一片李园与那一片李园，枝叶交错，只有努力的阳光，才能挤下来，撒在地上，仿佛几粒碎银，不时跳动着，害怕被人捡走似的。偶尔下一阵雨，经过厚密的枝叶，筛下来的雨滴，在地上绣出许多花纹，犹如湖面的涟漪。这时，李园的另一道景观也冒出来了，那是看李子的篷子。篷子呈船篷状，定做于福州，规格一致，形状相同，由南港船运来。篷子搭在李树下，东一篷，西一顶，像下过一阵雷雨，争先恐后长出来的李菇。白天，远远望去，那些篷子俨然硕大的马蜂窝吊在李树上，有企图的人是不敢接近的。晚上，篷子里点起灯，那灯像萤火虫，李园仿佛成了萤火虫飞舞的世界；那篷子像灯笼，李园仿佛成了大红灯笼高高挂的庭院。

　　善于抓住商机的女人来了，她提着竹篮子，里面是香喷喷的马耳，香喷喷的蛎饼，一片薄薄的油腻腻的纱布，哪里盖得住强悍的香味？从远处飘过来的香味，几乎要掳去鼻子似的，止也止不住馋涎。大人尚且如此，何况小孩。好在大人自制力强一些，忍一忍，也就过去了，不会摘李子去换。其实，也不用多少，摘下三五颗，就能换两三块蛎饼，或两三只马耳，足以堵住泛滥的口水。再说，那些女人也乐意，不仅她们自己爱吃李子，她们的小孩也爱吃。马耳刚刚离去，蛎饼刚刚离去，又有一阵悦耳的声音，从李丛那边钻过来，汤匙敲击瓷碗边沿的声音，由远而近，渐渐响亮。谁都知道，有人挑锅边糊来了。这响声刚刚被这片李园吸收进去，那一片李园又释放出更加激越的"铿铿铿"，哦，货郎担也来了，糖果，光饼，米糕，香酥酥的花生糖，还有甜蜜蜜的麦芽糖……有的小孩挡不住诱惑，老实的，就到自家或别人的李园，找些自然掉落的李子，去换些他们爱吃的东西；调皮的，则趁人不备，摘一些李子，揣入胸口——不敢放在口袋，容易被人察觉；然后，蹭蹭而去，偷偷换些东西，悄悄地吃。鸟儿也来凑热闹了，乌鸦，鹊鸲，百灵，喜鹊，白头鹎，啄木鸟，灰背燕尾，红嘴蓝鹊，当然还有成群结伙的麻雀。它们兴奋地穿梭于李园，或翩翩起舞，或引吭高歌，庆祝李子的丰收。

　　居住在篷子里，在我看来，是惬意的——那满眼的丰收景象，李子的芳香，李树的体香，艾草燃放的馨香，轻拂而过的清风……拥有浪漫情怀的人，必定能够找到诗意栖居的感觉，荷尔德林所推崇的那种感觉。

（原载《福建日报》2008年）

陈家恬，1963年生，福建永泰人，笔名方田半亩、龙泉10号。中国作家协会会员。著有散文集《日落日出》《将心比心》等。

我的村庄

◎ 黄明安

当我从长满野草的田间小路上走过,他们抬起戴着斗笠的头,脸上现出朴实恭敬的微笑。那时候太阳已经接近遥远的地平线,它把长长的影子留在了我的身后。他们吃惊地看着我,一个人走在黄昏的田埂上。他们不知道我要走向哪里,不知道我走的目的。在他们的意识里,没有方向的漫步是奇怪的,如同有人把种子撒在石头上。他们向我打着招呼,问我的时候脸上带着困惑的神情。但很快,他们便发觉我是不同的,我来自城市,我回到乡间,必然会带回来某些陌生的东西,比如在黄昏这样漫无目的地走着。这样他们就像是理解或者允许了我的这种做法,于是埋下头颅,蹲在地上,继续收割麦子。我看到,在广阔的土地上,麦子是一片金黄色的海洋,收割好的地块就像一片海滨沙滩;而更远的地方,大片的麦子还没收割,它们挤在一起,瘦瘦的秸秆支撑着成熟的麦穗,它们沉甸甸地垂挂着,看上去好像是在向季节鞠躬。我顺着弯曲的小路走着,夕阳把最后一点余光泼在村庄的头上,泼在麦田里,尖尖的麦芒在夕阳下闪着光。我走在暮春潮湿温润的气氛中,走在南方沿海一日最后的阳光里，金黄色的麦田发出一种氤氲之光！麦子在我的视野里燃烧了起来！它的美妙给了我眩晕般的感觉。

实际上这种感觉是短暂的，那个时候暮色开始降临，有一种逼人的澄清正在呈现，它纯净、绝尘、温暖、明亮，傍晚美丽无比，晚霞如同一幅画，大片的天空出现斑斓缤纷的色彩，它们层层叠叠梯次推进，那形状像一片又一片凝固的翅膀。天空的下面，无限的暖色空间正在瞑合，而无边的意识空间却在舒开，乡间以它特有的宁静和开阔解放我的感官，刹那之间有异乎寻常的敏锐正在凝聚：我想我是这样走着的村庄的第一个人，也是村庄的最后一个人。

当我还是一个孩子，当我刚学会走路，我便走在这些路上。路上的草熟悉我小小的光脚，它们身上的露珠被我踢得一路叮叮当当。我像一只狗一样走着，像村庄的芦苇丛中爬出来的黄鼠狼一样走着，像一只失散的鸡一样走着。那时候我的心中充满着童年的隐秘的快乐，可是我并不能把它们唱出来。我在田野上走着，并不能引起任何的声音。

今天，我回到我的村庄，我走了很长的路终于回到开始出发的地方。我从傍晚的城市街道旁边走过来，从拥挤的人群中走过来，从车的呼啸声和尘埃里走过来；我也从夜晚的公园草地上走过来，从公园的花丛旁，从花丛下的情侣身边走过来。我回到了我的村庄，好像有一件很重要的事需要做，实际上我只是想在村庄里走一圈罢了。

我在早先住过的房屋绕了一圈，为的是看清老屋的檐角是如何变黑的，屋基如何深深地陷在黄土里。这幢老屋，还有后面那棵秃枝横斜的古树，以及前面大门外的那口废井，此刻静静地展现在我的面前，我不知道应该对它们说什么。老屋已经没有人住了，黑黑的木门紧闭着。透过昏暗的窗棂，我看到屋里蛛网密布，潮湿的地板散发出一股陈旧腐烂的气味。可是它还存在着，就像一种记忆，就像一种梦幻。它们对我来说好像是完全陌生的，我想不起来当初就出生在这里，而且在它的庇护下度过了整个童年。这真是多么不可思议呀！我像寻找一个死去的童年伙伴一样寻找我自己。我在老屋的门槛上，巨大的圆柱下，古旧的石臼里，企图找到一点点蛛丝马迹，可是看来十分困难。我想在屋檐下的阴影里，以及搭建于夹角的燕窝上追忆当年的孤独，是什么因素促使我爱好沉思和艺术？

　　雨季总是长之又长，5月的艾草飘香在田野里，童谣唱在树荫下，那时候除了寻找快乐，我们并不知道什么叫贫穷呀！那时候的快乐是多么廉价，它几乎跟一开门就能见着的阳光一样，一只鸡，一颗土豆，一个石榴，一场追逐，都可以使我们兴奋得乱喊乱叫。我的村庄似乎非常容易地把生活的真理告诉我。我想，如果当初我没有离开村庄，如果我的村庄可以与外面的世界隔绝起来，我愿意一辈子就这样生活在我的村庄里。我像我的父亲一样，像我的祖父一样，像祖父的祖父一样，永远那么实在而简单地活着。我在村庄里娶一个女人，我们生8个孩子；我还学会农活，用经验和自己的身体感知四时节气，并懂得几种药草，一个偏方，医治我的家人和我的邻居。我经常光着脚，露出粗壮而且生着血管瘤的小腿。冬天天气寒冷，我喝我的女人酿造的地瓜酒御寒，跷着二郎腿跟我的堂哥吹牛。他就在我的对门，做点小生意，人是不赖就是有点抠门儿。我看不起他，邀他喝酒并利用酒意奚落他。我在酒桌上用粗话骂他，如果他胆敢生气，我就用酒瓶子敲他的头，不要太重，刚好够流血吓吓他就行了……

　　这是我的构思，对另一种人生的构思。可是我并没有过上这样的生活，我离开我的村庄到外面陌生的地方去了。我离开村庄的时候好多人还羡慕我呢，可是他们还不知道，就在我走出村庄的时候，那个孩子死了。我到了新的地方，一切显得很不习惯。我夹着尾巴做人，生怕做错了什么。后来终于学乖了，知道什么时候该说什么，什么时候该做什么，再也没有人看我的窘相，我似乎获得了某种成功。可是我的内心好像又失去了什么。我回到家里已经找不到从前的那种感觉了，村庄里所有的人都把我当作客人，他们还是过着从前那种或者差不多的生活，说不清对这种生活是满意还是不满意，反正他们很容易就老了，而且老的速度比我还要快。但是我知道，反正他们每一个人比我都更有力气，吃得比我多多了，睡觉也比我好上一百倍。他们从来不知道什么叫失眠，晚上每个人都有一个很好的睡眠，令人羡慕的睡眠！我跟他们说话的时候，他们往往吃力地眨着眼睛，好像咽不下我的话一样。其实那时候他们是在想，孩子离开村庄若干年怎么变成这样子了？干吗要用一些新的词语说话呢？他干吗一回来就说一些莫名其妙的话让人感到不安呢？当我知道他们的这种心思后，他们已经远远地离开我了，留下我一个人坐在那里，像个傻瓜一样。

由此我想到所有的沟通都是很难的，所有的语言都具有社交乃至统治的意图。好多时候，语言就像一场战争，它具有某种压制人性的恶果。当我在说话的时候，当我听别人说话的时候，都能够感受到彼此的承受能力。我们一不小心就会使别人产生窘迫感或者自卑感，产生某种伤害。为了避免这种后果，最好选择沉默。我回来了，选择在村庄走上一圈，实际上表示了我对村庄的最大尊敬。我离开了老屋后朝着小路走去，小路延伸到一口池塘，它还保留着许多年以前的形状，我在读小学的时候，就认为它很像木棉树的叶子。今天这片叶子还是绿油油地亮着，水面上不时会冒出一串泡泡，是水中移动的鱼在呼吸呢，还是地底下的热气正在升腾……

这样我有理由看到更远的地方，我走进麦田的深处，回过头来看了看老屋后面的山，我小时候经常看的山。那山是个石头山，光秃秃瘦骨嶙峋，看上去像一堆骨头！它横亘在我家乡的北面，阻挡了冬季的风。我在山上看不到草，几乎没有树长在它的上面，可它看上去依然生机勃勃，它的头顶上缭绕着淡淡的云烟。它的下半部此刻已经暗淡了，只有上面奇异般闪着光，那是遥远的太阳投射上去的。

我终于走到麦田的边上，我发现自己其实是在往海边走。巨大的麦田是一片围垦地，它被长长的海堤围在里面。我登上海堤，回头看看麦田，劳动的人们正在准备收工，他们把地上的麦子捆扎起来，装上停在田头的两轮车。我不知道载满车的麦子，最终到底会打下多少粮食。一粒粒的麦子从芒壳里脱出来，它们堆在一起是一种金黄色，麦子的秸秆烧起来是一种金黄色，麦子的根烧起来是一种金黄色，麦子的芒壳烧起来也是一种金黄色，麦子的全身都是金黄色。金黄色的麦子长满家乡的田野，它们成熟了，在夕阳下发出火一样的光芒。

〔原载《读者》（乡土版）2008年〕

黄明安，1962年生。就职于莆田市文联。作品散见于《福建文学》等海内外报刊。散文集《默想与温柔》获福建省优秀文学作品奖三等奖。

"安镇闽疆"的璀璨明珠

——闽安镇散记

◎ 林思翔

这是一个仅有千把户的闽江边村落,却有着10处文保单位(其中,国保、省保单位4处)、72处军事与戍台遗址、40座明清卫国将军墓与戍台将士墓,还被列入中国世界海丝史迹遗产点预备名单。

这些文物传承着唐代以来村庄的历史文化,讲述着明清反侵略战争的史实,记载着福州对外贸易的轨迹,叙说着福建与台湾的密切关系,见证了马江上的变幻风云。厚重历史文化的承载,使村庄处处流溢着古香古韵。

这个村子就是蕴含"安镇闽疆"之意的闽安镇。

对于闽安镇,福州一带人几乎无人不知。我小时候就听说这个地名。而对它厚重的历史文化,还是不久前来到马尾区采风,走访闽安镇后才得知的。

闽安镇位于闽江入海口的咽喉,从福州城奔流而下的江水来到这里时,被突然收紧的江面所挤压,迅即急流狂奔,汇入台湾海峡。闽江水流的急骤发力,使岸边被撕开了一条口子,越冲越大,渐渐地形成了一条河道,于是这条闽江下游最大内河的邢港，横穿闽安镇，使村庄成了前江后港阻隔的半岛地貌。闽安镇"枕居海门"，成了进入闽江"舟船往来冲要之地"，也是闽东北一带前往省城的必经渡口，地理位置十分重要。

这形胜之地在唐代就引起朝廷重视，开展设镇。唐景福二年（893），王潮攻占福州，在闽安镇设立税课司衙门，负责来往福州港对外贸易船只的课税。王潮的继任者王审知计划在闽江建港，遂于唐天复年间在闽安镇邢港上建起了一座石桥，因邢港上游弯来绕去如同一条来自深山的长龙，故曰迥龙桥。这座长66米、用宽厚石板条铺设的石桥牵起了两岸，连接着闽东北到福州的陆路，半壁江山一线通，闽安镇从此兴旺起来。古桥经南宋嘉熙年间致仕福州的前同知枢密院事（丞相）郑性之捐资重修，改为"飞盖桥"，又经清康熙十六年（1677）闽安协镇化守登重修，再改"沈公桥"。如今这座历经1000多年风雨、三易其名的古桥，依然英姿勃发，雄镇邢港。那船形的桥墩、形态别致的桥栏造型，无不承载着古代劳动人民的智慧。

大桥两岸沿桥中轴线各耸立一座古庙，一是圣王庙，供奉齐王大圣，一是玄帝亭，供奉玄天上帝。"神莅沈桥千古迹，庙临邢港万里川。"古人设两庙意在镇河妖，保护桥梁安全。千百年来，古桥的安全自然有神明护佑的一份功劳。高明的是，神明护桥用的不是刀光剑影的硬手段，而是劝人向善的"软办法"。只要看圣王庙这副楹联，想干坏事的人也收手了。联曰："作恶辈如磨刀石未见其损时有时挫，行善者如春园草未见其增日有所长。"极富哲理。

如果说邢港石桥连接的是闽东北陆地的话，那么闽安镇面前的闽江连接的却是五洲四海了。由于地理位置的特殊，从宋代开始，闽安镇就成为闽江一带的行政中心，来往闽江商船必须到闽安镇纳税后方准开往各地。元代闽安镇设巡检司，管理海上和江面上缉私、巡捕、课税等。闽安江段低潮时江面仅330米宽，为防来敌，人们就在江边与对岸石龙山麓拉一条横江铁链，无警时铁链沉江底，有警时由驻军士兵用磨轴车推拉卷紧，铁链即横在江面挡住船舰。这种如今看来的笨办法，当年却是御敌于外的有效措施。明洪武二年（1369），闽安镇设福建盐馆卡，收取盐税。前往福州的外贸商船，均须在闽安镇停泊候检，查讫无误后方可抵榕。永乐年间，郑和七次下西洋，曾选择闽安港门得天独厚的天然内港及长乐太平港为基地，装备船队，筹集物资，候风出海。

明代倭寇来犯，闽安镇作为福州港口海关，成为延续近200年的抗倭主战场。当年闽安镇军事设施重重，烟墩林立，倭寇四次攻打福州，均被歼于闽安门。1562年至1567年，抗倭名将戚继光率部在闽安重筑高山寨、松门水寨、乌猪寨、东高寨，这些土石结构的寨堡，墙高25米，厚11米多。戚家军在营寨驻扎重兵，历时五年，抗击倭寇，连战皆捷。如今饱经沧桑的寨堡的残垣断壁，还在默默地为人们讲述那一段远去的历史。

闽安镇为福州门户，乃兵家必争之地。清初，民族英雄郑成功，在闽安镇沿闽江南北岸构建炮台。郑成功率40万大军，14年间数度攻守闽安镇，把闽安作为抗清斗争和收复台湾的根据地，他的军事指挥部就设在闽安巡检司内。他操练水师的地方——闽安镇江边突出部山岗，被人称为"郑爷鼻"，一直沿用至今。当年这片港湾，是郑成功水军五路大军、3万水师和500艘战船集泊的军港。郑成功部队就是从这里启航，乘风破浪，奔向海峡彼岸，于清顺治十八年（1661）收复台湾的。郑成功水师驻扎的遗址和构筑的炮台如今犹在。登临炮台，眺望闽江口，但见滔滔流水直奔大海，海的那头便是宝岛台湾。一水牵起两岸，波涛连着同胞。当年郑成功为驱逐鞑虏，犁涛踏浪，不辞辛劳，由此及彼。立于此地，心中油然而生对民族英雄的敬意。而自康熙元年（1662）始，就操练水兵的水师摇篮的闽安镇，功劳亦不可小觑。

清朝政府为加强闽安镇防卫能力，于顺治十五年（1658）重建闽安城，用石头砌起了周长1850米的城墙，把闽安城铁桶般围了起来，闽安镇故又有石头城之称。并在闽安设总兵府，设水师9个营汛辖24个塘，分五营四哨。还在闽安邢港建较场演武厅，训练部队。大批旗人官兵进驻闽安，闽安城内外港，战舰集泊，军旗猎猎，清军跃马演练，操场号角长鸣，古镇成了一座清军大本营。清康熙元年（1662），闽安水师官兵达5000多人。闽安总兵府辖本标左营、右营、烽火营（烽火营驻闽东秦屿）。现在我们走进闽安镇，左营、右营，都成了响亮的地名。品味这些地名，再看看残留的兵营旧址，亦能想象当年军事布防之严密和驻军密集之盛况。

闽东镇文物甚多，保护最好的要算协台衙门。闽安协台衙门位于闽安镇城里街，是一座清代的木构衙署建筑，为清朝闽安协台署治所，即祖国保卫台湾的军事指挥机关驻地。该衙门前身是唐代巡检司，宋元明三朝监镇卫驻所。清康熙年间收复台湾后改称协署。现存建筑物为光绪二十一年（1895）闽安水师都督统领钟紫云依旧式重建，民国期间和中华人民共和国成立后均多次维修，格局不变，厅堂敞亮。

协台衙门坐南朝北，占地1789平方米，红漆的门柱，高高的仪门。为硬山顶、五落进、厚瓦结构。门前立双狮，雄视前方小广场照壁上吞日造型的石刻壁雕。未进门就给人一种肃穆、威严之感。进得门来，依次是前庭、小天井、门楼、回廊、大天井、甬道、大厅、大堂、画有红日海潮的大屏、科书房舍、后堂、后院。军械藏储、材官武勇居所、库厩匠作储舍等一应俱备。衙署共有10扇大门，四通八达，大堂宽敞明亮。地面用石板铺设，石阶、廊石均用数丈长的白梨花岗石铺砌。天花板漆以朱红色。厅堂上合抱的朱红色木柱，擎起巨大的横梁。正中设有将令台，虎虎生威，气象森严。衙门大天井种有四棵300多年的龙眼树，依然苍绿挺拔。庭院石壁间原有旅行家徐霞客墨宝："香溢清远"四字柳体楷书，可惜今已不存。环绕衙门的是一段古城墙和三株数百年的大榕树，可见当年的衙门是置于城墙的护卫和绿树的掩映中，安全且阴凉。

清康熙年间统一台湾后，闽安协署左、右营将士开始戍守台湾，指挥部就设在协台衙门。此后至光绪十三年（1887）台湾由福建管辖期间，每三年派遣万人闽安水师轮戍台湾，长达200多年之久。清军总兵、巡抚、都督、总督不间断进驻闽安镇，仅在闽安协台任职副将（从二品）以上官员、涉台将领就达120名，协台衙门大门还有"当朝一品"几个油漆大字，说明还有更大的官来到这里。在近代闽海抗击英国侵略者和震惊中外的中法马江海战中，闽安协台署都是外守海疆、内保领土的坚强司令部。

在衙门的天井中，我们看到一块"英军犯顺厦门报警"碑，碑文的意思是，道光二十一年（1841）八月，英军挑起鸦片战争，攻陷厦门。闻警后，闽安镇协孙云鸿，在资金缺乏的情况下，向僚属、乡绅募捐，开濠筑坎，改造水门炮台7座，做好抗击英军入侵的准备。石碑为鸦片战争增添了一则翔实的记录。协台衙门驻地的闽安镇也一直是清代福建对台对渡的三个关口之一，成了两岸经贸往来的一座桥梁。一方衙门，连着两岸，如同一位饱经风霜的老母亲，呵护着两岸的华夏儿女，护卫着民族的宝岛。它把祖国的关爱送到海峡彼岸，让两岸的血脉关系赓续传承。

闽安镇不仅是戍台部队的出发地，也是戍台官兵魂牵梦绕之地，甚至他们为国捐躯后还魂越海峡根落闽安。在闽安镇虎头山东北麓有一片清军墓群，埋葬着135名福建戍台将士遗骸。遗骸每个一位，上立石碑，写明姓名籍贯。墓群背靠青山，边临溪涧山谷，背枕高速公路，面对九曲邢港，周围植被茂盛，前方视野开阔。壮士魂归斯地，泉下当安然静息！如今这处墓群已被列为国保单位，每年都举行祭祀活动，烈士戍台卫疆的壮举与牺牲精神，日益为人民所知晓、所景仰。

墓群的碑记为我们讲述19世纪中叶那段闽安水师抗击侵略者的故事。清同治十三年（1874）三月，日本借"牡丹社事件"发兵侵略台湾。船政大臣沈葆桢受命援台，负责台湾防务兼理各国事务。六月，沈葆桢率领闽安镇水师左、右营和马尾船政水师等27个营及精锐淮军13个营，近万人将士，乘马尾船政军舰十余艘赴台驱日。抵台后，沈葆桢率领军民修筑城池，修复炮台。强大的军事实力，迫使日军于十一月二十四日撤出台湾。在戍台中，清军将士也做出了牺牲，墓群中安葬的就是当年跟随沈葆桢渡海保卫台湾，为国捐躯的闽安水师和马尾船政水师将士。墓群彰显了壮士事迹，体现了清政府对台湾的主权地位，反映了闽台血脉同宗、共击外寇的民族精神。如今这里的山下已开辟成公祭广场，以更好延续每年一度的公祭活动。

在闽安镇西码山麓，还有一处古墓群。这个古墓群占地2600平方米，埋葬着263位来自琉球的死者，每座墓碑上均用汉字刻着"琉球国"字样及亡者姓名、住址、生卒年月、职务等。琉球墓为背靠椅形式，由石制供桌、碑牌、侧屏、宝顶（龟甲形）、山墙等组成，形制简朴肃穆。前几年因修高速公路，琉球墓被迁移至离公路500米外的山坡上。当地杨成和先生为我们披露了闽安与琉球关系的一段往事。

明清时，琉球国为两朝藩属国，琉球国王受朝廷册封，每年都来朝贡。明洪武五年（1372），福州被指定为琉球贡船商船航行中国大陆的首站口岸，琉球贡船及谢恩使、庆贺使、进香使和留学生等所乘海船均须在闽安镇港海关登岸。闽安贡船浦的名称一直沿用至今。

闽安镇与琉球国之间，有海上通航航线，朝贡与商贸往来频繁。据日本学者赤岭纪统计，自明洪武二十五年（1392）至清光绪二年（1876），琉球遣使入华就有469次之多。民间商船往来数量更多。琉球商人交易的货物种类繁多，有手工业品、医药、香料、矿产、海产、纺织品等，运走的货物有陶瓷、漆器、丝绸等。琉球商人常住闽安经商，福州一带也有世代往来琉球与闽安镇的船户。"秋来海有长阵雁，船到城添外国人。"说的就是当年闽安镇对外贸易的情景。如今尚存旧址的闽安福州琉球馆，就是当年接待琉球朝贡宾客和贸易的场所。

在明清两代长达500多年与琉球的交往中，闽安镇作为中国大陆的首站口岸，在中琉交流史上占有重要地位。在这过程中，或老病或海难，有些琉球人在福建离世，便被就地安葬在闽安镇。这就有了西码这片琉球墓。由于两地来往频繁，有些航海经验丰富的闽安人便定居琉球，繁衍生息，帮助琉球造船和航海，成为中琉交流的友好使者。闽安在琉华裔人数不少，推动了日本那霸市（琉球）与福州结成友好城市。2000年那霸组团到福州进行文化交流，在参观闽安协台衙门时，有的日本人就说，他们的祖先就是闽安人，还用手帕包一把闽安的泥土带回作纪念。

其实，闽安镇的海上对外交往历史可以追溯到秦汉时期。文献记载："旧交趾七郡贡献转运，皆从东冶（福州）泛海而至……至今遂为常路。"有关专家考证，当年交趾（今越南）一带的贡品皆"泛海"至闽江口，再沿闽江而上经闽安水道至东冶港，最后转道入京。这说明闽安镇此时已是海上丝绸之路上的一个重要节点。

作为闽江口要塞，闽安镇不仅哺育了水师，沟通了海外贸易，同时，也饱受帝国主义蹂躏，见证了发生在家门口的战争。

光绪十年（1884）七月初三日，法国东洋舰队的13艘军舰全部开进闽江口的马尾港，与福建水师对峙。法舰步步紧逼，闽江口战云密布。清政府大臣张佩纶、何如璋一心只想议和，坐视法舰开入马尾江面，命令所属舰船不准开炮。他们将福建海军交闽安协台副将兼"扬武"舰管带张成指挥。交战半天多，福建水师全军覆没，闽安水师的木壳师船、炮船等58艘全部参加马江海战，均被轰毁，水师战士血染三江洋面。在这场海战中，法军也受到重挫，法军东洋舰队司令孤拔受了伤，差点被炸死。初六，法军登陆闽安镇，闽安青年陈明良带领群众与法兵血战，被法兵杀害。守军将领张世兴、蔡康业率领军民奋起抵抗，法兵退走。在这场战斗中，闽安军民阵亡162人。人们在闽安镇石头城旁建起昭忠祠，安放烈士灵位，让为国捐躯者安息，并褒扬其爱国主义精神。

1937年"七七事变"后，抗日战争全面爆发。为阻止日舰入侵福州，国民政府命令福建省封填闽江口。闽安千余名石工夜以继日开山取石，还拆除闽安石头城用以沉船填港。历时两年四个月工程竣工，填港石料达500多万吨，还布设水雷400多枚。后虽遭日机狂轰滥炸，但始终未能失守防线，有效地保卫了福州城。

1941年4月，日本侵略者以强大火力进攻闽江口，驻守闽安镇防线的我军炮台队和海军陆战队，与敌人展开殊死战斗，奋勇抗击。但因四面受敌，孤军作战，闽安终于沦陷。在日寇铁蹄践踏下，闽安镇变成人间地狱，晚上更像鬼城。敌机轰炸，使许多建筑物被夷为平地。闽安许多热血青年义愤填膺，走向抗日战场。由闽安中心小学校长刘介龙为团长的50多名进步人士组成的"闽安镇抗战宣传闽剧团"，长期坚持在沿海各地演唱抗日歌曲，表演抗战戏剧，唤起民众，共同抗日。党领导的东岭抗日游击队，在闽安镇地下联络站和群众的掩护下，时常神出鬼没地潜入闽安镇袭击日寇，打击了侵略者的嚣张气焰。

历史在这里走过，闽江从这里流过。时空交融，日月生辉，造就了闽安镇这块"见多识广"的毓秀之地。这里现存166座古民居、38座寺庙观祠，有545位戍台卫疆将领在这里驻扎或生活过。还有许多文人、名宦在这里留下足迹。蔡襄奏请朝廷为闽安镇修造福船和脚船，朱熹赞誉这里是"龙门"而留下墨宝，陈化成于此驱逐英舰，林则徐奏准重修闽安炮台，并赋诗道："天险设虎门，大炮森相向；海口虽通商，当关资上将；唇亡恐齿塞，闽安孰保障？"林森为闽安英烈撰写墓志铭，郁达夫把闽安水镇喻为"中国的莱茵"。

近现代闽安镇也走出了一批杰出人物，其中中华民国总统府顾问、陆军中将加上将衔的林述庆便是其中之一。宋教仁被刺杀后，林述庆对袁世凯不满，扬言南下起兵复仇，为袁所忌，终被毒杀，年仅32岁。抗战时期中共福建省委委员兼宣传部部长王助也是闽安镇人，王助曾任闽东北游击区政委、分区党委书记以及新四军驻福州办事处主任等职，为推翻三座大山做出了突出贡献。1939年在对敌斗争突围时不幸牺牲，年方26岁。林述庆、王助均英年早逝，从他们年轻的生命中人们读出了闽安人的智慧、血性、忠贞、爱国的优秀秉性，他们与在闽安战斗、生活过的许多英烈一样，都在传承着民族精神，传播着中国力量，他们永远令人敬仰！

林思翔，1943年生，福建连江人，笔名田羽。曾任福建省科学技术协会党组书记、副主席。中国作家协会会员。著有散文集《海潮在这里涨落》《水巷深深》《莲叶何田田》《椰风轻轻地吹》等。散文《寻找寒山寺》获全国第八届报纸副刊散文评比二等奖。

问一问龙台驸马

◎ 黄锦萍

马尾有个琅岐岛，琅岐岛上有个龙台村，龙台村在宋代时有个驸马爷。这个具有传奇经历的驸马爷，名字叫林存。历朝历代能成为皇亲国戚的驸马爷是何等的荣耀，但伴君如伴虎，在享尽荣华富贵的同时，惹来杀身之祸的驸马爷不计其数。然而，你听说过只是赞美了家乡琅岐的好山好水好风光，便激怒了皇上，被抓去砍头的吗？

看来赞美家乡也得有节制，不能太夸张啊！你把当年穷乡僻壤的琅岐岛描绘得人间仙境一般，奢华程度超过了皇宫，你考虑过至高无上的当朝皇帝的感受吗？

来马尾采风之前，我对龙台驸马林存轶事知之甚少，只是隐约记得有一出闽剧叫《龙台驸马》，巡回演出5个月，场场爆满，十里八乡的闽剧戏迷都赶到龙台村看戏，观众达15万多人次。

究竟是怎样一个民间传说，如此夺人眼球？我感到十分好奇。

我要做的就是蹚过历史长河，仰望宋朝天空，穿越千年去探寻古人的踪迹。我的探寻从拜谒宋参政林存墓地开始。

关于林存墓，龙台老百姓更习惯称为"驸马墓"。据民间传说，驸马林存被皇帝误杀之后，赐金头御葬，造七七四十九台墓。所以，哪一处是真墓，谁都说不清楚。

龙台村书记朱冬柱早就在路口等着我们。刚一下车，我就被通往墓地的石板路震住了：路的左右两侧分别站着石狮、石虎、石马、石羊以及文臣、武将等石雕，全是往里走的背影，看得出阵容强大，步伐豪迈，庄重中透着威严。应该都是林存驸马的坚强护卫吧！四根粗壮的石柱顶起恢宏的石牌楼，三片翘着角的石牌楼顶上呈现出琉璃瓦的形状。石牌楼正上方书写着气宇轩昂的"皇恩浩荡"四个大字，每根石柱上都刻着长长的现代名家书法楹联，一看就是大家气派。进到墓前仔细端详，除了规格还是规格，没有达到宋参政的官阶，哪能有那么大的墓地与排场？

史料记载：南宋理宗朝代，琅岐龙台村贫苦子弟林存，十载寒窗饱读诗书，赴京应考高中，担任过吏部侍郎、礼部尚书、枢密院参知政事，政绩卓著，清正廉洁，为官三十四载。

我跟着村书记绕墓场一周，试图嗅出一点点宋朝遗风，只见千年古墓静静横卧着，任凭东西南北风，大有"功过留与后人评说"的大度。我问村书记，墓里藏着什么？有"金头御葬"吗？村书记说，我也希望有，但谁都不知道有没有。

站在林存的墓地旁，村书记给我讲这位驸马爷的传奇故事：林存中了进士后，被宋朝皇帝招为驸马。宫廷争斗让驸马内心压抑无处派遣，只有在夜深人静之时，与公主吹牛解闷。这一夜，他思乡心切，又开始吹牛了，说自己家乡琅岐岛有"千里花园，万亩鱼池，双龟把口，五虎守门"，而自己也是"玩龙台，睡凤窝，吃金春白米，佐银鱼干汤"。他不但把自己的生活讲得无比滋润，还给公主描绘了琅岐岛"日出西洋镜，雨落打十番""双狮戏珠，九龙卧波，金鸡报晓，白猴镇江"等美丽的自然景观。

公主知道驸马爱吹牛，平时没有戳穿他。偏偏那天公主心情不好，夫妻闹了点小别扭。第二天上朝时，公主撒娇地禀报父皇，说驸马口出狂言，大吹其家乡琅岐岛如何堂皇富丽，宛如蓬莱仙岛，比皇宫还胜十倍。皇上听说驸马"玩龙台，睡凤窝"，这还了得？至于"千里花园，万亩鱼池"，也太奢华了吧？皇宫御花园也没有那么大，这不是蔑视皇家吗？

故事说到这，驸马爷林存已经命悬一线了，可他竟然毫无察觉。林存啊林存，你思念家乡热爱家乡，默默地埋在心里就得了，有必要那么夸张地炫耀吗？更何况驸马爷生在荒僻的琅岐小岛，出生卑微，饥不择食，穷得叮当响，这牛也确实吹大了。中状元的锦绣文采，留着赞美皇帝的故乡那该多好，可驸马偏不。这都是古代知识分子的虚荣心作祟，硬把小琅岐当作蓬莱仙境来赞美。

驸马狂言已出，就看皇帝的涵养与度量了。皇帝显然很生气，立刻下旨命一太监到琅岐岛去看个究竟。那太监也是琅岐人，偏偏与驸马有过积怨。有一次，太监借半副銮驾回故乡琅岐岛显摆，也是个爱虚荣的太监。省亲祭祖自然大办酒席，宴请父老宗亲很是耀武扬威。此时，驸马也恰好回乡省亲。驸马清廉、为人谦和又体恤民情，与太监相比，显得很寒酸。龙台族长看不下去了，便对驸马说："太监是你奴仆，还带半副銮驾回来，文武百官个个巴结。你身为驸马，冷冷清清回乡，连我这个当族长的都没有面子。"驸马说："太监就是太监，何必狐假虎威？"随即写了几字，叫人送到太监家中。太监正与族亲豪饮，见是驸马送信叫他到龙台有急事面谈，很是不爽。

太监到了龙台村，酒席上驸马故意把筷子丢在桌下。太监只好爬到桌下为驸马拣筷子，卑躬屈膝一副奴才相，在众人面前丢了脸面。酒残席散，太监愤愤离去，从此与驸马结下私怨。这一次，皇上命太监回乡调查驸马，不正是雪耻的好机会吗？太监在琅岐岛玩了几天回京，面奏林存十条大罪，说驸马原是江洋大盗，勾结盗贼积草存粮招兵买马，想谋反大业夺取大宋江山。还说驸马玩龙台、睡凤窝存篡位之心。皇上以为太监与驸马同乡，不会说假话，怎知正中了一句俗话叫"老乡见老乡，背后开一枪"。皇上怒气冲冲地下旨：捉拿驸马，推出午门斩首。

公主听说父皇要斩驸马，哭哭啼啼来求情。皇上问公主："驸马对你说的可是实情？"公主说："全是上床睡觉时戏言，哪里能够当真？"皇上恍然大悟，心想杀了驸马，不是让爱女一辈子守寡吗？赶紧下旨免驸马死，并叫王宰相重新审理。哪知太监报复心切，不到午时三刻就把驸马杀了，人头落地已无法挽回。

这个王宰相也是琅岐人,见驸马被错杀,愤愤不平,面奏皇帝说,驸马所言句句是真,不是欺君更没有谋反之意。龙台、凤窝是琅岐岛的两个村,龙台村是驸马家乡,驸马玩龙台理所当然。驸马经常睡在凤窝村其舅父家中,睡凤窝自然也无可非议。琅岐岛地处闽江出海口,依山临水,确实有双龟、五虎、双狮、九龙、金鸡、白猴等奇异岩礁,琅山油菜花遍地,山花盛开,好似千里花园,闽江口碧波万顷造就了天然渔场。再说了,金春大米即大麦,银鱼干汤即海蜇皮,至于日出雨落不过是自然景观罢了。

皇上经宰相一一说明,才知误杀驸马,十分后悔。遂下旨将黑心太监推出午门斩首。为了安慰公主,皇上赐金头御葬,龙台驸马成为千古遗恨。

这些都是民间传说,口口相传到如今。

我问村书记,除了林存墓地,还有什么与林存有关的宋代遗迹?村书记说,西南村口尚存两尊巨大翁仲石像。从墓地绕了几个弯,两尊比我高很多的翁仲石像突然就出现在我眼前。只见两棵垂着长胡须的大榕树,遮天蔽日,很是茂盛。榕树下翁仲石像一左一右威风凛凛,傲视着千年之后的芸芸众生。如此高大的石像在南方实属罕见。以古代墓制,石像按官职塑造,大小都有定例,二品以上官员才可置石人、石马、石虎等,三品官员不置翁仲。仔细观看,文臣石雕天庭饱满,双手握笏平举于胸,和蔼可亲,微微颔首;武将双目炯炯有神,手按长剑,气干云天。文武石像造型各异神态逼真,比例匀称栩栩如生,宋代民间高超的石雕技艺赫然呈现。这两尊翁仲显然被人破坏过，身体上有明显的接痕，据说是破"四旧"时被人砸断推倒，和多尊石马、石虎一起沉到溪里。这得花多大的气力，才能将几吨重的翁仲重新立在这里啊！

看了石像翁仲再去看首演闽剧《龙台驸马》的戏台。戏台就在村部边上，也是古色古香的建筑，戏院可以容纳几百个观众。令我惊讶的是，戏台的另一头是庙宇，站在戏台前抬头一望，见到的是"驸马府"的华丽牌匾。当地百姓处处以驸马为荣耀，驸马的印记无处不在。出了个宋朝状元，还娶了皇上的公主，琅岐人太牛了。庙宇里香火很旺，供着保平安、求和睦、聚钱财、指方向的各路神仙，善男信女见到菩萨就拜，总有一尊菩萨会保佑你。神灵大概也喜欢热闹吧，戏台上常常有好戏上演。菩萨和百姓一同听戏，知道了人间有那么多的悲欢离合，不伸手救助于水深火热之中，显然有负于虔诚的信众。菩萨就是用来排忧解难的，大家无愿可求，菩萨就要下岗了。

或许1000多年前的林存预感到龙台村就应该是现在这样：好山好水好风光，好吃好玩好气象。龙台村出了个林存驸马，做什么都有底气了。如果真能穿越时空，我想问一问龙台驸马：琅岐的山山水水值得你豁出性命去讴歌吗？沉睡了千年的驸马林存根本不想回答我。果然沉默是金，唯恐言多必失啊！林存接受教训了。

黄锦萍，1957年生，福建福州人。中国音乐文学学会会员。

著有《橘黄色小伞》《预约想念》《青春风铃》等。曾获福建省优秀文学作品奖、施学概诗歌奖等。创作的歌曲《我家住在闽江边》被定为福州"城市之歌",作词的《蓝蓝地球仪》入选2002年中国年度最佳歌词。

侨厝，乡愁的音符

◎ 陈声龙

与近现代的建筑风格相比，古代建筑其实就是一部厚重的历史和诗书。现代建筑立体加方块，线条明了，时尚前卫，节奏感强，但看过也就罢了，意识流的感觉尽管多元，转瞬即逝，很难产生勾连的遐想。古建筑则不同，它是一部厚重的历史，穿过时光隧道，承载多少的悲欢离合、刀光剑影。可以不夸张地说，每座古厝都是一部惊心动魄的家族历史，烙上了时代的印记。

东南沿海的福清，置县千年，素有"海滨邹鲁，文献名邦"雅誉。数百年前，"福清哥"开始远离故土，筚路蓝缕，拓业异疆，成就家业。"下南洋"是福清人的自豪和骄傲，更是福清先辈在椰风蕉雨的东南亚泣血洒汗的历史。我们现在见到的飞椽翘瓦、红砖白墙的"华侨厝"，那是海外飘零的游子思念故土"唐山"，舍家拼业，集腋成裘，历尽千辛万苦也要漂洋过海，返乡建起的祖屋古厝。

如果翻开华侨史，一宗宗，一件件，赤子情怀跃然纸上。我们再徜徉在中西合璧、极具南洋风格的"华侨厝"建筑群里，会感慨万千,思绪纷飞,感受到数百年的乡愁不散,萦萦不绝。这不是在欣赏古建老厝,分明是在品味遥远的当年,那浓浓的、刻骨的乡愁,现在化成凝固的音符,定格在这青山绿水的将军山下了……

走进陈白古村,这个省级历史文化传统村落,给人的印象是历史与现代交会融合,是远古的传说与现代新兴的"交响曲"。在勃勃的生机中,我们穿过水泥马路,走入鹅卵石和青石板铺就的乡间小道,就走进了尘封的历史。

陈白村是个小村,人口数百人。但在百年之前,这个小山村就在渔溪乃至福清声名远扬。村落散居三大姓,分别建有林家古厝、杨氏祖厝和汪氏大厝。其中最为恢宏、最具风格而又保存最完整的古建,当数林家古厝了。外观看,只是红砖砌墙,白灰镶线,算不上高大,但步入大门,豁然开朗,里面是三进院子,天井采光通透明亮。两层楼结构,东西各有一座碉楼。

村干部介绍,古厝历时百年,部分墙体颓损,前些年林氏家族在海外的乡亲曾出资修缮过。现在由乡贤林民团打理古厝。我们来时,恰巧他有事不在。古色古香的院里,摆放了花花草草,收拾得一尘不染。走过廊道阶梯,还能隐约闻到樟木板特有的清香。显然,古厝的主人用心呵护先辈的杰作,试图留住时光记忆,镌刻永恒的乡愁。

与永泰的庄寨古堡一样,陈白村林家古厝,也是家族群居的古建筑。所不同的是,群峦叠嶂的永泰庄寨,多半建于崎岖山峰之上,更具浓厚的防匪防盗色彩。陈白村坐落在戴云山脉的将军山下，与佛教名刹黄檗寺仅数里之隔。也许是沾染了古寺名山的仙气，村庄的山山水水别具灵气。据说，林氏古厝是林民团的爷爷在南洋打拼时，倾尽家业寄钱回来，由亲人一砖一瓦建起的。古厝建于村落中央，地势平缓，坐北朝南，视野开阔。地势不算险要，但二楼的过道仍有瞭望孔，亦有可能是出于防匪防盗所设。不远处的山巅，就是闻名遐迩的黄檗古寺。

如果说南靖土楼是闽地典型的家族群居古建"活化石"，那么我觉得渔溪陈白的林家华侨古厝，应该是东南沿海带有侨风的洋"土楼"，没有土楼的恢宏伟岸，却有小家碧玉的温润。始建于民国初年的古厝，至今已过百年。厝内楼挨着楼，摩肩接踵，紧密相连，有27座楼99个房间。也许身在异国他乡经商打拼的林氏先辈，出于对故土老宅的眷念深深，取了个吉祥的数字，意寓家业族脉亘古不息，流传久久。也算是用心良善，桑梓情重了……

林氏先辈在印尼拓荒创业，为人为商顶天立地，诚笃厚道，事业顺风顺水。在开枝散叶、鸿大家业的同时，林氏侨商还急公好义。抗战时期，曾慷慨解囊捐款捐物用于民族大业，获过当时福清县县长嘉奖的牌匾"见义勇为"，一时为后人所称颂。

走过二楼木质连廊，斜倚在厅落的"美人靠"上，看到天井洒进的明媚阳光，我在历史与现在、先贤与古厝之间，穿越来回，对其创业的韧劲，还有海外赤子一腔的家国情怀，油然而生崇敬之心！

红墙红瓦，雕梁画栋。进与进、楼与楼之间还有小天井，排水防火设施一应俱全，环绕古厝的长廊把楼宇厅落串联起来，形成一座迷宫式的建筑。这种杂糅莆仙遗风、闽南传统和南洋风格的建筑，是福清渔溪一带典型的华侨厝。古建的风格往往是一方水土一方文化的映射。渔溪西部近山村落，先人多由闽南迁徙到兴化，又从兴化辗转至戴云山下的渔溪。如今他们的闽南话与莆仙话、福清话融合已久，形成了带莆仙语调的闽南话，可谓博采众长，自成一家，别具特色。渔溪联华、步上的华侨厝众多，最为著名的联华侨厝不亚于陈白林厝，始建历史更悠久，南洋风比之有过之而无不及。可惜的是，20世纪70年代毁于一炬。毗邻联华的侨丰村是一个代表性的自然村，估计其名"侨丰"与在外华侨众多有关。联华、侨丰灵山秀水，这里近代走出数个政商两界的贤杰，不能不说这与人文积淀的浸染与熏陶是有关联的。

林家古厝还值得一提的是门前拥有数亩的埕场，可以摆宴数百桌，东西两头分立两个碉楼。也许古时匪患猖獗，碉楼居高居下，占据险要，可保古厝族人安然无恙。厝院内最高峰时居有族人一两百口。或许你能想象晨曦初上、鸟鸣人欢、鼎沸喧闹、袅烟袅袅的盛景。家族兴旺昌盛，人丁脉传，安居乐业，林氏先人若泉下有知，将会是何等欣慰。

走出古宅深院，在院墙外有两棵树冠遮天的古榕，估计树龄比古厝还悠久。是否为林氏先人所栽，未加考证。历尽百年沧桑的古榕，根虬枝曲，须长如带，至今郁郁葱葱。我们在树下仰望，树高竟有数丈之多，令人叹绝的是两棵树貌似拥抱，乡人称其为"夫妻树"。

　　树高千尺，叶落归根。古榕撑起一方绿荫，为的是给人遮阳庇佑；古厝的主人在倾尽所有、平地起楼时又何尝不是如此呢？不仅仅是光宗耀祖，更是对故土难离、故乡眷念的执着，方促使身在他乡的侨贤倾心打造"唐山祖厝"，才有了现在的传统和经典，才有了文化的传承、不朽的传奇。

　　仰望星空，深感历史浩瀚；俯瞰大地，我们崇敬先辈。我想，我们不仅仅要保护古村古厝，更要把历史传统文化的接力棒拿稳抓牢了，才能一代又一代传下去，让民族的根、不屈的魂，绵延不息……

　　陈声龙，男，1965年10月出生，现供职于福清市某单位，福清市作家协会名誉主席，福建省书法家协会会员。

站在林则徐祖居的古榕前

◎ 高必兴

拜访位于福清市岑兜村杞店水花厝的林则徐祖居，我一直对堂前那棵古榕情有独钟。

古榕"擎叶托穹庐，虬根绕地匝"，其枝繁叶茂，粗干拔天，耸立堂前，荫庇村邻，简直与这座372年历史的林则徐祖屋同龄。可以想见，若不是对土地爱得深沉，根系扎得深沉，哪会如此生机勃勃活力四射，乃至于焕发风姿？所以我总是把它与名垂千古的禁毒英雄林则徐想在一起，尊其为林公化身。

走访那天，正值夏至，空气中蒸腾着团团热浪。向导是位六十出头的阿姨，身体肥胖，骑着自行车，满脸汗珠子。她热情地指引我车子掉头前行。我估计有把握，让她走了。不料在巷道上打方向盘反方向开时，远远瞥见那阿姨不停地用手势招呼我停车。我打开车窗，她不好意思地喊道："指错路了，指错路了！"还骂自己年老不长记性，然后带着满脸汗珠子撇下她的自行车把我引到林则徐祖居。她说她没什么文化，但与很多村民一样，听过林则徐的故事，看过林则徐的电视剧，知道林则徐是民族英雄，是个好人。好人就应受到世世代代尊重，被祖祖辈辈铭记。

林则徐的精神如此根深蒂固地扎入民心！这片沃土滋养了林公祖祖辈辈，孕育了这位抗英先驱、禁毒英雄、治水专家。怪不得堂前那棵古榕郁郁苍苍，因为土地给予超凡博爱，它与土地如胶似漆，又茁壮成长，直挂云天！

"苟利国家生死以，岂因祸福避趋之。""若鸦片一日未绝，本大臣一日不回；誓与此事相始终，断无中止之理。"180年前，虎门销烟震慑了无数鸦片吸食鬼，阻止了国家无数白银流向外国。拯救民族于危难的林则徐，向全世界宣告了中华民族决不屈服于侵略者的决心。

天有不测风云，林则徐的仕途并非一帆风顺，昏庸、刚愎的道光皇帝为讨好英帝国主义，竟罢去林则徐钦差大臣和两广总督的职务，将其发配新疆伊犁充军。10年后，65岁的林则徐被重新起用为钦差大臣。他带着家眷和亲信离开家乡，星夜兼程，直奔广西，可谓烈士暮年，壮心不已！于是，我读懂了古榕为什么枝干拳曲却葱葱郁郁，足显苍劲雄健的生命力。它是英雄坎坷人生以及百折不挠意志的写照啊！

而今，纵观祖居堂前屋后，花香怡人，场院如洗，一尘不染，鸟语蝶飞，四周墙壁关于林公事迹的宣传画册庄严典雅。那用整石凿成八角井栏的百年古井，映照着蓝天与古榕，向路人述说着"吃水不忘挖井人"的绵绵故事。你瞧，在"水域治理"宣传画册上赫然写着："林则徐不仅是我国历史上伟大的民族英雄，同时还是一位出色的治水专家……兴修浙江、上海的海塘……这些都是其'重民思想'的反映。"读着，能忘得了这"挖井"先贤？

那天接待我的林智栋老支书恰逢筹建公墓，略迟会面。他从山上赶回来接待，满口"不好意思"。他一下车就送给我一部厚重的《林则徐大典》，"我是此书主编之一，五年前以此书献给中华民族英雄、世界禁毒先驱、杰出的政治家林则徐230周年诞辰！"林老的话朴素而庄重，这部6卷36章的巨著就是林则徐的身世记录和后人对他的礼赞。"建设全面小康、实现中国梦的时代需要弘扬林则徐精神，打击日益泛滥的毒品犯罪的世界需要弘扬林则徐精神，下一代树立正确的价值观需要弘扬林则徐精神。不受时间的限制、地域的羁绊，人类的良知呼唤着林则徐。"巨著凝聚了丰富的林则徐精神内涵。

林则徐祖居大门在林智栋老支书手里缓缓打开，叫人心驰神往的祖屋内景欣然入目。"社会主义核心价值观""少年显志，出类拔萃""为官清廉，报国爱民""放眼世界，报效中华""虎门销烟，威震寰宇""远离毒品，珍惜生命"六大展室主题鲜明，图文并茂，撼人心魄，为我补上了一节生动的爱国主义教育课。门框梁柱上多副对联出于林智栋之手。他说，没有无数先驱的思想引领和行动示范，就没有我们国家的长治久安。

"海到无边天作岸，山登绝顶我为峰"，这副绝妙的对联，竟出自幼年林则徐之手，若非其胸怀开阔，气度不凡，是难达此境啊！"不妄与一事，不妄取一钱"，严父林宾日的教诲，铸就了林则徐为官刚正不阿、事事尽职尽责、处世清高自洁的嘉德懿行，而慈母陈太夫人的"珍食必却，美衣弗御"的言传身教，更培养了林则徐勤勉节俭、仁慈克己、始终如一的高尚情操。

站在林则徐祖居古榕前，那位向导阿姨的"好人"一词突然在我脑中放大。好人的思想就是拿来传承拿来弘扬的，就像林公祖居展厅里那个20多年不出远门、悉心照顾瘫痪妻子的福清哥陈和平的事迹，正是对林公"仁爱"精神的光大解读！

一棵生命巨树，必是对土地爱得深沉，扎得深沉，才会这般风姿卓绝，挺立千古！

高必兴，福清市作家协会会员，小学教师。

闽剧的"精神密码"

◎ 万小英

"咚锵，咚锵，咚咚锵""依呀……啊……"急促的鼓乐，韵味十足的唱腔。地方戏曲恐怕是区分本地人与外地人最便利的"测试剂"，懂的人悠游其中，乐在其中；不懂的人隔山望海，如坐针毡。对不懂而想懂的人来说，痛苦与甜美却是杂糅着，个中滋味，喑咽难表。我对闽剧便是如此。

闽剧，俗称福州戏，有着400年的悠久历史，是现存唯一用福州方言演唱、念白的戏曲剧种，流行于闽中、闽东、闽北地区，并传播到台湾和东南亚各地。2006年5月，闽剧被列入第一批国家级非物质文化遗产名录。

三年前因工作关系，在福州茉莉花吐香的季节，幸遇国家级非物质文化遗产项目代表性传承人陈乃春、林瑛和陈新国，得以请教交流。

从此，闽剧是我的相好。

一

闽剧的精神，是海纳百川，有容乃大。它为"福州精神"做恰切的证释。

闽剧真正形成独立完整的剧种，是在20世纪的初叶，是在不同流派的福州戏剧大融合的基础上，吸收了诸多外来剧种的养分形成的。闽剧具有很强的兼容性，但又始终保留着自己的特色。在福州市非遗项目中，福州评话、福州伬艺、林浦安南伬、茶亭十番等，都与闽剧有着千丝万缕的联系。

明代末年，江西弋阳腔传入福州，与方言小调逐渐融合，形成"江湖调"。随后出现了演唱"江湖调"的"江湖班"以及以"江湖调"和飏歌为主要唱腔曲调的"平讲班"（"平讲"，意即用方言演唱）。后来，"平讲班"和演唱昆腔、徽戏等外来声腔的"唠唠班"（意即当地人认为唠叨难懂）及福州演唱"儒林戏"的"儒林班"合流，三者合一，形成了"闽班"。民国年间，郑振铎将《紫玉钗》《墦间祭》送商务印书馆出版，以"闽剧"取代"闽班"之称，从此"闽剧"成为福州地方戏的统一名称。

早期的闽剧，角色分行比较简单。儒林班、平讲班行当由生、旦、丑三个角色构成"三小戏"，后来吸收徽班、京剧的分行，角色渐趋完整，增加到7个，曰"七子班"，再到9个，称"九门数"。随着行当的细致化，逐渐发展为"十二角色"，有小生、老生、武生、青衣、花旦、老旦、大花、二花、三花、贴、末、杂等，相当齐全。民国年间，武生陈春轩吸收京剧武打技艺，创造一套独特的武功，其代表作《八大锤》被拍成无声电影，为闽剧首次搬上银幕。

闽剧唱腔韵味特别。福州方言是闽剧的"本"，四大唱腔（洋歌、江湖、逗腔和小调）是闽剧的"根"。"逗腔"典雅婉约，"洋歌"通俗平畅，"江湖"粗犷激越，"小调"清新活泼。演唱时男女均用本嗓，高昂激越，朴实粗犷的同时，不失细腻柔婉。闽剧现有数百首固定的曲牌，根据不同的情境和人物性格，选择不同曲牌。

闽剧的包容性还体现在演奏的乐器上。闽剧乐器有笛子、逗管、月琴、双清、椰胡、缸鼓、大锣、小锣、大钹等数十种传统乐器。其中，逗管、椰胡、双清、月琴是闽剧的特色乐器。有些并不是本土乐器。为了情境需要，甚至还加入电子琴、架子鼓、大提琴等西方乐器。

闽剧的唱、念、做、打、舞、耍、谑等艺术手段，都有其特色。比如不同于京剧丑角规范性的动作，闽剧的丑角更多的是通过诙谐语言和表情去演绎人物。一些观众熟知的丑角演员在台上刚一露头，台下就捧腹大笑。

闽剧剧目丰富多彩，大多来源于百姓生活。但不论是反映乡土题材的剧目，还是反映其他地方故事的剧目或改编移植兄弟剧种的剧目，往往都融入了福州地域的民风民俗。

二

闽剧的精神,是身处逆境,仍不懈地追求。

陈乃春是闽剧第一个"梅花奖"的获得者。1993年,陈乃春凭着闽剧《丹青魂》,摘取第十届中国戏剧梅花奖,实现了闽剧梅花奖零的突破。时隔24年后,2017年5月,福州闽剧演员吴则文以原创反腐大戏《兰花赋》,再获梅花奖。

陈乃春出身于梨园世家,父亲是名角陈妙轩。受父亲的影响,他自幼便对闽剧产生了浓厚的兴趣。陈乃春11岁便进入福州闽剧院二团学闽剧,但由于身体原因,不到两年便离开了剧团。"文革"期间,陈乃春被派到龙岩永定开矿。很难想象,戏剧演员整整9年在矿场开矿,会荒废专业到什么地步。

但是他说,这9年时间,虽然外界环境很艰苦,却给他的闽剧生涯打下了坚实的基础。"我并没有离开戏剧舞台。从各地剧团解散而来的艺人在这里组成宣传队。我们每天聚在一起练功、排戏,在矿区的大舞台上演出。我也从这些前辈身上学到了很多东西。"陈乃春说。1978年,他回到市闽剧团。26岁"高龄"的他重新开始练功,适应舞台表演。

陈乃春一炮而红的剧目是《林则徐充军》。为了演活林则徐,他翻看林则徐历史资料,拜访林则徐后人,观摩表演艺术家赵丹饰演的林则徐形象,不断揣摩人物性格特征。功夫不负苦心人,1980年,这出戏一上演,便好评如潮,从福州演到北京,还出了国门，引起巨大轰动。林则徐后人拉着主演陈乃春的手说："先祖就该是这样的。"

1985年7月31日，为纪念林则徐200周年诞辰竖立的林则徐铜像，就是以该戏剧照为原型铸造的。该铜像目前矗立在福州城门一带，成为守护福州的"四位老人"之一。

三

闽剧的精神，是不拘套路，勇于创新。

对闽剧迷来说，林瑛的名字再熟悉不过了。她的表演被闽剧界称为"闺门旦的筋骨、花旦的皮肉、青衣的影子、彩旦的风格"。

2017年6月30日，在闽侯县文化馆，闽剧经典剧目《王莲莲拜香》中的《盘答》再次被搬上舞台。林瑛一反"传统"，在这场戏中加入了6个"王莲莲"。这6个"王莲莲"既做分身，又扮丫鬟。7个"王莲莲"同台，将她势利、嫌贫爱富的人物性格演绎得淋漓尽致。它集结了闽剧老中青"五代人"的演出。陈乃春是总导演，6个"王莲莲"都是林瑛的学生，同台演出体现了闽剧的传承与创新发展。

从10岁从艺至今，50多年的舞台表演生涯中，林瑛在《梅玉配》《潘金莲》《江姐》等经典剧目中，塑造了沈红芳、阿庆嫂、潘金莲、江姐等一批经典人物形象。特别是在闽剧的代表作《王莲莲拜香》中，林瑛饰演的王莲莲更是被认为是闽剧中的经典。

她演绎的人物命运总是大起大落，独特而有个性。

林瑛的母亲是闽剧的老戏迷，少年时代的林瑛和闽剧结下了不解之缘。由于声音、形象等先天条件不错，她10岁就考入了福州实验闽剧团，但她刚开始学戏的时候并不刻苦。20世纪70年代末发生的一件事，改变了她的一生。

当时，林瑛被挑选赴北京成为全国青年委员。一家报纸写了一篇文章，想当然地夸赞她勤学苦练，说她早上五六点钟就起来练功。这是不符合事实的，受到同事的"讪笑"。对比其他演员的吃苦精神，林瑛触动很大。

从北京回来，林瑛脱胎换骨。在《梅玉配》这出戏中，她饰演"嫂子"沈红芳。为了将人物演活，林瑛从人物性格特征入手，揣摩如何通过语言、动作、神情塑造人物，并注重通过一些小细节展现人物性格。排练3个月，林瑛整整瘦了16斤。这出戏令林瑛一举成名，给了她莫大的自信。

四

闽剧的精神，是坚守本味，痴心不改。

陈新国是国家级非遗项目代表性传承人，也是国家一级作曲家。

他的父亲和兄弟都是医生，唯独他从事艺术。七八岁就对闽剧产生了浓厚兴趣。父亲爱好拉京胡，陈新国照着样子学。天天在家拉京胡，母亲听得烦了，便没收了他的京胡。小新国想了一招，用旧的雨伞柄、罐头和京胡的弓做了把简易京胡。

1961年，陈新国到省闽剧实验剧团担任演奏员。这期间，他开始接触作曲，1986年正式转为闽剧作曲，曾为《贬官记》《王莲莲拜香》《别妻书》《冯梦龙断案》等经典剧目作曲，引起强烈反响。

陈新国发现了一个问题，长期以来，闽剧的主胡没有自己独特的乐器，多是借用京二胡、越胡等来担当。民间乐团的特色乐器流失严重。

"无论从外形还是声音上，都不能凸显出闽剧的味道。"陈新国说，多年来，他一直致力于闽胡的设计。他已经和制琴师一起设计出了第二代闽胡，并对闽胡的外形进行改造。

福州方言不地道、一些特色乐器的演奏方法流失，导致一些闽剧演出变调变味。传统闽剧讲究粗犷、豪迈和张力，乐器演奏上要有高低起伏。现在的闽剧有越剧化倾向，讲究唯美、柔美。为了留住闽剧的"虾油味"，多年来，各级政府、闽剧艺人都在奔忙。

我还记得陈乃春老师双眼满含信心。他正在召集老艺人及专家，编撰一套实用性强、可操作性强、较为系统的闽剧教材，以实现闽剧专业人才培养的整体提升。

地方戏曲，承载与破译着一个地方的文化精神密码。闽剧的"精神密码"有哪些，值得我们不停地探寻。

万小英，《福州日报》主任编辑，福建省作协会员，福州市晋安区作协主席。

漫谈闽山庙会文化

◎ 陈常飞

著名爱国诗人陆游曾曰:"闽之风俗,祭祀报祈,比他郡国最谨,以故祠庙之盛,甲于四方。"

福州地区民间信仰遍布城乡,如城隍、陈靖姑、张圣君、裴真人、陈文龙等。南后街一带"卓祐之信仰"已有较长历史,然因卓祐之生平记载简略,故目前为止尚少有专门研究。

卓祐之为宋景祐元年(1034)进士,曾任秀州判官。遇难殁世后,乡人感念其德业,故在其生前所居之地(今文儒坊闽山巷中)建庙祭祀,自宋迄今,香火不断。关于其人生平,明黄仲昭《八闽通志》(卷58)记载云:"生而正直,精爽过人,尝自谓死当为神,人初未之信,及卒,果著灵显,里人遂即其居立庙祀之,号应公大夫,后敕封广利威显侯。"其人为官正直廉洁,且心存高尚"救世"情怀,故能得到后人追思敬仰,后人将之奉为神灵,亦在情理之中。此系古时民众"乡贤崇拜"情感表达,该现象由来已久。

关于卓祐之生平与传说"神迹"及闽山庙等相关记载,还见于明王应山《闽都记》、万历《福州府志》、乾隆《福州府志》、道光《罗源县志》、光绪《光泽县志》、民国《福建通志》及郭柏苍《乌石山志》《竹间十日话》、陈元珂《重修闽山庙记》、郑方坤《全闽诗话》、卓氏《族谱》以及近人郑丽生、林家溱著作中，然多辗转传抄，皆零星片楮。笔者依据相关史料，现将闽山庙沿革稍加整理于下：

闽山庙在闽山巷中，志书所言"及卒，乡人即所居庙祀之"云云，可知卓神"庙祀"滥觞于北宋末年。南宋年间，因"频著灵异"，故得宋廷赐庙额，加封号，荣膺殊誉，据此可推想当时庙貌弘敞。明正统十三年（1448），福州乡民谢雄等人上书某部门官吏，要求重新修葺闽山庙。后又于"国朝弘治四年（1491）重建"。明万历三十一年（1603），时任福建左布政使王恩民，发布文告于福州府，要求地方官于闽山庙应"春秋致祭"。重申由官方祭祀。另万历年间，林熑等纂修的《福州府志》卓祐之条下，有"今闽山庙尚存"句。陈衍《闽侯县志·园宅·侯官县》云："卓判官祐之宅在文儒坊。祐之死为神，即所居祀之，今闽山庙。"可知民国时期，庙宇尚存。

随着福州城市发展以及三坊七巷街区的保护与开发，文儒坊闽山巷地名重新进入许多学者、专家关注的视野。文史学家卢美松曾撰写《卓公祠与闽山庙的沧桑》《"元夕纷华盛福唐"——记宋代闽山庙上元灯会》《卓祐之信仰溯源》等文章，从不同角度介绍卓祐之事迹及信俗文化，并对闽山庙历史进行考证。

近期，因编纂《福州闽山庙会文化》一书，福建省姓氏源流研究会卓氏委员会邀请卢美松等人，考察闽山庙址，并对其历史及卓祐之信俗等相关问题进行考证，丰富了闽山庙会内容。郑子端还根据"原住民"回忆，绘制出闽山庙的大体形制图。

与卓祐之信仰相关的是"闽山庙会文化"。因庙会地点多设在庙内或附近，故有是称。商贩以百货云集于庙外营生，故称"会"；又由于聚众贸易，所以称为"庙市"（我国"市集"形式之一）。庙会一般在元宵节、"三月三"或神诞日举行。各地宫观庙宇举办庙会次数不一，或一年一次，或一年数次，或数年一次。从古典小说中，亦可见历代庙会盛况一斑。

庙会实质在于民间信仰，其重点在于对神灵的奉祀。而庙会中的民俗活动展现了多种非物质文化遗产，故极具人文价值。明清时期，闽山庙会文化活动十分兴盛。清末，因时局动荡，民生凋敝，闽山庙会逐渐衰微。

庙会是传统民俗文化活动，具有鲜明的地方特色。它包括民间岁时节庆举行的酬神、娱神、迎神、演出、游艺、集市等活动。它作为我国传统节庆形式，其渊源可以追溯到古老的"社祭"。汉代佛道兴起时，信众如期赶往祠庙，参加祭祀和游乐活动，于是渐成固定"集会"。后世随民间信仰普及而逐渐兴盛，形成了集宗教祭祀、娱乐游艺和商贸交易于一体的庙会形式，流行于我国广大地区。

随着社会发展，庙会的形式与内容逐渐演变，"以人为本"的主旨愈见突出，出现许多带有文艺表演和娱乐性质的民俗活动。在闽山庙会中，传统的就有"观灯""舞龙灯""舞狮""摆塔""斗宝""杂剧""百戏""台阁""十番""迎神""转三桥"等。活动项目寄寓着人们祈福、辟不祥的情感、愿望。历代学者、文人都曾作诗吟咏，纪录下当时的热闹场景，如王应山、谢肇淛、邓原岳、徐𤊹、叶观国、杭世骏、杨庆琛、刘萃奎、李彦彬、郑洛英、吴玉麟、张际亮、刘家谋、沈绍九、郭仲年、何轩、廖毓英等。赏读他们的诗句，如见一幅幅鲜明的历史风俗画卷。

人们通过对庙会中各项民俗活动的深入思考，进而探究事物发生、发展与转化，从而了解当时社会风情，有助于历史研究。如闽山庙会习俗中的杂剧、百戏表演其源甚古，可以追溯到商周时代的"傩舞"、发轫于春秋时代的"抬阁"、汉代以后的"赏灯"习俗以及"舞龙舞狮""斗宝"等活动。

随着社会化进程加快，许多民俗活动面临濒危。我认为，恢复庙会活动，也是一种留住乡愁的方式。

陈常飞，福州市政协文史委编辑，鼓楼区政协委员，福州市作协副秘书长，鼓楼区作家协会副主席兼秘书长。中国民协会员、福建省历史名人研究会智库专家，福建省作协会员。曾编著《德成书院史话》，主撰《闽山庙会文化》，编译《论语四教译述》，著有《芸窗习咏》《芸窗随笔》，执行主编《吕惠卿研究史料汇编》等书，参与编写《福州鳌峰史话》等书。近年致力于书院文化的研究、宣传。

"福船"的灿烂时光

◎ 杨国栋

一

一缕阳光射入福州市博物馆，立刻就有了温馨的感觉。

新建数年的博物馆只有幼儿的年龄，却容纳了数千年沉重的文物古器和辉煌久远的历史。馆藏的"海丝"史料，让我看到了漫漫航道上疾速前行的航船，涂抹着朦胧而迷离的色彩，向着先人开辟的海上航线趋进。三国东吴政权在福州的闽江口至浙江瓯江一带沿海（江）地区，建立了规模宏大的造船基地，被史家称为"温麻船屯"，所造之船称为"温麻五会"，多用于海上物资运输和战争之需，客观上也促进了福建尤其是福州船舶业的发展。有了船舰作为海上航行工具，海上丝绸之路的延续也就成为可能和必然。

东晋末年，发生了孙恩、卢循的举旗起义事件。他们在东南沿海建造了"八槽舰"，横行于海域，后来被泉州（今福州）刺史兼都督王义童遣使招抚，留下了相当数量的船舰和水手、水军，以及造船技术熟悉的船工，为此后福建人借鉴江浙地区的优良造船技术，创建闽地船业，提供了绝好机会，也是古代福建人善于吸纳世界各地先进技术为我服务的一次历史性预演。

隋唐时期的福建，海边民众推进了造船历史的发展。隋朝工匠建造的大型海船，采用的是木头与铁钉结合的技术，就是在船体的各个连接处，利用凹凸方式相接时使用榫头结合铁钉连接的方法，稳固钉牢连接体。这比此前采用木钉与木钉或者木钉与竹钉连接要坚固牢靠许多。这种造船技术的进步，虽然微小，却很有意义，为此后在船坞上进行船体连接，提供了参照。

福建与台湾隔海相望。如果说，闽越人早年跨海飞舟进入台湾，所使用的船只还比较落后，那么到了隋唐时代，福建的航海技术和造船业就进入了一个崭新的阶段。福建绵长的海岸线和星罗棋布的岛屿，为福建海上航行提供了宽广的疆域空间，也是他们竭尽全力发展海上经贸和海船事业不绝的涌泉动力。福建境内多山，物产丰富，盛产造船所需的木材、铁器、桐油、蛎灰、生漆和藤、棕、麻等原材料，加上千年以来在造船这个行当里摸爬滚打练就了本领积累了经验，因而到了五代十国造船技术已经接近成熟，他们率先发明并且不断改进的帆船船型，在当时的年代可谓独步华夏。这也为此后古代福建先民在宋元明时代一直朝着帆船船型持续做大做强，奠定了极其重要的厚实基础。

应该说，古代海上丝绸之路能够不断地发展壮大，得益于朝廷的重视和开放的决策，得益于航海技术的持续提升，更得益于庞大舰队的组建和造船技术的不断提高。就在泉州、福州海上丝绸之路开始繁盛的初期，远涉重洋的"福船"出现了，这是福建造船史上巨大的历史性进步。

二

福船的特点是：首部尖，尾部宽，两头上翘，首尾高昂，舱内上层宽敞。船的两舷向外拱，两侧有护板。一片或数片风帆鼓荡，煞为壮观亮丽。船头坚挺，配有坚硬的冲击装置；吃水较深，可达到4米，航行平稳。最重要的是，福船最早采用了世界上最先发明的"水密隔舱"技艺。船底一处漏水，因隔舱而不会导致其他地方进水，保证了航船不被水淹倾覆。福船满足海上运输、旅航乃至作战之需，是上佳的船舰。

福船还有着船体高大、装载量多的优点。船上有宽平的甲板、连贯的舱口，船首两侧还设置了一对起着装饰和避邪作用的船眼（古称龙目）。全船分为四层，底层装上压舱石或者重量物质，二三层装载各种货物，上层住着水手或船工。如果福船用于作战，则在二三层住上水手水军，上层作为作战场所，便于指挥员居高临下进行指挥，弓箭火炮向着低处的敌军目标发射，往往能获得较好的命中率。

福船的再一个优点，就是操纵性能好。福船最底层有压舱石，航行平稳，船头坚硬，适应中级风浪吹打；福船特有的双舵设计，不论在浅海还是深海，都能进退自如。比起笨重的广船，轻灵快捷的福船还有着方便掉头的优点。

产于福建沿海一带的福船，同沙船（产于江苏崇明，今属上海）、鸟船（产于浙江沿海一带）、广船（产于广东沿海）齐名，并列为中国古代"四大名船"，或曰"四大船型"。

福船和广船基地成为华夏海船的建造中心，正是大宋王朝农业、手工业和市民商业经济社会高速发展的发达时期，也是海上丝绸之路进入繁盛兴旺的高峰期。海上经贸交易量的持续增加，客观上倒逼着航海技术的提高和造船业的发展壮大。在这样的背景下，福建同时开启了海上经贸交易和造船业的官方行政介入。泉州市舶司提举具有管理海船建造的责任。泉州、福州、兴化（今莆田）、漳州设置了官船厂。官船厂的主要职能就是为福建沿海一线建造各种类型的福船，提供受损的船舰之技术保障和维修服务。南宋开始，北方由于战火纷飞硝烟弥漫，造船业几乎停滞不前，偏安一隅的福建由于远离战火，海上经贸和造船业迅猛发展，超越了明州（今宁波）、秀州（今上海）和广州。曾任北南两宋漕运总管的吕颐浩就认为，"南方木性与水相宜，故海舟以福建为上，广东西船次之，明州船又次之。"（《宋史·吕颐浩传》）宣和五年（1123），福建人徐兢作为大宋使臣路允迪的副官，随行奉使高丽（今朝鲜），将其所见所闻撰写成40卷地方志书《宣和奉使高丽图经》，对他所处的那个时代福建的大型远航"客舟"（福船）的形体结构描述得比较详细，完全可以作为那个年代海上丝绸之路和海上朝贡之路、海上使臣外交之路的最好见证。到了南宋绍兴二十八年（1158），福建奉朝廷之命，建造了6艘尖底龙骨海船，供福建路水军使用，其载重量可达2000石，约100吨。

三

始于三国、成熟于宋元的船坞，在福建沿海普遍建立，这比欧洲早了500年。宋代工匠可以根据船的性能和用途的不同需求，先绘制出船只的图样，再制作出船只的精巧模型，然后依据船图和模型再进行施工，明显地提高了造船的科学性。

横向舱壁式结构、竹麻纤维与桐油捻缝、桅座结构、操纵与锚泊技术、撑条式斜型四角篾与布帆、可升降轴转舵、披水板与腰舵、橹和招、铁箍连接船板等，都是古代福建最重要的造船技术。有学者认为，横隔舱的造船技术，是我国古代造船技术的重大发明。后世造船不管如何分舱，都沿用了古代造船分舱以抗船沉和加固横向强度的设计原理，只不过更精密更具科学性罢了。在古代，船舶因为漏水而沉湮海中导致船毁人亡，是航海最可怕的恶性事件。发明了横隔舱的造船技术，就能从根本上解决因船一舱漏水而倾覆的问题。这项古代造船技术的发明，被后人认为应同"四大发明"并列，为第五大发明。

福船建造中的捻缝技术，也是古代造船者的杰作。所谓捻缝，就是将麻丝、桐油和石灰等捻料嵌进船板缝隙，可以随着船板一起热胀冷缩，保证隔舱板不会透水漏水，这也是防止船舶海上航行不被颠覆沉湮的重要技术发明。

　　获取海讯知识，规避强台风侵袭，进入避风港躲藏，是福船航行者的必备素质。古代的航海人将夏季梅雨天的东南风叫作"泊棹风"。《后汉书》天文志引海中占，指明在海中占星，乃是舟人专用书。测风仪被运用在船舶航行中，叫作"倪"，即古代船上用来观测风向的羽毛。后世船上飘荡的鲤鱼旗就是倪的升级版。明确帆面悬挂的位置在驭风中的作用，理清帆面悬挂的样式与受风的关系。船工应具备"船使八面风"的本领，八面风即顺风、逆风、左右侧风、左右斜顺风、左右斜逆风。各种海风吹来，都与船体纵中线形成一个夹角，以0度角、90度角、180度角的不同风角，选择海船航行时利于风帆张挂的最佳角度和最好风力，助推航船顺利航行，哪怕是遇到横风与斜风，甚至是斜逆风，照样能够选择最佳风角进行风帆张挂的调整，使船帆正迎风吹，保证航船顺畅航行。这可算是中国古代航海者使用风帆的最高智慧表现。

　　福船航行者的天文知识也很丰富。汉初天文知识中，已有气朔、五星、交食周期等基本常识，并设计了没有中气（太阳每年在黄道上移动360度，每隔30度为一中气）的月份为闰月的规则。根据天文气象进行航海活动，是所有航海者必须遵守的规则。

　　罗盘和针路薄，也是福船航海者必备的物件。

　　据说，汉代就有了罗盘。杨公是创制罗盘的鼻祖。他将地盘、天盘和72龙盘三者合一，造出了升级版的"杨盘"。后来，有聪慧者将"磁场"的概念引入罗盘，设计出由顶针、磁针、海底线和圆形外盒及玻璃盖组成的罗盘，再将其用于船舶的航海运输之中，成为航海者辨别南北方位、识别岸线和陆地、保证海上航行不会迷失方向的最重要工具。再后，也就有了指南针的发明和运用。

针路薄，指的是航海者从出发地走向临靠地和补给地，再到目的地的文字记载，内容包括海上航行和生产、贸易活动以及航线变化等。有专家认为，针路薄也叫针经、针谱，是记载针路的专书，是"火长""舟师""渔民"们在海上各种活动的经验记录，日后发展成"航海日志"。它是古代航海者的亲身经历，也是海上航行经验的不断积累。笔者在泉州海外交通史博物馆看到了馆藏的13部针路薄，其中有两部推断为清末民初期间的抄本，是研究古代海上丝绸之路不可多得的重要文献史料。

有了造船驾船技术的进步，有了航海者对于天文气象知识的熟稔，再加上罗盘（指南针）和针路薄，古代华夏民族的海上丝绸之路，也就能够比较安全顺畅地进行了。恩格斯曾经认为，中国的指南针（磁针）被阿拉伯人"从中国传到欧洲人手中，是在1180年左右"。可想而知，中国古代科学家对于航海事业和世界科技的贡献有多大！

明代倭寇猖獗。兵部尚书张经（福州洪塘人）、福建总兵俞大猷（福建晋江人）、福建总兵戚继光等抗倭民族英雄，都曾经在浙江、福建、广东海域进行过无数次的打击歼灭海上倭寇的战斗，他们所需求的海上战船数量庞大，而福建的福船和浙江的鸟船，这时就成了张经的舟师和俞大猷之"俞家军"、戚继光之"戚家军"所征调的主要船舰。这些抗倭民族英雄先后20多年间纵横在东海、东南沿海和南海海域，顽强地消灭倭寇，海上丝绸之路的船舰获得了安全的航道和顺畅的经贸文化交流。

明代嘉靖至隆庆年间刊行的《筹海图编》，对于福船有过描述。而戚继光所编撰的《纪效新书》，是一部专论海疆防务的兵书，着重讲到了"福船"，并将福建沿海以及浙南、粤东等地一系列战船统称为"福船"。按照船只的大小不同，依次分为大福船、二福船、草撇船（草船）、海沧船（冬船）、开浪船（鸟船）、快船等。俞大猷尤其重视战事和战船的记录。他在自己的《洗海近事》上下卷里，集合了文章、书信、揭帖、手本和专论约10万字，详尽地描述了福船的类别、型号、尺度、应造数量、选用材料、造船所需银两、配备兵员、委派何人监造等细节，是古代较早记录福船海上航行与海上作战不可多得的历史文献。

有资料记载，明代造船业在元代建造四桅风帆的基础上，能够建造五桅船帆、六桅座船、七桅粮船、八桅马船、九桅宝船等，不仅船的体量增大，运输能力持续增强，而且航速加快，抗击台风能力也有所提高。郑和下西洋能够顺畅地远航至南洋、印度洋，正是福船和宝船在发挥着巨大作用。

笔者从事对外宣传工作十多年，阅读"海丝"文献数年，印象最深的是 2014 年 10 月，现代版的福船——大福古船模在法国巴黎的联合国教科文组织总部展示并被永久性收藏。2015 年 2 月，福建省文化厅领导在美国纽约向联合国秘书长潘基文赠送了大福福船模型；2015 年 4 月，时任福建省副省长李红在法国巴黎向联合国教科文组织赠送宋元时期的福船模型。福船模型模具走向了世界。福船水密隔舱技艺被联合国教科文组织列入世界非物质文化遗产名录。

随着流水般的岁月渐渐逝去，积淀在华夏船舶历史深处的不仅仅是烽火硝烟包裹着的苍凉、悲壮、雄浑，更有清新春风注入的暖色的温馨和深沉意蕴的挖掘回味。记住福建沿海古代先民创造的福船吧，不只是在浅表的书本里，更如浪潮般地涌动在心海中⋯⋯

杨国栋，中国电影评论家学会会员，福建省作家协会会员。曾在《人民日报》《光明日报》《文艺报》等 40 多种报纸期刊和多家出版社发表和出版小说、散文、报告文学、影视评论等作品 400 多万字。电影评论多次获得全国、全军一、二等奖；电子音像作品《倾听八闽红色故事》获全国一等奖；对外宣传论文两次获得国务院新闻办公室主办的《对外宣传通讯》一等奖。

百六峰下弦歌声

◎ 黄文山

第一次到双龙村，最让我流连的是村后的一脉青山和山林间的宁谧清幽。村人告诉我，这就是百六峰。百六峰为五虎山支脉，自西向东绵延，有106座山峰。说是山峰，其实，就是100多个连绵起伏的小山包，高不过200多米，满山青翠，如同一列画屏，春晕秋染，朝岚夕烟，玲珑可爱。双龙村就位于百六峰下。双龙村由龙屿和龙山两个自然村组成。2000多人口中，绝大多数为林姓。村中老人们说，祖辈相传，唐代之前这里为泽国，潮头高时可直抵百六峰下。后来江水逐年退去，遂有人来此垦荒，渐成村落。林姓一族是在清雍正和乾隆年间，两次由尚干镇迁来的。他们循着一条潺潺小溪，一路西行，这条发源于五虎山的小溪，叫西溪。西溪如同热情的引路人，引领他们直至百六峰下。此地依山傍水，可耕可伐，宜居宜业。从此，这里便成为他们的新家园。两村之间，原有一座小山，因为形状酷似鲤鱼，叫鲤鱼屿。古代传说中鲤鱼跳过龙门就成了龙，依据这一说法，先民便取村名为龙屿、龙山，与接壤的祥谦镇另一座村庄龙醒，村舍相连，俨然一条长龙。

当我来到百六峰下的双龙村,当地的老者谈起村庄的变迁,语气都十分平静,七八十年的光阴,在他们的脑海里,似乎就是四时农事,春种秋收,日出而作,日落而息,平淡无奇。同姓一族,邻里相处一向和睦,彼此相敬如宾,甚至很少发生争吵。1958年,为了增大农田灌溉面积,村里兴修水利,建了龙山水库。除了种植水稻,当地还发展多种经营,挖了鱼塘,建起了养猪场、砖厂、粉干厂,并在后山种植了生态林。让村人自豪的是,双龙村庄不大且偏远,却在20世纪80年代就办起了一所颇具规模的初级中学,校园面积53亩,拥有一个占地138亩的田径场,环境清幽,松林遍野,绿树成荫,吸引了附近村庄的孩童前来就学。而那座村庄因之得名的鲤鱼屿,原是一座黄土山,在1971年"农业学大寨"时给推平了。说着说着,一个个平平淡淡的日子,在他们心中渐渐激起波澜。一处处荒滩野坡,在一代代先辈和他们自己如同刺绣一般的精耕细作中,成了良田果园。村里的古迹已不多,但他们说到曾经的一座明代石板桥时,依然流露出惋惜之情。古桥因溪名称西桥,以桥板长一丈三尺,故又叫丈三桥。一位村干部还自告奋勇地带着我,顶着烈日,到村外去实地探访。西桥所在的地域,将要建一座钢铁交易市场,这里已然是一处刚被拆迁的工地,我们在烂泥中高一脚、低一脚跋涉,终于找到那座已经失去原先模样的石桥,它成为埋在泥土中的一块旧石板。"那时,我们进出村都要从这座石桥过。桥下就是西溪。我小时候就在溪里玩水、摸蚬子。现在,桥毁了,溪水也改道了。"石桥勾引起他对童年生活的美好记忆。我不知道这块明代石板的命运最终将会怎样，但它却是双龙村民心中一道永远抹不去的乡愁。

让村民津津乐道的还有百六峰。背倚百六峰，让一个素朴的村庄平添了几分诗兴和文气。百六峰向以诗社闻名。百六峰诗社成立于清嘉庆十五年（1810），是闽侯文人的一个著名结社。诗社取名百六峰则源于唐代诗人黄子野的一首诗："早潮初起海门开，漠漠彤云雪作堆。一百六峰都淹尽，不知何处有僧来。"时至今日，百六峰诗社依然活跃。

村民们说，应该是沾了百六峰的文气，双龙村还是一个民间文艺之乡。村人素爱闽剧，由闽剧而瞩意木偶戏。一个2000多人的小村庄里就有三个闽剧提线木偶剧团，而且30年间常演不衰。这引起我的浓厚兴趣。于是时隔半个月，我第二次到双龙村，探访了一位提线木偶老艺人林钟民。

提线木偶，古称"悬丝傀儡"，起源于古代的祭祀典礼。到了汉代，由于朝廷的重视，开始在民间盛行。这种传统戏剧，以偶代人，一个艺人甚至可以串演多个角色，而且只要小舞台、单布景，演出成本低，所以很受乡村观众的喜爱。福建至迟在南宋已有傀儡戏演出。傀儡戏分提线木偶和布袋木偶两种。提线木偶，主要活跃在闽南泉州一带，称为"嘉礼戏"。晋江人李九我，明万历时官至礼部尚书、东阁大学士，他特别喜爱木偶戏。泉州一带木偶戏棚上往往挂着这样一副对联："顷刻驱驰千里外，古今事业一宵中。"相传为他所撰。

提线木偶戏班一般只设四种角色，表演生、旦、北（净）、杂四种行当,故称"四美班",却能演40多部传统节目。清道光年间,出现了连台本戏《目连救母》,增加了副旦,清末为演武戏,还增加了老生、副净等行当。

双龙村的闽剧提线木偶,与泉州提线木偶分不开,甚至可以说,是从泉州提线木偶嫁接而来的。

林钟民一边介绍一边打开厅堂里的道具箱子,向我展示他的演出家当。他小心翼翼地捧出一个又一个盛装木偶头,说:"演木偶戏,第一要紧的是要有好家什。这些木偶头件件都是在泉州木偶剧团定做的。木偶脸上的粉彩,也要定期到泉州上妆。"

谈起和提线木偶的渊源,林钟民说他受叔公的影响,打小喜爱闽剧,尤喜唱青衣、花旦。年轻时他担任过双龙村的团支委,经常组织共青团员宣传演出。1970年,村里请来了提线木偶剧团,提线木偶活灵活现的表演,结合闽剧优美的唱腔,深深地吸引了林钟民。这之后,他一门心思盘桓在木偶戏里,整日魂不守舍。征得父母同意后,他跑到这家木偶剧团,要求当学徒。他当众唱了几嗓子,字正腔圆,有板有眼。师傅觉得是个好苗子,立马收下,由此开始了他50年的木偶生涯。

林钟民跟着师傅潜心学艺,很快就掌握了提线木偶的表演技艺,而他悠扬的唱腔尤受观众喜爱,这也让他增强了信心。师傅去世后,1990年,41岁的林钟民开始自立门户,自己创办木偶剧团。他搜集整理了几十个闽剧传统剧目,去芜存真,并根据演出效果进行加工,而后誊写成册。我看了林钟民整理的木偶戏剧本,看到这一大摞用蝇头小字工工整整抄录的本子,心里不禁涌上一份感动。

林钟民说，一个小型木偶剧团一般由7人组成，后台司鼓、弦师三四人，前台四条线，也要三四人。操作木偶，必须聚精会神，配合默契，稍有差池，则全台大乱，因此，对演员的嘴上功夫和手上功夫都要求很高。乡村剧团多以家族成员组合，也吸收县剧团的退休演员参加。现在，林钟民最感忧心的是木偶剧团后继乏人。他说，自他从艺以来，50年间，已经有100多位老艺人辞世。环顾四周，能坚持演出的闽剧木偶剧团已屈指可数，而且多是六七十岁以上的老人担纲。由于木偶表演剧团只在乡村巡回演出，艺人报酬不高，工作、生活条件相对简陋。为了节省成本，他们演出后往往连夜包车返回村里，十分辛苦。这样一份付出多回报少的工作，对年轻人缺乏吸引力。现在年轻人多向往大城市生活，进村子，看到的大多是老人和孩童。然而，闽剧的悠扬唱腔，从来就是福州乡村隽永的文化记忆，一个个同样来自乡村、来自泥土深处的闽剧木偶剧团，也因此依然受到人们的喜爱。

50年间，双龙村的提线木偶剧团辗转于福州周边农村，他们为百姓带来无穷的欢乐，也用自己的一份坚持守住传统技艺。当木偶演出的弦歌声起，一种村庄特有的气息便弥漫在空中，回荡在人们心里，让人为之感动。

村庄的气息，对我辈来说，是多么熟悉而亲切。整个中国，曾经就是一个大农村。我们生活的方方面面，我们情感的丝丝缕缕，无不打上乡村的印记。

无论走多远，也无论走多久，我们都离不开乡村，一个个家族的根系，无不指向一座座村庄。作为最小的农耕社会形体，站在大地上的村庄，让我们繁衍生息的村庄，为我们挡风遮雨的村庄，一直是我们的精神家园。

我们显然无法让所有的村庄都留住青春和繁华，但我们总要留住一段历史，一段足以让后人触摸得到的坚实岁月。因为，历史是不可能复制的。我们今天随手抛弃了的，也许将在许多年后追悔莫及。重要的倒是，现在我们需要而又能够为这些昨日和今日的村庄做些什么。

可喜的是，双龙村的闽剧木偶戏已被列入闽侯县非物质文化遗产保护项目。年过七旬的林钟民依然身骨硬朗、声音洪亮，对自己剧团的演出前景，眼神里充满着希望。因为他知道，百六峰下不绝如缕的弦歌声，串起的是今日的村庄，也是昨日的村庄。只要村庄在，闽剧木偶戏就在。

黄文山，1949年生，福建南平人。历任《福建文艺》编辑、编辑组长及编辑部主任、副主编，《福建文学》主编。中国作家协会会员。著有散文集《四月流水》《相知山水》《砚边四读》，主编《福建当代游记选》《武夷山散文选》等。曾获冰心散文奖和郭沫若散文随笔奖。